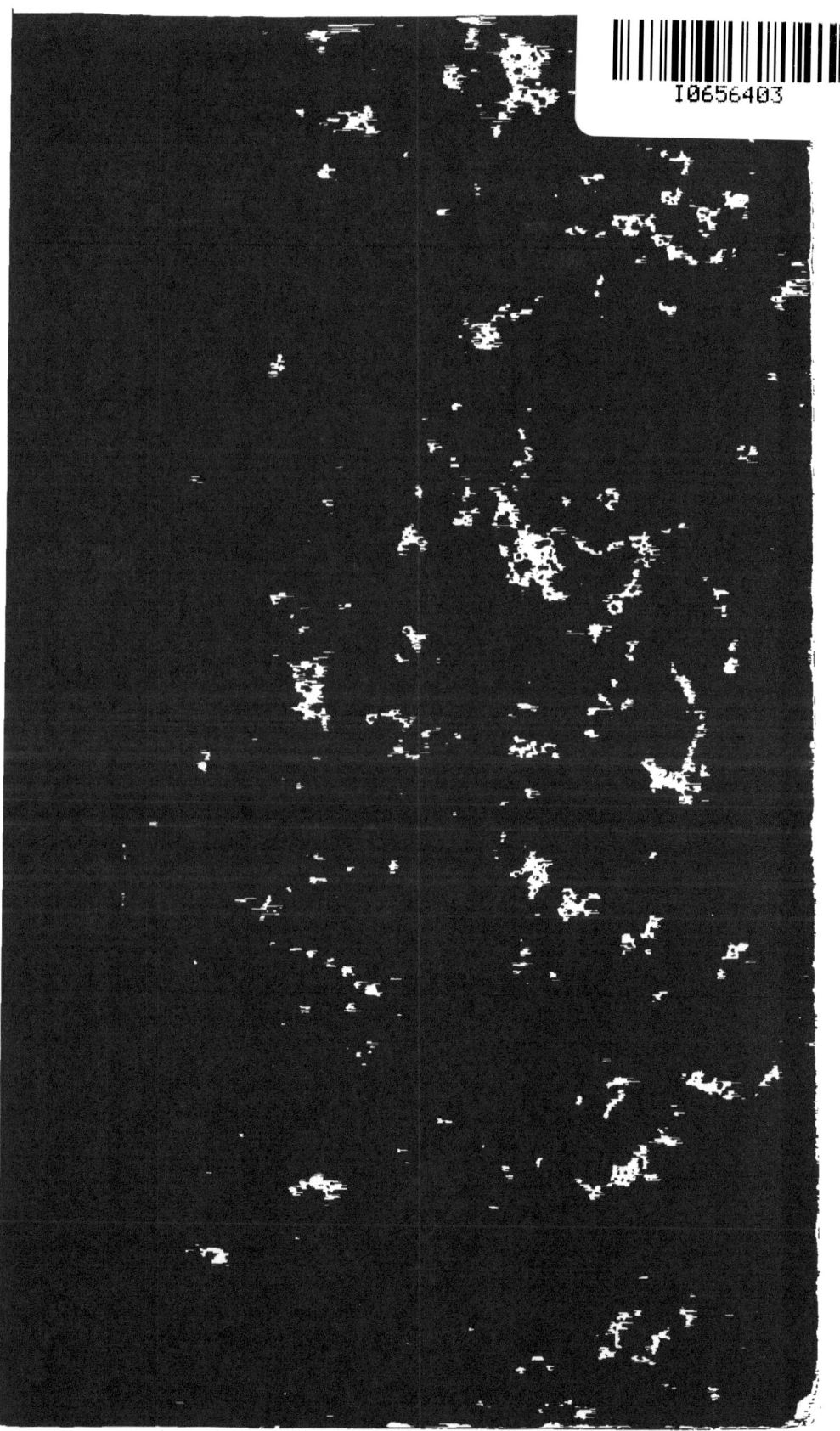

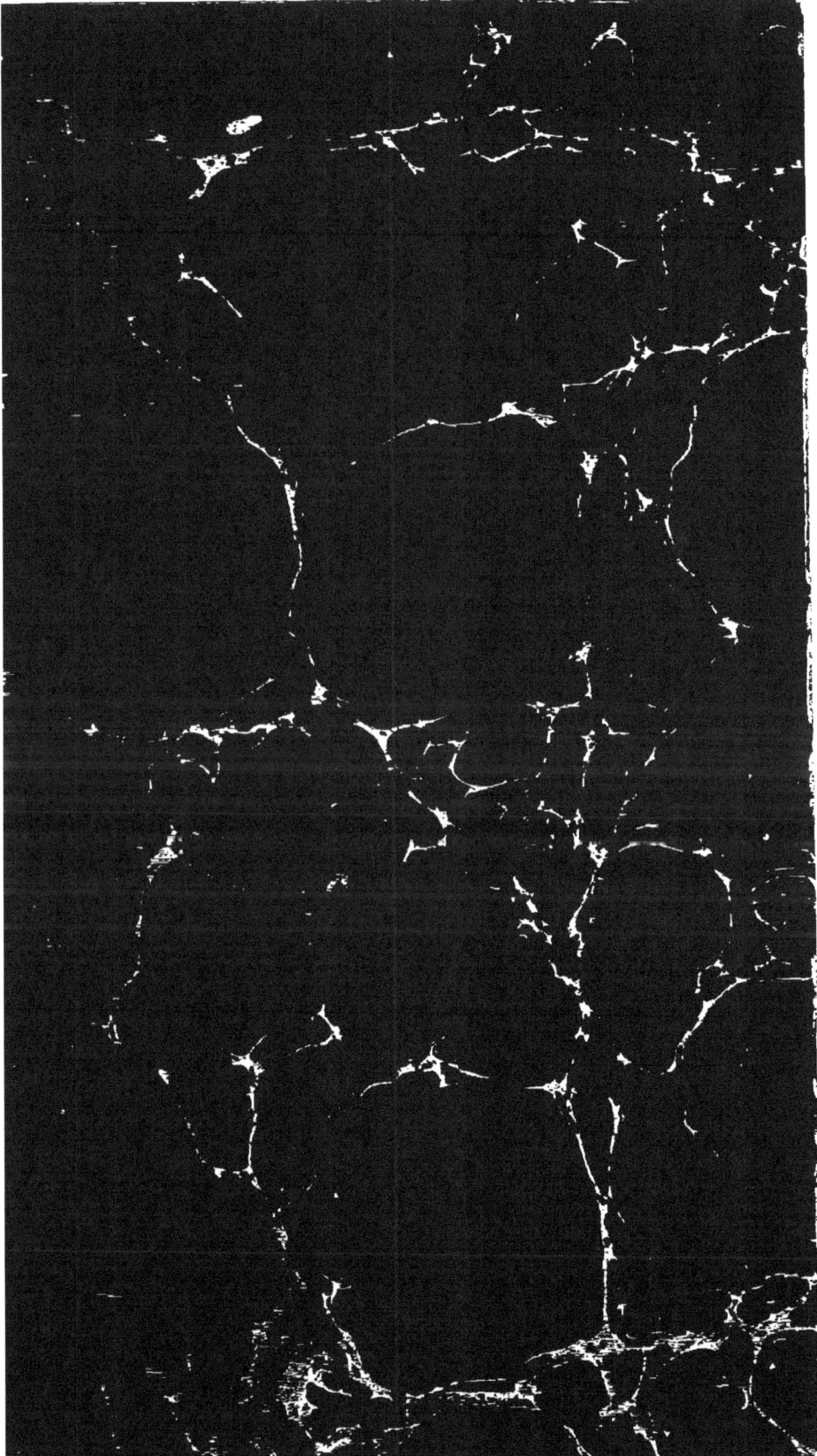

LES

GRANDS GUIGNOLS

MICHEL LÉVY FRÈRES, ÉDITEURS

DU MÊME AUTEUR

FORMAT GRAND IN-18

COMÉDIES

ET

COMÉDIENS

DEUX VOLUMES

POISSY. — TYP. ARBIEU, LEJAY ET CIE.

LES

GRANDS GUIGNOLS

PAR

P.-A. FIORENTINO

PREMIÈRE SÉRIE

PARIS

MICHEL LÉVY FRÈRES, ÉDITEURS

RUE VIVIENNE, 2 BIS ET BOULEVARD DES ITALIENS, 15

A LA LIBRAIRIE NOUVELLE

—

1870

Droits de reproduction et de traduction réservés

LES
GRANDS GUIGNOLS

PARIS L'ÉTÉ

Un des préjugés de Paris, c'est de ne pas vouloir croire à l'été. Lorsque les chaleurs arrivent, souvent plus étouffantes qu'en Sicile, en Afrique et au Sénégal, tout le monde paraît surpris. Les directeurs de théâtre poussent des gémissements, les glaciers manquent de glace, la population, accablée, défaillante, languit sur l'asphalte en fusion comme les tribus d'Israël avant que Moïse eût fait jaillir l'eau du rocher.

I   1

Sous prétexte que l'été ne dure que trois mois, quelquefois quatre, on ne fait rien pour s'y préparer. Dans les pays chauds, où cependant la brise est plus fraîche qu'à Paris, vous avez des promenades sur l'eau, des promenades sous les arbres, des allées, des tunnels et des grottes où le soleil ne darde pas ses rayons; vous avez des vêtements légers et des chapeaux de paille à larges bords, des spectacles en plein vent, des cirques, des arènes; vous avez des fruits glacés, des figues d'Inde, des pastèques, des grenades; à chaque coin de rue s'élèvent de petits pavillons à colonnettes rayées de blanc et d'or, ornés de grands festons de citrons et d'oranges, et la foule est souvent si compacte autour de ces frais reposoirs, que l'*acqua-juolo* est obligé de prendre dans sa main trois verres à la fois pour les remplir d'une eau froide et claire comme le cristal de roche, tempérée par quelques gouttes d'anis.

Dans les pays chauds, vous avez la sieste aux heures brûlantes; les hamacs, les stores, les fauteuils en roseau; les terrasses ombragées de tentes en coutil ou de berceaux de vigne; les soupers de coquillages et de fruits de mer; enfin le bon sens et la logique des habitants qui ont adopté le judicieux usage de dormir le jour et de veiller la nuit.

A Londres, l'été dure moins longtemps qu'à Paris, et cependant toutes les précautions sont prises pour combattre la chaleur. Un excellent système de ventilation est appliqué aux salles de spectacle; les jardins publics abondent; partout des parcs, des *squares*, des arbres, des pièces d'eau magnifiques. On se baigne où l'on veut; j'ai vu de nombreux baigneurs, en costume de triton, s'ébattre paisiblement dans l'étang de Kinsington, dans le parc de la reine !

Il manque à Paris deux choses essentielles : l'eau et les arbres. Cependant la Seine est là, remplie de bonne volonté, et avec un peu d'industrie, on pourrait avoir des fontaines superbes, des étangs, des cascades, qui auraient le double avantage de rafraîchir l'air et de réjouir la vue. Quant à trouver de beaux arbres, je conviens que la chose est plus difficile. Du train dont on y va, on montrera bientôt comme une curiosité tout arbre qui ne sera pas une allumette. Mais il reste encore quelques beaux chênes, quelques sapins oubliés, dans la forêt de

Saint-Germain, dans les bois de Meudon, de Ver-
rières et de Bièvre, et grâce au chemin de fer, on
peut, comme Mahomet, aller aux arbres si les arbres
ne viennent pas à nous. Croiriez-vous qu'on a ouvert
un bal à Enghien, à quelques pas de ce coude charmant que fait la Seine, à quelques pas de la forêt de
Montmorency, et que les propriétaires de ce curieux
établissement ont trouvé moyen de choisir le seul
terrain peut-être de toute la contrée qui n'eût ni un
filet d'eau ni un arbre ? Avouez qu'il a fallu bien de
l'esprit pour bâtir presque sur le lit du fleuve, un petit
désert de sable, un coin de Sahara où l'on ne rencontre,
pour toute oasis, que des lampions et des chaises !

Nous avons des écoles de natation, c'est-à-dire de
petits cachots, bien calfeutrés, entourés de planches
et de toiles, où chacun a pour sa consommation
particulière moins d'eau que dans une baignoire, et
où l'on risque de recevoir à chaque instant sur la
nuque les nageurs habiles dont la spécialité consiste
à piquer des têtes.

Il y a deux ou trois siècles, on y mettait moins de
façons, on se baignait en plein air. Je lis ceci dans
la Bruyère :

« Tout le monde connaît cette longue levée qui borne et qui resserre le lit de la Seine du côté où elle entre à Paris avec la Marne qu'elle vient de recevoir les hommes s'y baignent au pied pendant les chaleurs de la canicule; on les voit de fort près se jeter dans l'eau, on les en voit sortir; c'est un amusement. Quand cette saison n'est pas venue, les femmes de la ville ne s'y promènent pas encore; et quand elle est passée, elles ne s'y promènent plus. »

Dans ce temps-là les hommes allaient se baigner dans la Seine, au-dessus de la Porte-Saint-Bernard. Le bord de la rivière était encombré de dames; on y louait des chaises comme aujourd'hui aux Champs-Élysées. Les auteurs comiques et satiriques s'amusèrent beaucoup du choix de cette promenade En 1696, on joua au Théâtre-Italien une pièce de circonstance, sous ce titre attrayant : *les Bains de la Porte-Saint-Bernard.*

J'ai voulu visiter, l'autre jour, cette longue levée dont parle la Bruyère. Les quais étaient déserts; je n'ai vu que trois vieilles blanchisseuses, maigres, noires et tannées comme du cuir bouilli, et un arrêté du maire portant défense expresse de se baigner en cet endroit *dangereux!* Malgré cet avertissement paternel, deux intrépides naïades, dont il m'est défendu de publier les noms, se sont lancées bravement à l'eau, et, abritées d'une légère ombrelle verte, la taille serrée par le pantalon de rigueur, les bras nus, les cheveux flottants, elles ont descendu la Seine jusqu'au pont Notre-Dame, filant vingt nœuds à l'heure, et ne s'arrêtant que de temps à autre pour demander des sandwichs et du madère.

Les spectacles d'été sont encore très-rares et très-mal organisés à Paris. Je ne vois guère que la salle du Cirque qui soit construite dans de bonnes conditions. Elle est légère, élégante, commode et parfaitement aérée. On se voit comme dans un salon, on circule avec la plus grande facilité, on se tient debout ou assis, le chapeau à la main ou le chapeau sur la tête, sans gêner et sans être gêné par personne. Le spectacle ne demande pas une attention soutenue. Vous pouvez *rêver à rien profondément,* comme l'a dit un illustre écrivain. Les femmes peuvent montrer leurs belles étoffes, leurs chapeaux, leurs écharpes, et recueillir le fruit de leur toilette. Rien n'est perdu. On y rencontre tous les soirs fort joyeuse compagnie, grâce au bon esprit du directeur, qui a su résister, avec une louable fermeté, à l'abus des billets gratuits. Une seule fois, M. Déjean s'est départi de son système, et c'est en faveur de la garnison de Paris.

— Prenez garde, lui dit le général Changarnier, votre offre est très-gracieuse et honore beaucoup vos sentiments et votre caractère; mais il y a soixante mille hommes à Paris.

— Eh bien! mon général, quand il y en aurait quatre-vingt mille, cela me ferait trois mois, voilà tout! Envoyez-moi mille braves par soirée, je serai heureux de leur témoigner ainsi ma reconnaissance.

Rien n'est plus curieux que de voir dans la partie supérieure de l'enceinte les rangs pressés de ces jeunes soldats d'une tenue irréprochable, et qui font éclater de temps à autre leurs applaudissements comme des feux de peloton.

Les deux sujets les plus remarquables du Cirque (cela soit dit sans blesser l'amour-propre de personne) sont un enfant et une jeune fille, qui n'était elle-même naguère qu'une enfant. Rien n'égale leur intrépidité, leur sang-froid, leur bravoure. L'enfant est le petit Baptiste Loissel, le plus jeune frère de l'excellent écuyer de ce nom. Il ne monte à cheval que depuis deux ans; mais M. Adolphe Franconi, pour qui aucun miracle n'est impossible, en a su faire, en si peu de temps, un artiste de premier ordre. J'emploie à dessein ce mot d'artiste, qui n'a rien de trop ambitieux pour la circonstance, car ce petit Loissel, que vous voyez bondir et rebondir sur son cheval comme un volant sur sa raquette, s'élever à des hauteurs incroyables, et passer, comme emporté par une trombe, au-dessus de la foule frémissante, a tout l'esprit, toute la verve d'un comédien consommé dans les pantomimes et dans les scènes qu'il joue avec une perfection rare. Sa figure, sans être régulière, est très-intelligente et très-expressive ; ses yeux sont noirs et perçants, il a des jarrets de fer et des muscles d'acier.

La jeune fille est Mlle Palmyre Annato, qui a failli se tuer l'autre soir en tombant. Je ne puis m'empêcher d'éprouver un intérêt pénible, un serrement de cœur involontaire, lorsque je vois ces pauvres enfants, ces jeunes filles si délicates et si frêles, s'exposer tous les soirs à des dangers terribles, qu'ils apprennent à dissimuler avec grâce. D'où viennent-ils? où vont-ils? Par quel concours de circonstances étranges et fatales en sont-ils arrivés à cette froide indifférence? Que de travaux, que de peines, quel long et douloureux martyre n'a-t-il pas fallu pour assouplir et pour briser leurs membres! Comment une mère peut-elle vouer sa fille à un pareil état! Il n'y a point de roman, point de drame qui m'émeuve autant que la simple histoire, le touchant récit de la vie d'une écuyère.

En 1832 un petit homme, petillant de malice et d'esprit, musicien habile et compositeur amusant, donnait des leçons de chant dans un hôtel de Copenhague, à une petite fille nommée Lucile Grahan. Les parents de Mlle Lucile voulaient, à toute force, en faire une chanteuse. La petite détestait le chant et mettait son maître à la torture. Sur ces entrefaites, on annonce au signor Annato, professeur de piano et de chant, que sa femme vient de mettre au monde un enfant du sexe féminin, et qu'elle prie le signor Annato de monter, sur-le-champ, au deuxième étage.

— A la bonne heure, dit le père en se levant, voilà une petite fille que le ciel m'envoie, qui sera plus

1.

docile que vous, mademoiselle, et dont je ferai un jour une grande cantatrice.

— Non, dit la petite Suédoise en frappant du pied, je ne veux pas qu'elle chante, moi; les chansons m'ennuient; je veux apprendre à danser, et ta fille aussi.

Vous voyez que rien ne manque à la biographie de Palmyre, pas même l'horoscope traditionnel. Seulement la prophétie de Lucile Grahan n'était pas complète. Toutes les deux ont dansé, en effet; mais l'une sur le plancher d'un théâtre, et l'autre sur le dos d'un cheval.

A quelque temps de là, M. Annato partit pour St-Pétersbourg, engagé comme chanteur à la chapelle du czar. Mais la musique sacrée lui était moins familière que la musique bouffe, il obtenait beaucoup plus de succès dans des chansonnettes et des airs comiques que dans des canons et des psaumes. Un soir, la grande-duchesse, femme du grand-duc Michel, rencontre dans une allée de son jardin M. Annato et sa fille. Le père ôta son chapeau, la petite ôta son bonnet avec tant de vivacité et de grâce, que la grande-duchesse éclata de rire. Elle prit l'enfant par la main, la mena dans une serre et lui donna autant de fruits qu'elle pouvait en porter dans son petit tablier. Dans sa précipitation à saluer Son Altesse et à défaire les rubans de son bonnet, Palmyre avait fourré les épingles dans sa bouche. La grande-duchesse s'en aperçoit, et, les retirant avec bonté : « Mon enfant, lui dit-elle, si une de ces épingles vous tombait dans la gorge, vous ne pourriez plus chanter. »

La petite, alors, prenant courage : « Madame, je ne veux pas chanter, je veux être écuyère ! Maman, qui était la fille du directeur d'une troupe équestre, m'a dit que c'était un état charmant. Priez donc papa de ne pas me tourmenter avec son piano et ses chansons; je veux monter à cheval. »

A partir de ce moment, la vocation de Mlle Palmyre ne fut plus contrariée. Elle débuta, toute petite fille, en présence de l'empereur; de là, elle partit pour Bucharest, pour Jassy et pour Constantinople, puis elle revint à Odessa, à Moscou, à Varsovie, et fut engagée à Vienne par Guerra, un des plus célèbres écuyers de notre temps. Elle a travaillé à Vienne, dans la même troupe que

Mme Kennebel-Franconi, et à Berlin avec Mme Lejears. Mais il était réservé à M. Adolphe Franconi de per- fectionner son talent et d'en faire la jolie danseuse et l'intrépide écuyère que vous savez.

En sortant du Cirque, on s'arrête, malgré soi, devant le Café Morel et le café des Ambassadeurs. Une simple corde sépare les spectateurs des passants. Les premiers sont assis devant des tables, rangées en parallélogramme, et dégustent, en vrais sybarites, du café, de la bière et des glaces. Deux rotondes élevées sur un assez large piédestal, garnies de rideaux à moitié soulevés, et éclairées par un lustre, forment les deux théâtres rivaux. L'orchestre est au fond. Il se compose d'une contre-basse, de trois violons, d'un alto, d'une clarinette et d'un cor. Sur le premier plan, sont assis deux ou trois Messieurs en habit noir et quatre ou cinq dames en costume de bal. A la vérité, les nombreux cafés de la place des Célestins à Lyon possèdent des troupes plus complètes et des virtuoses d'un rang plus élevé. Les Sontag et les Lind n'abondent pas aux Champs-Élysées. Mais ni Mlle Lind ni Mme Sontag ne sauraient, après un morceau de bravoure, descendre dans le

parterre et faire la quête avec autant de grâce et de
laisser-aller. Telles qu'on les voit, ces deux baraques
(si les affaires de nos deux théâtres lyriques ne
s'arrangent pas bientôt), sont destinées peut-être à
remplacer l'Opéra et l'Opéra-Comique.

Voilà que le Château-Rouge, à son tour, annonce
des fêtes de nuit. C'est une excellente idée. La nuit
porte conseil, surtout lorsqu'on peut fumer une
cigarette assis sur un banc de gazon, à l'ombre d'un
acacia en fleurs et la tête nonchalamment appuyée
sur une blanche épaule. Au reste, je n'oublierai
jamais que c'est au Château-Rouge que j'ai eu l'honneur de voir pour la première fois M. Paul de Kock
et sa famille. Mais je doute que M. Paul de Kock et
ses nombreux lecteurs veuillent visiter ces ombrages
passé minuit. Que dirait la portière de M. Paul de
Kock, qui est à la fois le type, le conseil et le public
de ce grand écrivain? D'ailleurs, le Château-Rouge
est situé dans un quartier très-éloigné, très-rocailleux,
près des carrières Montmartre. Il faut bien des fusées,
bien des chandelles romaines pour éclairer ces
précipices. Je conseillerais donc à l'administration du
Château-Rouge, de faire construire à son usage

un petit chemin de fer atmosphérique avant de se lancer si résolument dans les fêtes de nuit.

M. Mabille, au contraire, aime à se coucher de bonne heure. À onze heures et demie sonnant le gaz est éteint. Si bien que, tout compte fait, on emploie une heure et demie pour déposer sa canne au vestiaire, pour réclamer son numéro, pour le présenter en sortant, pour reprendre la canne susdite, et dix minutes pour voir un quadrille et faire un tour de jardin. Évidemment ce n'est pas la faute de M. Mabille. Mais pourquoi cette rigoureuse consigne? On entre bien avec une canne au théâtre, dans les salons, dans l'église. Peut-on supposer que les danseurs seraient capables de se battre entre deux polkas? C'est faire injure aux habitués de céans. Tout au plus cet ordre inflexible ne devrait être maintenu que le dimanche. Le dimanche, la population du jardin Mabille est plus turbulente, plus commune et moins bien élevée que les autres jours de la semaine. Mais le samedi, par exemple! Un diplomate étranger écrivait dernièrement à son fils : « On me dit que tous les salons sont fermés en France et que, pour apprendre les belles manières, il faut fréquenter je ne sais plus

quel jardin situé dans l'allée des Veuves. » Il est de
toute évidence que ce diplomate a voulu parler du
jardin Mabille.

17 juillet 1849.

II

INSTITUT DE FRANCE. — ACADÉMIE DES BEAUX-
ARTS. (Séance annuelle.)

La politique se glisse partout. Ni les lettres, ni les
arts, ni le théâtre, ne peuvent plus être à l'abri de
cette maladie du siècle dont il faut prendre son parti.
Qui le croirait? Les deux filets d'eau claire que
les paisibles lions de l'Institut laissent couler de
leurs gueules académiques ont failli être troublés aujourd'hui. Tout le monde sait que les pensionnaires
de l'Académie de France à Rome n'ont pu, cette année, envoyer leurs travaux. On comprend les pénibles
souvenirs qui s'attachent à cette circonstance unique

dans les fastes de la villa Médicis. Mais M. Raoul-Rochette, avec un tact exquis et un extrême bon goût, a
su éviter tout ce qu'un pareil sujet pouvait avoir d'ir-
ritant.

Au demeurant, le programme de ces cérémonies
solennelles ne varie pas beaucoup. L'appel nominal des
lauréats, la distribution des grands prix de peinture,
de sculpture, d'architecture, de paysage historique et
de composition musicale, la lecture d'une notice sur
la vie et les travaux d'un peintre académicien, une
ouverture et une cantate par deux élèves couronnés,
voilà de quoi se composent ordinairement ces séances
qui ne durent que deux ou trois heures. Le public de
ces réunions annuelles est assez curieusement assorti.
Ce sont d'abord les mères et les tantes des lauréats,
dans des toilettes étranges, dont les émotions du jour
excusent la précipitation et le négligé; des professeurs
dont les cheveux gris n'ont pas tout à fait corrigé les
prétentions juvéniles; quelques jolies femmes pour qui
les choses les plus sérieuses et les moins amusantes
sont un prétexte de distraction et d'amusement; quelques jeunes gens de l'école des Beaux-Arts, bruyants,
tapageurs incorrigibles, qui charment les ennuis de

l'attente en essayant des chœurs à bouche close, et saluent l'entrée de chaque lauréat d'applaudissements ou de murmures prolongés.

La séance n'était indiquée que pour deux heures précises, mais dès midi et demi presque toutes les places réservées aux invités ont été envahies. A deux heures MM. les académiciens sont entrés dans leur hémicycle, les uns revêtus de leur habit brodé de palmes vertes, les autres en simples mortels. M. Gatteaux, le président, a pris place au fauteuil, ayant à sa droite M. Raoul-Rochette et à sa gauche M. Huvé. Puis la distribution des prix a commencé, après une ouverture dont je parlerai tout à l'heure. Au fur et à mesure que M. le secrétaire perpétuel lisait les noms des élèves, ceux-ci se levaient de leur place, s'approchaient du bureau, recevaient leurs couronnes des mains du président, et allaient embrasser leurs professeurs, aux grands applaudissements du public.

Dans le rapport des prix annuels, fondés par différents bienfaiteurs, on a remarqué particulièrement ce passage :

« Feu M. Deschaumes a fondé, par son testament, un prix de la valeur de 1,200 fr., à décerner, au jugement de l'Académie, à un jeune architecte réunissant aux talents de sa profession la pratique des vertus domestiques. »

Ces mots du testateur ont été accueillis par une explosion d'hilarité. Ce qui ne me paraît pas bien flatteur ni pour la vertu, en général, ni pour feu M. Deschaumes, en particulier.

La distribution des prix terminée, M. Raoul-Rochette a raconté la vie de M. Bidauld, paysagiste, dans une prose élégante, spirituelle et polie. Cette notice peut se résumer en deux mots : M. Bidauld commença par peindre des enseignes, et finit par faire des paysages charmants. Il a vécu honnête homme, il est mort académicien. Honneur à sa mémoire !

La partie musicale de la séance se composait, comme nous l'avons dit, d'une ouverture et d'une cantate.

L'ouverture est de M. Gastinel, couronné, je crois, il y a deux ou trois ans. C'est un travail consciencieux et remarquable. M. Gastinel est un des bons élèves de M. Halévy.

C'est assez dire qu'il a fait d'excellentes études. Il a de l'ordre, de la clarté, de la précision, qualités essentielles pour arriver plus tard à la couleur et au style. Il sait fort bien grouper et agencer les différentes parties d'un morceau pour former un tout analogue. Sans avoir une imagination bien féconde, il ne tombe pas dans le commun et dans le vide. Je n'en voudrais pour preuve que son introduction en *ré* très-bien conçue et très-élégamment écrite. Mais je reprocherai à M. Gastinel l'abus de la sonorité, une profusion de *trémolos* que rien ne justifie, et, brochant sur le tout, des accords de cuivre déraisonnables et stridents. On pourrait dire aux compositeurs qui n'ont aucun ménagement pour les oreilles du public : « Vous vous fâchez, donc vous avez tort ; vous faites du bruit, donc vous n'avez pas d'idées. » M. Gastinel n'en est pas là heureusement.

Je sais bien que lorsqu'on a pour la première fois à sa disposition un orchestre comme celui de l'Opéra, il faut une grande modération et un grand empire sur soi-même pour ne pas en abuser. Il est si commode de dire aux violons : faites-moi des *trémolos,* pour le plaisir de faire des *trémolos* ; il est si facile de dire aux trombones et aux tympans : sonnez, trompettes ! battez, tambours ! Cela ressemble un peu à la

joie que font éclater les enfants quand ils ont en leur
pouvoir de petits canons de cuivre et des soldats de
fer-blanc. Mais M. Gastinel est un homme; et s'il veut
bien se garder de toute exagération fâcheuse, il ne
tardera pas à prendre place parmi nos bons compositeurs.

Quant à M. Cahen, on ne pourrait vraiment lui reprocher aucun excès. Sa cantate est d'une simplicité
extrême. M. Cahen est un tout jeune homme, pour
lequel on ne saurait montrer trop d'indulgence; il
n'a pas vingt ans. M. Cahen n'a remporté cette année
qu'un second prix : c'est déjà quelque chose. MM. Adam
et Zimmermann, ses professeurs, ne peuvent pas
manquer de lui donner de précieux conseils, et de lui
aplanir les obstacles qu'on rencontre au début de
toute carrière. Mais il est à désirer que, pour son
second essai, M. Cahen tombe sur des paroles d'une
candeur moins primitive. L'auteur de cette honnête
cantate est M. Camille Doucet, qui a pourtant fait ses
preuves. Une médaille de 500 francs a été décernée
comme récompense à cette innocente scène. Vingt-
cinq louis de bonbons, c'est vraiment trop cher !

Cela s'appelait : *une barque*, titre éminemment inof-

fensif. Cependant, toute réflexion faite, la barque a
disparu. Des cerveaux brûlants y auraient pu découvrir une allusion détournée aux affaires de Rome. Une
barque! Prenez garde! saint Pierre était pêcheur.

Le poëte en était là de ses méditations et de ses dou-
tes, quand il a eu une inspiration d'en haut. Quelque
chose comme une voix du ciel lui a crié à l'oreille :
appelle donc ta cantate *Antonio!* Et il ne se l'est pas fait
dire deux fois. Antonio! voilà qui coupe court à toutes
les difficultés. Antonio! Honni soit qui mal y pense.

Or, vous ne le croiriez jamais, Antonio c'est lord
Rivers. Ce lord, trois fois malheureux, a eu le désa-
grément d'être trompé par sa femme. Un don Fernand
qui m'a tout l'air d'être un Espagnol aussi séduisant
que peu délicat, s'est permis d'enlever la trop sensible
lady Clara. Les deux amants, dont on ne saurait trop
déplorer la rouerie précoce, ont conçu l'infernal projet de s'en aller de Douvres à Cadix dans un frêle es-
quif de pêcheur. Évidemment l'action se passe avant
l'invention des bateaux à vapeur. C'est là que les attendait lord Rivers. Pour les attirer dans le piége, le
malin lord *se couvre entièrement d'un grand manteau de
marin* (c'est M. Doucet qui parle) et prend le nom

d'Antonio. Tout autre à sa place se fût appelé John,
Tom ou Patrick. Lord Rivers tient absolument à s'appeler Antonio. C'est son idée, ni plus ni moins que
s'il était à Venise.

Les deux coupables ne tardent pas à paraître. « Une
voiture s'est arrêtée, dit toujours M. Doucet, don
Fernand en est descendu avec lady Clara. — Les voilà,
les voilà ! s'écrie lord Rivers ; c'est lui, c'est elle ! » Si
aguerrie que soit lady Clara, à peine a-t-elle mis le
pied sur le bateau fatal, elle éprouve un peu de mal de
mer. Don Fernand profite de l'occasion pour se livrer
à une cavatine en *ré* majeur.

> Ciel orageux de l'Angleterre,
> Adieu... je te fuis pour toujours.
>
> . . . .
>
> *Bientôt* à ma jeune compagne,
> En montrant l'horizon vermeil,
> Je dirai : voilà mon Espagne !
> Pays enchanté, sans pareil !
> Pays de l'or et du soleil !

Admirez la profondeur de ce *bientôt !* « Adieu, ciel
de l'Angleterre, *bientôt* nous verrons l'Espagne ! Évidemment la barque de lord Rivers file deux cents

nœuds à l'heure. Mais les fugitifs avaient compté sans l'orage et le mari, deux tristes choses ! L'horizon s'obscurcit, lord Rivers se découvre, un éclair brille et le bateau s'enfonce. Bonsoir la compagnie!

C'est sur cette aimable complainte, que le jeune lauréat a dû écrire un récitatif, un petit duo, un air de ténor et un trio final. Nous avons remarqué un assez joli passage sur ces mots : *Loin de ma patrie, qu'à jamais j'oublie*, et, par-ci, par-là, des intentions heureuses qui méritent d'être encouragées.

7 octobre 1849.

THÉATRE DE L'OPÉRA : LA FILLEULE DES FÉES
Ballet-Féerie en trois actes et sept tableaux.

Vous me dispenseriez, sans doute, de vous raconter le sujet de ce ballet nouveau, si vous saviez combien la fable en est simple et l'action peu compliquée. Supposez trois fées : une blanche, une rose, une noire ou *sinistre*, selon le vocabulaire adopté par les auteurs. La fée rose et la fée blanche comblent leur filleule de tous les dons, de toutes les qualités désirables ; la méchante fée tourne tout à mal et se porte à des noirceurs inouïes. Pour ne vous en donner qu'une faible idée, deux hommes placés par la fortune, l'un sur le plus haut, l'autre sur le plus bas de l'échelle, le pauvre Alain et l'illustre comte Hugues de Provence, sont amoureux de la petite Isaure, la filleule des fées. Eh bien ! de ces deux hommes, grâce à la persécution de la fée sinistre, l'un devient fou, l'autre aveugle. Vous sentez bien que cela ne peut durer ainsi, et que, quand on est deux contre une, on finit par mettre à la raison cette vilaine fée Carabosse, cette abominable faiseuse de mauvais tours. On guérit les deux amants, l'un de sa folie, l'autre de sa cécité, et on enlève la gentille Isaure dans le paradis des fées, où elle sera éternellement heureuse et n'aura pas d'enfants.

Ce n'est point que ce récit, fort simple et fort court, ne soit développé doctement, comme il convient à tout ballet qui se respecte, en trente-deux pages in-8°, imprimées par Mme veuve Jonas, et reliées en papier rose. Mais c'est là que je plains les auteurs d'être obligés de vous décrire en belle prose les entrechats et les pirouettes de ces messieurs et de ces demoiselles. A chaque instant leur embarras se trahit, la langue leur tourne, et le fameux *inquam* et *inquit*, qui tourmentait si fort Cicéron, revient pour embrouiller sans cesse un dialogue qui ne se fait qu'avec les pieds.

Tantôt c'est le fermier Guillaume qui *semble dire...* Que *semble-t-il dire*, le fermier Guillaume? — *Ah çà! c'est un déluge de vieilles!* Avouez qu'il n'est pas commode de rendre, par la pantomime, le *mot* du fermier Guillaume! Tantôt c'est la fée sinistre qui voudrait bien s'écrier : « Tremblez pour elle, je lui garde mes dons quand elle aura quinze ans. » Mais le moyen de traduire par gestes cette menace sous condition? Aussi les auteurs en prennent-ils leur parti, et pour tourner la difficulté, écrivent-ils tout bonnement sur un nuage en caractères de feu la sinistre légende. Plus loin, c'est sur une glace qu'on lit en lettres non moins brûlantes, cet autre arrêt de malheur : « Vous l'avez faite si belle, que nul homme ne pourra la voir désormais sans perdre la raison. » L'expédient du nuage et de la glace n'a rien de désobligeant pour le spectateur; mais nous trouvons que la fée sinistre abuse un peu trop de sa plume, et qu'elle aspire ouvertement à prendre place parmi nos plus féconds écrivains. La légende a du bon quand on l'emploie avec réserve; mais si l'on substitue trop fréquemment la parole

écrite à la parole gesticulée, on finirait peut-être par
trouver plus simple d'éclairer le livre tout entier pour
en rendre ainsi la prose transparente et lisible, et
placer l'explication à côté du tableau.

Ceci soit dit sans vouloir porter la moindre atteinte
à la réputation du parrain de cette aimable filleule.
Mais il nous permettra de ne pas le suivre dans ses
développements. Un ballet se voit, ne se décrit point.
La pantomime a d'ailleurs ses bornes, et si elle peut
rendre, par l'expression du visage, par l'éloquence
du regard et du geste, les sentiments et les passions
tels que l'amour, la joie, la douleur, l'aversion, le
dégoût, l'épouvante, elle ne peut pas entrer dans certains détails où le langage est indispensable. Quel que
soit le talent du mime, il arrive un moment où sa
pensée devient incompréhensible. Toutes les fées du
monde n'y peuvent rien. M. de Saint-Georges le sait
aussi bien que nous.

Cependant, si la pantomime n'a pas fait et ne saurait faire de progrès, l'art du décorateur est arrivé de
nos jours à une perfection qu'on ne soupçonnait pas
autrefois. Ce ne sont plus des toiles grossièrement bar-
bouillées, des nuages de carton, des arbres qui n'exis-

tent pas, des horizons impossibles. Aujourd'hui le décorateur n'a presque rien à envier au paysagiste. Ces
grands tableaux qui se déroulent sur la scène, aux yeux
d'un public émerveillé, sont traités avec autant de soin,
de patience et d'amour que des toiles de chevalet.
Les *ciels* sont d'une transparence et d'une limpidité
admirables; des arbres au tronc vigoureux, rempli de
séve et de vie, font éclater leur feuillage vert comme
dans les plus charmantes études de Salvator et de
l'Albano; les différentes couches du sol sont rendues
avec une vérité frappante; la lumière, adroitement
ménagée, éclaire tantôt d'en bas, tantôt d'en haut,
tantôt de côté, ces immenses paysages, et l'on obtient,
par des procédés très-simples, des effets d'optique
surprenants et nouveaux.

J'aime beaucoup le premier décor. Il est simple,
bien dessiné, bien réussi. La toile de fond en est charmante. C'est une colline aux pentes douces et d'un
vert tendre, coupées de petits sentiers qui aboutissent
à l'église du village.

Comme vous le pensez bien, dans un ballet féerique il s'opère toutes sortes de prodiges. Tantôt c'est
un pan de mur qui s'écroule pour laisser voir une

jeune fille à sa toilette et le prince, pâmé d'amour, à ses pieds; tantôt c'est un sénéchal qui s'engloutit dans l'abîme ou la vieille fée qui surgit du fond d'un puits. Telle jeune personne qui, pour éviter à son amant le malheur de devenir fou en la regardant, s'est précipitée par la croisée, soulevée par un coin de son voile, est emportée vers le ciel. Mais, de tous ces vols, de toutes ces métamorphoses, de tous ces changements à vue, le plus heureux me paraît celui d'un petit miroir qui s'élargit peu à peu et devient une glace magnifique où la filleule des fées peut se mirer de la tête aux pieds. Tout cela s'exécute avec beaucoup de rapidité, beaucoup d'adresse, et l'image réfléchie par la glace est d'une illusion parfaite.

La vue du parc éclairé par la lune a obtenu tout le succès qu'elle méritait. C'est un fort beau décor, parfaitement arrangé. Ce jet d'eau naturel qui s'élève au milieu du bassin et retombe en pluie argentée, cette lumière électrique, projetant sur la scène, avec une intensité très-vive et très-puissante, ces ombres vigoureusement accusées, ces statues dont le marbre vivant s'émeut sous la pression de l'air et frissonne aux caresses de la brise, ces jeunes femmes à moitié

nues groupées dans des poses gracieuses, le murmure et le grésillement de l'eau se mêlant aux accords
d'une musique douce et voilée, tout cela donne à cc
tableau nocturne un cachet de vérité et de mystère
que nous avons vu s'évanouir à regret, quand la clarté du lustre vient balayer d'un seul coup les illusions
et les rêves.

La grotte du troisième acte me paraît lourde, fâcheuse à l'œil et creusée, si l'on peut dire ainsi, à
grands coups de pioche ; mais ce que l'on ne saurait
pardonner à des hommes qui ont donné d'ailleurs
tant de preuves de talent, c'est ce pâté de nuages qui
précède la grande apothéose. MM. Cambon, Thierry
et Despléchin ont dû céder, nous l'affirmerions presque, à une influence de mauvais goût dont on voit
percer les traces dans le nouveau ballet. On dit que
Perrot lui-même a été souvent forcé de plier devant
cette volonté fantasque et taquine qui s'impose à tous
et à tout dans les plus minutieux détails et qui, pareille au liége, finit par surnager sur tout ce qui l'entoure, en raison même de sa légèreté et de son incon-
sistance. Quoi qu'il en soit, on a bien fait de supprimer
les danses qui se passaient dans ces affreux nuages,

et qui avaient le grave inconvénient de laisser trop _ongtemps exposée à la vue du public cette énorme brioche coupée en deux par le couteau des fées.

Le paradis final, avec ses gloires, ses festons, ses pyramides, ses pierreries et ses lumières étincelantes, ne manque pas de mouvement et d'éclat. Mais nous sommes un peu de l'avis de l'abbé Galiani , qui préférait au soleil de Londres la lune de Naples. Nous préférons à ce grand soleil jaune, dont les rayons tournants ont plus d'une fois éclairé les féeries du boulevard du Temple, le charmant clair de lune qui répand sa lumière argentée sur le tableau du second acte.

J'ai nommé Perrot tout à l'heure; c'est à lui qu'appartenait le soin de dessiner les groupes et de régler les danses du nouveau ballet. Perrot s'est fort bien acquitté de sa tâche. La chorégraphie ne consiste pas seulement à inventer un pas, à tracer des attitudes et des poses, à fixer le nombre des variations et des échos. C'est surtout l'art de bien partager les masses, de les présenter au public d'une manière agréable et variée, de ne point choquer les règles de la perspective et de l'optique par des rapprochements bizarres ,

par des lignes disgracieuses ou heurtées, de dénouer
avec habileté et avec adresse tout cet enchevêtrement
de bras et de jambes qui envahit par moments le milieu de la scène, de faire manœuvrer avec précision,
avec ensemble, une armée nombreuse, indisciplina-
ble, de figurants, de comparses et de machines, qui
ne sont souvent, je parle des machines, ni les plus
entêtées, ni les moins intelligentes. Perrot, qui n'en
est pas à son coup d'essai, est venu à bout de toutes
ces difficultés, dont ne se doutent même pas les cho-
régraphes vulgaires. Les danses, sans prétendre à
l'originalité, sont jolies pour la plupart; les groupes
sont arrangés avec beaucoup d'art et de goût. Perrot
mérite aussi des éloges pour la manière tout à fait remarquable dont il a mimé le rôle du frère de lait de
la protagoniste. Il en a bien saisi le côté comique et le
côté sentimental. Mais je ne sais si le public a éprouvé
le même sentiment de contrariété et d'inquiétude que
nous avons ressenti tout le temps qu'a duré le spectacle. Quand on voit Perrot sur la scène et qu'on se
souvient qu'il a été un si admirable danseur, un des
premiers danseurs de ce temps-ci, quand on le voit
lever le pied et se mêler aux groupes, on croit, à

chaque instant, qu'il va danser : mais Perrot ne danse plus, hélas ! Un accident à jamais regrettable a brisé sa carrière, et la joie qu'on se promet sans cesse de lui voir reprendre son essor et sa légèreté d'autrefois, est suivie d'une déception cruelle et poignante. Le mime, si parfait qu'il soit, fait regretter le danseur.

Les costumes du nouveau ballet laissent beaucoup à désirer, non pas certes que l'administration de l'Opéra ait voulu ménager le galon et l'étoffe. Le satin, le velours et la gaze ont été distribués d'une main libérale et prodigue. Seulement nous espérions que le moins jeune des directeurs, qui s'est occupé si longtemps de corsages et de jupes, et dont personne n'a jamais décliné la compétence en pareille matière, aurait trouvé quelque chose de neuf, de gracieux, de léger pour une circonstance où il se proposait, dit-on, de montrer tout son savoir. Comment ! pas même un nouveau costume de fée ! Évidemment l'imagination de M. Duponchel est sur le déclin. Nous apprendrions sa retraite, que cela ne nous étonnerait pas ; mais cela ne nous rendra pas injuste envers le passé de cet habile architecte, qui pourrait en remontrer sur le maillot à Michel-Ange et à Vitruve, et qui a été souvent plus heureux et mieux inspiré pendant sa longue carrière.

La musique est remplie de jolis motifs, de mélodies faciles, bien écrite, bien appropriée aux danses qu'elle doit soutenir. Elle sort de l'atelier d'un maître qui s'y connaît. On a trouvé que dans certains passages il y avait peut-être abus de clochettes et de timbres. Les mauvais plaisants, qui ne manquent jamais au foyer, surtout le soir des premières représentations, ont prétendu que ce tintement métallique rappelait un peu les magasins de pendules. Si nous reproduisons ce propos, c'est pour en faire justice. Nous trouvons au contraire que l'emploi de la petite flûte, du tambour et du fifre, a ajouté à certaines parties du ballet beaucoup de vivacité et d'entrain, et que les quelques notes d'harmonica qui sont venues se mêler à l'orchestre, ont produit sur les spectateurs l'impression la plus agréable.

Nous avons si souvent fait l'éloge de Mlle Carlotta Grisi, que, s'il n'était dans la destinée des feuilletons de mourir une heure après qu'ils paraissent, les articles que nous avons écrits sur cette habile

I   3

danseuse, formeraient, réunis ensemble, un assez gros volume. Certes, Carlotta Grisi a le pied brillant, plus brillant peut-être qu'aucune danseuse d'école. Perrot, son premier maître, et qui connaît son talent de longue date, en a tiré tout le parti possible et l'a laissée constamment en scène depuis le commencement jusqu'à la fin du ballet. Mais si la danse y a gagné, la pantomime n'en-a-t-elle pas souffert, et Perrot ne s'est-il pas montré sans pitié pour son élève ? C'est à Perrot lui-même que nous en appelons. Et d'ailleurs, pourquoi ne l'avouerions-nous pas, tout en reconnaissant les qualités si louables de Mlle Grisi? Nous avons été gâté par Fanny Cerrito, par cette belle et prestigieuse personne qui s'emparait, par une sorte de fascination magnétique, de l'imagination et des sens, par ces beaux bras, par ces épaules éclatantes, par ce corsage aux contours si harmonieux et si purs, par cette danse voluptueuse et enivrante, non pas des pieds et des jambes exclusivement, mais de tout le corps, et si nous comparons, malgré nous, nos souvenirs d'hier à nos impressions d'aujourd'hui, nous voyons d'un côté cette *fille de marbre* avec sa grâce, son élégance, sa beauté, sa *mor-*

bidezza et son charme irrésistible; de l'autre deux
petits pieds très-agiles, très-savants, très-jaseurs,
deux petits pieds de fée, mais rien que deux petits
pieds.

16 octobre 1849.

IV

Le Prophète de M. Meyerbeer entre dans la seconde phase de sa brillante carrière. Joué dans une saison très-avancée, ce grand et sérieux ouvrage a triomphé tout d'abord des épidémies, des émeutes, des fléaux du ciel et de la terre. Mais pendant les fortes chaleurs et après le départ des artistes qui avaient créé les principaux rôles, les représentations ont dû être suspendues, malgré le chiffre élevé des recettes, car le maëstro n'a pas voulu, et en cela nous sommes de son avis, que son œuvre fût gâtée par des chanteurs se-

condaires, des *doublures*, comme on dit en argot de
coulisses. *Le Prophète* a donc été repris, l'autre soir,
avec tous ses premiers interprètes (à l'exception
d'Euzet, remplacé par un débutant), qui tous ont
rivalisé de talent et de zèle pour se rendre dignes de
la confiance absolue dont on les avait honorés.

Jusqu'ici l'on peut dire que les beautés de l'ouvrage
n'ont été réellement comprises que par les intelli-
gences d'élite, par les musiciens de profession, par
les oreilles exercées. Le public a été frappé par la
pompe et la majesté du spectacle, par le caractère
imposant de la musique, par l'explosion savamment
ménagée des grandes masses vocales et instrumen-
tales. Mais la pureté du dessin, la délicatesse et la
sûreté de la touche, la perfection et le fini du travail
n'ont pas encore été bien appréciés. Ainsi, lorsque
l'on entre dans une cathédrale au style noble et sévère, la première impression qu'on éprouve, c'est le
sentiment de la grandeur et de l'harmonie qui règne
dans les différentes parties du monument. Mais ce
n'est que longtemps après qu'on saisit les beautés de
détail, qu'on remarque les chapiteaux, les colonnes,
les vitraux, les sculptures, les ornements de toute

sorte, qui concourent à l'effet principal et forment ce
merveilleux ensemble.

De même pour *le Prophète*. Plus on entend la partition du maître, plus on admire l'élévation des pensées, l'ampleur et l'égalité du style, la richesse et l'é-
l'éclat des couleurs qui distinguent cette vaste composition. Le beau choral du premier acte, si rempli
de menaces comprimées, de haines sourdes et de su-
perstitieuse terreur; le charmant duo des deux femmes, fraîche et délicieuse rêverie; le songe si admirablement nuancé; le grand quatuor où Jean de Leyde
fait ses adieux à sa mère endormie; les airs de danse,
véritable joyau de mélodie et de grâce; le trio bouffe,
un des plus beaux morceaux de caractère qui soient au
théâtre; le chœur de la révolte et l'hymne triomphal,
et tout le quatrième acte, où il n'y a pas une note qui
ne soit à sa place; et la grande scène de la prison,
empreinte d'une passion si profonde, d'un élan si sublime; et chaque morceau enfin, chaque page de cette
œuvre magistrale, à mesure qu'on en déroulait les
beautés devant un auditoire attentif, étaient salués de
longs et unanimes bravos.

L'exécution et la mise en scène n'ont rien laissé à

désirer. Roger, qui, depuis son retour, n'avait chanté que *la Favorite*, a fort bien rendu dans toutes ses nuances le rôle si difficile et si important du prophète. Il a mis en relief les parties tendres et les parties énergiques, le côté rêveur et le côté sauvage et fanatique, avec ce soin religieux qu'il apporte dans l'interprétation des œuvres qu'on lui confie.

Mme Viardot, dans le rôle de Fidès, a été aussi très-bruyamment applaudie. M^m Castellan, Levasseur, Gueymard, Brémond, le débutant Ginebrelle, qui remplaçait Euzet, tous les artistes enfin, sans en excepter l'orchestre et les chœurs, ont fait complétement leur devoir et méritent plus ou moins d'éloges, selon l'importance du rôle dont on les avait chargés. La danse a fort bien marché; le divertissement des patins a obtenu son succès ordinaire. Il n'y a que deux patineurs, un petit et un grand, qu'un excès de zèle a perdus. Le grand est tombé sur le nez, le petit sur son séant : tous les deux ne se sont fait aucun mal, et cet incident burlesque n'a contrarié que M. Duponchel.

La Fée aux Roses, dont les représentations, si brillantes et si suivies avaient été brusquement inter-

rompues par une indisposition de Mme Ugalde,
vient de reprendre le cours de ses triomphes. On ne
saurait peindre le désappointement du public lorsqu'on apprit que la charmante artiste, sans avoir
couru de sérieux dangers, serait forcée de rester chez
elle jusqu'à nouvel ordre de la Faculté. La salle était
louée longtemps d'avance. Les porteurs de billets, qui
s'étaient promis une fête et qui ne trouvaient qu'une
déception, s'en retournaient dans une tristesse morne
dont l'expression ne laissait pas d'être comique. On
avait beau leur dire qu'après tout, le malheur n'était
pas bien grand, que leur plaisir ne serait retardé que
de quelques jours, que l'accident dont Mme Ugalde
avait raison de s'affliger délivrait le théâtre et les auteurs d'un terrible souci; le public ne voulait rien
entendre. — Vous en parlez bien à votre aise, disaient
ces spectateurs du sixième jour, vous, les heureux du
monde, qui avez le droit d'assister, dans une bonne
loge, à toutes les premières représentations. Voilà
bientôt deux semaines que nous grillons d'impatience.
Tout ce qu'on dit, tout ce qu'on écrit sur ces merveilles ne fait qu'irriter nos désirs. Et lorsqu'enfin
notre tour arrive, nous tombons sur les *Rendez-vous*

3.

bourgeois. C'est une plaisanterie atroce, une amère dérision!

Heureusement, les voilà consolées, ces ombres plaintives, arrêtées sur les bords de l'Achéron après avoir payé l'obole qui devait les faire transporter sans délai sur l'autre rive! Voilà le pas franchi; plus de retard, plus d'obstacle! Le rideau se lève aux bruits d'applaudissements prolongés, et bientôt la Fée aux Roses paraît dans tout l'éclat de sa jeune gloire, dans toute la force, la fraîcheur et la séve de son beau talent. La voici! c'est bien elle! ce sont là ses traits si brillants et si hardis, son imprévu plein de grâce et d'abandon, sa verve inépuisable et sa triomphante audace! Et comme autour de cette jeune femme si heureuse et si gaie, tout se réjouit, tout s'illumine d'une clarté nouvelle! Avec combien de zèle et de fraternel empressement ses camarades la secondent, plus fiers, dirait-on, des bravos qu'elle obtient que de leur propre succès!

Audran reprenait aussi, ce soir-là, son rôle du prince, qu'un enrouement, suivi de fièvre, lui avait fait quitter à la deuxième représentation. Mais on avait paré promptement à ce premier contre-temps.

Boulo, dont je parlerai tout à l'heure à propos de *la Sirène*, et dont les progrès rapides méritent les plus grands encouragements, avait appris le rôle pendant la nuit, et, par un tour de force étonnant, il l'a joué et chanté d'une façon remarquable. Il a soupiré sa romance avec une pureté et une douceur si grandes, qu'après trois salves d'applaudissements, le public ne paraissait pas convaincu de lui avoir donné assez de marques de satisfaction et de faveur. Ceci soit dit sans vouloir blesser l'amour-propre de personne, et sans diminuer en rien le mérite d'Audran, qui, très-souvent, placé dans les mêmes circonstances, a rendu le même service au théâtre avec une modestie et un dévouement dont on ne saurait trop le féliciter.

Et d'ailleurs M. Perrin n'est pas un de ces hommes que le moindre accident déroute et accable. Il a plusieurs cordes à son arc, plusieurs ouvrages fort bien montés à son répertoire. Aussi, que de jeunes et jolies femmes, que de talents nouveaux ou justement aimés du public, n'a-t-il pas fait défiler, en quelques jours, sur la scène qu'il administre! Ne dirait-on pas un général habile qui passe en revue ses troupes et se complaît de leur bonne mine et de leur excellente

tenue ? M. Perrin prend son bien où il le trouve : chez
ses voisins, au Conservatoire, en province, et ne
craint de s'imposer aucun sacrifice pour attirer du
monde à l'Opéra-Comique. C'est que M. Perrin,
voyez-vous, est un directeur novice et fort simple
d'esprit. Il faut une bien longue pratique du théâtre
et un génie transcendant pour se persuader qu'on
peut faire de l'argent sans pièces, sans musique et
sans artistes.

Les débuts et les rentrées se sont succédé à l'Opéra-
Comique presque tous les soirs. Nous avons revu
d'abord Mlle Grimm, la jolie transfuge aux épaules
de marbre, aux cheveux couleur de soleil. Après
une excursion de quelques mois dans les parages
de la rue Lepelletier, Mlle Grimm est revenue tout
simplement, et elle a très-bien fait, à son premier
théâtre. Les portes se sont ouvertes à deux bat-
tants devant l'enfant prodigue. On n'a point tué de
veau gras ; c'était un vendredi, je pense, et M. Perrin n'est pas un mécréant. Toujours est-il que
Mlle Grimm a été la bien venue et la bien fêtée.
En attendant qu'on lui commande de nouveaux
rôles et de belles robes neuves, faites à sa taille, il

fallait bien lui donner un rôle et un costume quelconque. On l'a priée de choisir dans la riche garde-
robe de Mme Ugalde, et Mlle Grimm, après bien
des excuses et bien des façons, comme il convient
à une jeune personne parfaitement élevée, a pris la
jolie coiffure de sequins et la jupe aux couleurs
voyantes de la Gitana des *Monténégrins*. Ainsi vêtue,
un peu au hasard et à la hâte, la nouvelle Bohémienne
a eu grand'peur et a dit son air en tremblant. Mais
dans la scène de l'apparition et dans le beau trio du
dernier acte, Mlle Grimm, complétement rassurée,
a été très-belle et très-applaudie. Personne ne dit
mieux qu'elle : *Je t'aime!*..... au théâtre, bien
entendu. Mlle Grimm peut, sans aucun doute, être
très-utile à l'administration et aux auteurs ; mais
il faut qu'elle s'efforce d'être égale et de vaincre certaines défaillances qui paralysent tout à coup ses
moyens.

J'ai fait une rude guerre aux défauts de Mlle Darcier, à sa grâce un peu minaudière, à ses frissons
nerveux, à ses mouvements d'épaule qui ressem-
blaient à un *tic*. Je puis donc, sans être accusé
de flatterie, vanter ses qualités si rares et si précieu-

ses, sa sensibilité profonde, son expression, sa chaleur. L'absence n'a pas fait de tort à la jeune cantatrice. La voix de Mlle Darcier n'a rien perdu de
son mordant, de sa force ; elle a plutôt gagné en
étendue et en volume. Mlle Darcier, par un dévouement qui l'honore, n'a pas attendu, pour faire
sa rentrée, le nouveau rôle que Grisar a écrit pour elle.
Une camarade s'est trouvée indisposée ; le directeur
avait besoin d'une artiste qui dédommageât le public ;
Mlle Darcier n'a pas hésité. Elle a reparu modestement dans le rôle, charmant d'ailleurs, de Rose-
de-Mai, qui en était à sa centième représentation.
Il est impossible de déployer plus d'âme, de mélancolie, de passion touchante et vraie, que ne l'a fait
Mlle Darcier d'un bout à l'autre de l'ouvrage.
Elle avait des larmes dans la voix, et les spectateurs
attendris oubliaient de battre des mains pour pleurer
avec elle.

Nous avons signalé dernièrement à l'attention des
directeurs une élève très-distinguée du Conservatoire
qui a remporté plusieurs prix de chant aux concours
de cette année. M. Perrin s'est empressé d'engager cette
jeune artiste, et bien lui en a pris, car elle a déjà ob-

tenu deux succès dans *la Sirène* et dans la *Part du Diable*. Mlle Lefebvre (c'est d'elle que nous voulons parler) a une voix de soprano très-sympathique et très-pure. Elle chante avec beaucoup de goût, d'agilité et de charme. Elle est de plus bonne comédienne, et depuis que nous l'avons vue au Conservatoire, elle a fait d'incontestables progrès. Je n'en voudrais pour preuve qu'un défaut de prononciation qui m'a choqué alors, et qui, grâce au travail persévérant de Mlle Lefebvre, est devenu presque insensible aujourd'hui. J'aime mieux la débutante dans le rôle de la Sirène que dans celui de Carlo. Les habits masculins ne lui vont pas, aussi bien que le joli costume de paysanne napolitaine. Ensuite, il me semble que le rôle de Carlo exige plus d'énergie, plus de verve, un côté poétique et brillant qui manque jusqu'ici au talent de Mlle Lefebvre. A vrai dire, personne n'a rempli ce rôle à notre gré; et les différentes cantatrices qui s'y sont essayées nous ont laissé plus ou moins froid et désappointé. Dans *la Sirène*, au contraire, Mlle Lefebvre a été charmante. Elle joue avec un naturel exquis et vocalise à ravir.

Boulo avait une lourde tâche, et j'ai tremblé pour

lui lorsque je l'ai vu aborder un des meilleurs rôles de
Roger. Mais Boulo s'est tiré à merveille de ce pas difficile. Il a dit surtout son largo : *Brille sur la nature*,
avec une douceur, une simplicité et une grâce, qui lui
ont valu de nombreux applaudissements. Jourdan, qui
se multiplie par un zèle infatigable et trouve moyen
de jouer tous les soirs, est fort bien sous l'uniforme
d'enseigne. Seulement, je crois qu'il a tort de laisser
tomber son manteau sournoisement sur le toit d'une
auberge pour embrasser sa fiancée plus à l'aise. Les
toits ne sont pas des vestiaires où l'on dépose sa canne
et son parapluie. Que Jourdan garde son manteau s'il
a froid, bien que le climat de Naples ne soit guère
très-rigoureux, et si son manteau le gêne, qu'il le dépose tout simplement sur une chaise : c'est plus naturel.

Grignon est excellent dans le rôle de Barbaja, le célèbre entrepreneur, et Ricquier, dans celui du duc de
Popoli, atteint le sublime du ridicule, du grotesque
et de l'imbécile. Et cependant, que l'acteur me pardonne, je connais bien des ducs napolitains qui ren-
draient des points à Ricquier.

L'automne a été rude aux musiciens. Il y a quel-

ques jours à peine, le peuple de Vienne, oubliant les
malheurs de la patrie pour un deuil privé et, pour
ainsi dire, de famille, suivait en larmes le cercueil de
Strauss, et plaçait à côté du cadavre, sur un coussin
noir, le violon de l'artiste avec ses cordes détendues...
triste et touchant emblème ! Et voilà que nous per-
dons ce pauvre Chopin, le poëte du piano, comme on
l'a justement appelé, un des plus charmants génies de
ce temps-ci. Depuis deux ou trois ans, il marchait
comme une ombre parmi les vivants. Le front pâle,
les joues amaigries, le regard triste et profond, il semblait dire à ses amis : Je ne resterai pas longtemps
avec vous ! C'était une âme rêveuse, poétique et tendre,
qui ne s'épanchait que dans la solitude et dans le recueillement. Quand ses doigts effilés, presque dia-
phanes, erraient mélancoliquement sur les touches
d'ivoire, il s'échappait du clavier frémissant des murmures et des plaintes d'une suavité ineffable. Ses mélodies n'étaient que des soupirs, ses accords une aspiration vers le ciel. Il jouait rarement en public et ce
n'est qu'avec une répugnance extrême qu'il s'exposait
aux applaudissements de la foule. J'ai de lui une lettre
charmante où il me priait d'assister à un concert qu'il

donna dans la salle d'Érard. Malheureusement je ne pus me rendre à cette invitation cordiale et presque fraternelle, car nos soirées ne nous appartiennent pas à nous autres greffiers des plaisirs publics. Quelque temps après, je le rencontrai à Londres chez un de nos amis communs. Mme Viardot et sa cousine, Mlle de Mendi, qui étaient de cette soirée intime, chantèrent des duos espagnols et des ballades d'une grâce ravissante. Chopin, qui s'y était refusé d'abord, consentit à se mettre au piano. Pendant deux heures il nous tint sous un charme inexprimable. Aucun de nous n'osait respirer.

Frédéric Chopin était né aux environs de Varsovie. Son premier maître de piano fut un vieux Bohême nommé Zywni. Proscrit dès sa première jeunesse, il erra pendant quelque mois de Vienne à Munich, et vint se fixer à Paris vers la fin de 1831. Son apparition fit événement dans le monde musical. On n'avait jamais entendu jouer de la sorte. Sa manière n'appartenait qu'à lui. Ses compositions, d'une originalité et d'une délicatesse rares, ne sauraient être exécutées que par celui qui les avait rêvées. Il laisse un grand nombre de fantaisies, de rondos, de valses, de mazurkas, mais quelle est la main téméraire qui osera toucher à ce précieux héritage ? C'était l'âme de Chopin qui vibrait dans ces notes immortelles, et l'âme de Chopin s'est envolée.

Maintenant, nous sera-t-il permis de donner quelques regrets à un tombeau moins illustre, mais qui n'en réveille pas moins pour nous de touchants souvenirs ? Tout Paris a connu ce bon vieillard, à la figure douce et régulière, aux cheveux blancs, à la barbe grise, vêtu de couleurs vives et criardes. Dans les beaux jours, il se promenait sur les boulevards ; le soir, on le voyait aux premières représentations du Théâtre-Italien, dont il était très-friand. Voici son costume de gala : une petite veste rouge éclatante, un pantalon rouge, un gilet rouge et des pantoufles rouges aussi. Autour de son cou flottait une décoration inconnue, un grand cordon bleu moiré. Son chapeau mérite une description particulière. C'était un chapeau de paille à larges bords et à fond évasé, orné d'un large ruban brodé de perles et d'une couronne de roses artificielles, enjolivé de chaînettes d'acier, de grains d'Amérique, de verroteries, de clinquant, des ornements chéris des sauvages. C'était là

son grand uniforme. Les autres jours, il s'habillait in-
différemment en bleu, en jaune ou en vert, mais il
avait soin que les différentes pièces de son étrange
costume fussent parfaitement assorties. Jamais il
n'aurait mis un gilet pistache avec un habit coquelicot.
Ses couleurs pouvaient bien crier, mais elles ne ju-
raient pas ensemble.

Cet homme s'appelait Carnaval, tant il est vrai que
les noms sont souvent prédestinés! Son frère, le cha-
noine Carnaval ou Carnavale, comme cela s'écrit en
italien, était un des théologiens les plus savants et les
plus estimés de la Calabre. Celui qui vient de mourir
à Paris avait cultivé, dès son jeune âge, la poésie et la
musique. Arrêté avec Cimarosa en 1789, il fut jeté
dans un cachot et condamné à mort. Mais, grâce à une
protection mystérieuse, sa peine fut commuée en un
exil perpétuel. Carnaval arriva à Marseille dans un
dénûment complet. Plusieurs de ses compatriotes lui
offrirent leur bourse; mais le jeune émigré, dont le
caractère fut toujours d'une fierté extrême et d'une
susceptibilité presque maladive, refusa net et voulut se
créer quelques ressources en donnant des leçons
d'italien.

Comment sa folie a-t-elle commencé? — si cela peut s'appeler une folie de ne pas aimer les habits de couleur sombre, — je n'ai jamais pu le savoir au juste. On m'a dit que la perte d'une femme qu'il adorait, l'avait fait tomber dans une mélancolie profonde ; qu'il avait écrit d'abord à sa bien-aimée défunte des lettres fort touchantes et qu'il était allé les déposer lui-même sur le tombeau de sa maîtresse, en la priant de vouloir bien lui répondre; qu'après avoir attendu vainement, comme on le pense, il se mit à éclater de rire et, jetant loin de lui ses habits de deuil, il adopta ce costume étrange auquel il est resté fidèle jusqu'à la fin de sa vie.

Le premier jour où Carnaval se montra en plein Paris , dans son accoutrement pittoresque , il fut suivi d'une foule énorme. Le second jour , les curieux diminuèrent; le troisième jour son cortége ne se composa plus que de quelques badauds entêtés; au bout de quelque temps on finit par ne plus y faire attention. Je lui demandais dernièrement s'il avait envie de revoir son pays. Eh! mon Dieu, me dit-il, croyez-vous qu'on m'y laisserait tranquille? Il m'a fallu dix ans pour faire l'éducation des gamins de Paris !

Carnaval était, pour les choses de la vie, d'une délicatesse rare et d'une probité exemplaire. Il faisait trois parties du peu d'argent qu'il gagnait avec ses leçons : la première était pour les pauvres, la seconde était destinée à sa nourriture, et la troisième à sa toilette, c'est-à-dire à l'achat de ses étoffes, car il coupait et cousait lui-même ses habits et ses chaussures. C'était là tout son luxe, comme il me l'a souvent avoué. Il se ruinait en taffetas jonquille et en velours ponceau !

Son ordinaire était des plus simples, et il le préparait de ses propres mains : un peu de riz, quelques pommes de terre, rarement de la viande, jamais de pain. Il prétendait que quand on se nourrit de pain, tout ce qu'on mange avec prend le goût du pain, et que le palais, blasé par cet aliment monotone, ne distingue plus la saveur des autres mets.

Il couchait tout habillé dans un fauteuil, et se levait, été comme hiver, à quatre heures du matin. Lorsqu'il se sentait devenir malade ou que sa raison s'altérait aux approches des grandes chaleurs, il prenait le chemin de l'hospice et priait les médecins de le garder jusqu'à ce que son accès de fièvre ou de folie fût passé.

Une année, sa maladie se prolongeant plus que de coutume, il tomba dans une détresse affreuse. Ses amis, pour adoucir sa position, sans blesser sa fierté, confièrent au médecin qui le soignait le produit d'une souscription qu'ils avaient faite entre eux, ayant bien soin de prier le docteur de ne pas dire d'où lui venait cet argent. Mais ils avaient compté sans Carnaval. Dès qu'il eut repris l'usage de sa raison, il obséda tant son médecin, il pria, il supplia avec tant d'insistance et un chagrin si vrai, que le médecin, pour lui épargner une nouvelle atteinte de folie, fut obligé de lui tout avouer. Alors par des efforts sublimes d'économie, de patience et de travail, Carnaval amassa sou par sou, tantôt dix, tantôt quinze francs, et dès que ces bienheureuses pièces d'argent rayonnaient dans la main du pauvre monomane, il s'en allait joyeux, léger, dansant, chez un de ses bienfaiteurs, et, s'acquittant de sa petite dette, il écrivait sur le papier qui contenait la somme : Avec les remercîments sincères de M. Carnaval.

Il ne croyait pas à la mort ; c'était là une de ses plus douces folies. Pour lui, les hommes d'un certain mérite, surtout les artistes, ne mouraient pas, ils dis-

paraissaient pour quelque temps, voilà tout. Ils con-
tinuaient à vivre sur la terre, et se promenaient parmi
nous, invisibles au commun des vivants; mais se ré-
vélant en chair et en os aux âmes sympathiques et
croyantes. Ainsi, il lui arrivait souvent de dire : Je
viens de rencontrer Bellini ou Mozart, ou madame
Malibran; ils m'ont dit telle chose et telle chose; je
leur ai répondu qu'il fallait prendre patience, etc. Un
jour, comme je lui donnais quelques signes d'incrédu-
lité, Carnaval me prit la main avec force, ses yeux
s'humectèrent, sa voix devint vibrante, et il me dit
avec un accent que je n'oublierai jamais :

— Me croyez-vous par hasard un malhonnête
homme? Ai-je jamais menti? ma vie n'a-t-elle pas
toujours été pure et sans tache? ai-je donné le droit à
quelqu'un de douter de ma parole?

Je me hâtai de le rassurer.

— Eh bien ! donc, poursuivit-il, quand je vous dis,
quand je vous jure sur ma parole d'honneur que je
viens de voir Cimarosa comme je vous vois, et qu'il
vient de me parler, pourquoi me faites-vous l'offense
d'en douter?

Il s'est éteint doucement comme il avait vécu. Quelques passants qui l'avaient vu tomber sur le trottoir, s'empressèrent autour de lui. Carnaval ne donnait plus signe de vie. On le transporta à l'hospice Beaujon. Son agonie ne fut qu'un long assoupissement.

Le lendemain, la femme d'un de nos plus célèbres artistes, Mme Lablache, alla demander des nouvelles du malade.

— Il est mort, dit le portier de l'hospice.

Pauvre Carnaval! Il pourra causer désormais avec ses chers immortels, et pas une voix, pas une âme dans le monde de lumière et de vérité qu'il habite ne fera plus entendre à ses oreilles ces cruelles paroles : cet homme est fou !

31 octobre 1849.

V

« Je m'imaginais qu'il n'y avait rien à voir après
les *Amusements de Muley-Bugentuf*; mais je me trom-
pais. Des timbales et des trompettes nous annoncèrent
un nouveau spectacle : c'était la distribution des
prix. On apporta donc tout à coup sur le théâtre
deux longs bancs d'école, avec une armoire à livres
remplie de bouquins proprement reliés. Alors tous
les acteurs revinrent sur la scène et se rangèrent tout
autour du seigneur Thomas, qui tenait aussi bien sa
morgue qu'un préfet de collége. Il avait à la main

une feuille de papier où étaient écrits les noms de
ceux qui devaient remporter des prix. Il la donna au
roi de Maroc, qui commença de la lire à haute voix.
Chaque écolier qu'on nommait allait respectueuse-
ment recevoir un livre des mains du pédant; puis il
était couronné de lauriers, et on le faisait asseoir
sur un des deux bancs pour l'exposer aux regards
de l'assistance admirative. »

Ces mots, qui se trouvent au deuxième livre de *Gil-
Blas*, montrent que de tout temps et en tout lieu, les
distributions de prix ont été à peu près les mêmes.
Moi aussi je croyais qu'après l'*amusement* des concours du Conservatoire dont j'ai rendu un compte
fidèle, il n'y avait plus rien à voir. J'oubliais la distribution des prix. Elle a eu lieu dimanche, avec sa
pompe habituelle. La séance a commencé par un
discours de M. Charles Blanc. M. de Beauchesne a lu
les noms des lauréats. Chaque élève qu'on nommait,
les messieurs en habit noir et les demoiselles en
robes blanches, allaient recevoir des mains de M. le
directeur des beaux-arts, des violons, des basses, des
trombones, des trompettes, des partitions, des
médailles et des diplômes. On a économisé les

lauriers pour ne pas alarmer la commission du budget.

Après cette cérémonie, qui a duré une bonne heure, les élèves ont voulu donner un petit échantillon de leur savoir-faire. J'aurais beaucoup retranché du programme. Un duo pour deux pianos, composé par Thalberg sur les motifs de *Norma*, a été parfaitement exécuté par Mlle Gras et par le petit Wienawski. Cet enfant, qui n'a pas dix ans, est déjà un artiste. On le voit à son front singulièrement développé pour son âge, à son regard pénétrant, à son attention concentrée. L'*aubade* de M. Bazin est un véritable tour de force. Il a fallu beaucoup de peine et beaucoup d'esprit pour faire entrer dans un seul morceau, le moins désagréablement possible, tous ces solos de cor, de basson, de trompette, de hautbois et de flûte. On ne s'en est point tenu aux aubades. Il y a eu des airs, des duos, des fragments de comédie, une scène de *la Favorite*, et un trio bouffe du *Maître de chapelle*. La petite salle du Garde-Meuble regorgeait de spectateurs. Les mères pleuraient dans un coin; les pères rêvaient pour leurs enfants les plus brillantes destinées. Voilà pourtant deux ou trois cents nouveaux artistes qu'on jette sur le pavé de Paris. Que Dieu leur vienne en aide !

L'Opéra et l'Opéra-Comique ont stéréotypé leur affiche et s'en trouvent à merveille. C'est une grande et belle chose que le succès, pour les auteurs d'abord, pour les directeurs, pour les artistes, pour tous ceux qui en profitent ; mais aussi, mais surtout pour le critique. Le créateur du monde se reposa le septième jour ; le critique, lui, qui n'a rien créé, ne peut se croiser les bras qu'après un grand succès. Ceux-là donc nous calomnient d'une manière étrange, qui prétendent que nous nous plaisons aux désastres, que nous n'appelons de nos vœux que la ruine et l'abîme. Qu'y gagnerions-nous, je vous prie ? et le beau spectacle, en vérité, que d'assister, trois heures durant, à l'agonie d'une œuvre médiocre et absurde ! Après avoir subi notre part du supplice commun, lorsque tous les autres oublient les fatigues et les ennuis de la soirée au sein de leur famille, nous rentrons chez nous pour tailler nos plumes et nous livrer à la plus ingrate besogne. Le public a tué la pièce : c'est à nous de l'enterrer proprement, après l'avoir toutefois disséquée et embaumée avec toutes sortes d'aromates et d'épices.

Il faut trouver moyen de dire à l'auteur qui nous serrait la main quelques minutes auparavant : **Votre ouvrage n'a pas le sens commun**; au comédien qui, la veille encore, protestait de son admiration profonde pour notre esprit, de son dévoûment inaltérable pour notre personne, il faut insinuer doucement qu'il s'est trompé de vocation; il faut, par des métaphores habiles et des réticences polies, faire comprendre à la prima donna, qui nous lançait naguère les œillades les plus perfides et le plus charmant sourire, que n'ayant reçu de la nature aucune espèce de voix, elle a jugé sans doute inutile de la cultiver. Et lorsqu'enfin nos précautions sont bien prises, lorsque nous avons de notre mieux dissimulé la chute, excusé les défauts, plaidé les circontances atténuantes; lorsque nous avons ménagé les amours-propres, les caprices, les vanités, les manies, les intérêts de tout le monde, nous pouvons inscrire hardiment au calendrier de nos ennemis cinq ou six noms nouveaux qui nous détestent de tout leur cœur et nous déporteraient volontiers, si cela dépendait d'eux, à l'île Mayotte.

Parlez-nous, au contraire, des grands succès, des œuvres sérieuses et fécondes; parlez-nous du *Pro-*

phète et de *la Fée aux roses*, pour ne citer que les deux ouvrages qui ont le plus réussi à nos deux théâtres lyriques. Comprenez-vous notre bonheur? Dire du bien de tout et de tous, distribuer des éloges et recueillir des poignées de mains; sourire à droite et à gauche, sans rencontrer la moindre grimace; nous sommes, de l'aveu de tous les intéressés, les écrivains les plus aimables, les plus savants, les plus spirituels de l'univers, et nous pouvons, si bon nous semble, le jour même où notre article paraît, partir pour la campagne et ne revenir que dans deux ou trois mois.

Mais vraiment ces directeurs de théâtre sont insatiables. Plus l'argent s'accumule dans leurs caisses comme dans les caveaux de la Banque, plus ils se remuent et s'agitent pour trouver de nouveaux filons, de nouvelles mines. L'Opéra qui, depuis quelques jours, sent la volonté et la main d'un seul directeur, paraît redoubler d'efforts. La rentrée prochaine de Fanny Cerrito, les charmants ballets de Saint-Léon : *la Vivandière* et le *Violon du Diable*, en attendant quelque création nouvelle, vont ramener les admirateurs de cette danse entraînante et voluptueuse, dont la belle Napolitaine est le type le plus complet. Tous ceux qui préfèrent la réalité à l'ombre, les contours onduleux et souples à la maigreur diaphane et correcte, la grâce et la beauté du corps à la prestidigitation des pieds, s'empresseront de regagner leurs places, où ils n'ont laissé qu'un gant pendant l'absence trop prolongée de Mme Cerrito.

Quant à M. Duponchel, qui s'occupait particulièrement de la partie équestre de notre premier théâtre lyrique, frappé, dit-on, par la justesse de ce mot : « Vous êtes orfèvre, monsieur Josse! », il va consacrer désormais tous ses instants à l'art de Benvenuto Cellini, et transformer la part de richesses que la gestion de l'Opéra lui a rapportée, en toute sorte de bijoux contrôlés.

L'Opéra-Comique, à son tour, redoutant le rêve de Pharaon, des sept vaches grasses et des sept vaches maigres, fait tout son possible pour balancer les recettes et alterner les succès. *Les Mousquetaires, le Maçon, les Monténégrins, Haydée* et dernièrement *l'Eclair,* avec Mlles Grimm, Meyer et Boulo, voilà bien des curiosités, bien des attraits. Boulo fait des progrès si réels et si rapides, que le public ne s'est pas contenté de l'applaudir et de le rappeler dans

l'Éclair, on lui a fait répéter l'air du troisième acte :
Quand de la nuit, qu'il dit d'une manière délicieuse.

Jourdan vient de se marier avec une cantatrice
remplie de grâce et d'esprit, Mlle Mercier, qu'on
appelait au théâtre Mlle Levasseur, pour ne point
la confondre avec sa presque homonyme Mlle Lemercier. J'avais cru que le mariage aurait mis un
peu de poids dans la tête de Jourdan et un peu
de sérieux dans sa tenue. Il n'en est rien, malheureusement, et je suis forcé de le quereller dès
les premiers jours de sa lune de miel. Jourdan ne
sait pas, ne peut pas, ne veut pas demeurer en place.
Il a l'insupportable manie de sautiller, de gambader,
de s'agiter, de courir comme s'il était piqué par la
tarentule. Coupez en deux la couleuvre au moment
où elle replie ses anneaux, et les deux tronçons du
serpent, qui tendent à se rapprocher, vous donneront
une idée de ce mouvement, de ce frétillement perpétuel. Je ne sais si les auteurs encouragent ce travers
dans l'espoir de jeter sur certains rôles une gaieté
factice et d'arracher du parterre quelques rires de
mauvais aloi, mais je sais que cela devient choquant
dans l'*Éclair*. Le jeune étudiant d'Oxford que Jourdan

représente, est un garçon sans conséquence et sans cervelle, plus paresseux que fat, plus gourmand qu'amoureux, avec une bonne dose de présomption, d'impertinence et d'égoïsme. Il ne faut pas en faire un pantin, il ne faut pas surtout que sa légèreté de dandy dégénère en charges grossières, comme lorsqu'il va s'asseoir sur un fichu et s'en relève piqué au vif; ou lorsqu'il tombe tout d'une pièce grotesquement aux genoux de sa cousine. De telles inconvenances rendent peu vraisemblable le mariage de la fin; car jamais ni miss Henriette ni sa sœur ne consentiraient à épouser un homme ridicule et mal élevé.

4 décembre 1849.

VI

THÉATRE DE L'OPÉRA-COMIQUE : LES PORCHERONS opéra-comique en trois actes; paroles de M. Sauvage, musique de M. Grisar.

L'action s'engage vite et bien, par un bon coup d'épée donné par un domino gris, reçu par un domino noir, au sortir du bal de l'Opéra. Nous sommes en plein Louis XV. Le jour commence à poindre. Le domino gris ne veut point se démasquer, mais ses deux témoins jurent sur leur foi de gentilshommes qu'on peut, sans déroger, croiser le fer avec lui. Cela étant, les deux adversaires se font, de part et d'autre, une profonde révérence et disparaissent par une allée du bois de Boulogne. Les curieux s'ameutent. On entend le cliquetis des épées; le combat ne dure que quel-

ques secondes. Le domino gris s'éloigne pour se mettre
à l'abri des poursuites ; car M. le lieutenant-général
de police n'entend pas raillerie sur le duel. Le domino
noir revient sur la scène pour panser sa blessure.
C'est un nabab, un mulâtre, une espèce de Lugarto
aux passions ardentes, au cœur dépravé, remuant les
rubis à la pelle et cousu de millions. Ce séducteur au
teint de réglisse est venu en France dans l'intention
honnête et avouée d'acheter tout ce qui était à vendre,
et rien jusqu'ici n'a résisté à sa volonté, à son or. Il
connaît le prix courant des dévoûments les plus sincères, des plus solides vertus, des consciences les plus
incorruptibles. Tout plie, tout s'incline devant la formidable puissance d'une fortune dont on ne connaît
ni la source, ni les bornes. Mais voilà une jeune et
jolie évaporée, une veuve à la fleur de l'âge et des
caprices, la séduisante marquise de Bryane, qui s'avise
tout à coup de mépriser le nabab et ses trésors. Il
faut que cette rébellion sans exemple soit punie par
une vengeance exemplaire. Des Bruyères, tel est le
nom du mulâtre, a parié dix mille louis, ni plus, ni
moins, que la belle marquise... Vous savez ce qu'on
pariait sous S. M. Louis XV.

Et pour aller droit au fait, l'entreprenant Des
Bruyères a voulu, cette nuit même, enlever Mme de
Bryane au bal de l'Opéra. Mais le maudit domino
gris, s'attachant aux pas de la marquise avec une
discrète et persévérante sollicitude, a déjoué les projets du ravisseur et l'a saigné tout à l'heure au bras
par-dessus le marché. N'importe! les millions du
nabab n'en auront pas le démenti. Comme il renou-
velle à part lui ce serment d'Annibal, voici une ravissante amazone qui, par une fantaisie de jolie
femme, vient faire un tour au bois quand le soleil
n'est pas encore levé à l'horizon. C'est Mme de
Bryane, que suivent dans sa course insolite et ma-
tinale deux de ses parents de province, le vicomte et la
vicomtesse de Jolicourt, deux incomparables types de
candeur, de noblesse et de dignité. Je soupçonne
un peu ces braves gens de vivre aux dépens de la jeune
veuve. Mais ils n'en sont pas moins à plaindre d'être con-
traints d'obéir à tout ce qui peut passer de folies, d'extra-
vagances et de caprices par la cervelle d'une enfant gâtée.
Rien de plus risible et de plus touchant à la fois que
l'air de gravité, la résignation, la décence de ces deux
victimes. Le vicomte est un cavalier accompli. Il fait

de la tapisserie à ravir, et monte un cheval *de son âge* avec une grâce, une aisance, une bravoure héroïque. La vicomtesse pourrait dompter bien des cœurs; mais une réputation sans tache, une fidélité inébranlable, et l'espoir éternellement déçu d'avoir un héritier de son vicomte, en font la perle des vicomtesses et le modèle des épouses. Il faut voir l'étonnement de la digne femme, ses exclamations naïves, sa pudeur alarmée, quand elle apprend de la bouche de sa cousine la mystérieuse existence d'un ange, d'un protecteur inconnu qui veille incessamment sur la jolie veuve, l'arrache aux dangers qui la menacent, et disparaît quand le péril est passé. — Vous me contez là, ma jolie cousine, dit la vicomtesse au comble de la stupéfaction, une histoire bien plus incroyable que tous les romans que j'ai lus. Quel peut être ce galant invisible? On m'a aussi fait la cour bien souvent, mais on s'est toujours montré. — Rien n'est plus vrai cependant, répond la cousine. Rappelez-vous ce voyage où j'ai pensé mourir, étouffée par une émeute. Qui m'a soulevée dans sa main comme une plume légère? C'est lui! mon protecteur inconnu! Souvenez-vous de ce canot qui sombra tout près du rivage. Qui nous sauva d'une mort certaine? C'est lui! mon ange invisible! Et cette nuit, quand ces affreux masques se pressaient autour de moi, dans des intentions trop faciles à deviner, qui les a dispersés du geste et m'a ramenée saine et sauve dans vos bras? C'est lui! toujours lui!

Le fait est qu'à l'instant même, et comme pour ajouter une preuve nouvelle au récit de Mme de Bryane, le cheval de la jolie veuve ayant pris le mors aux dents, est arrêté par une main vigoureuse au bord du précipice, et l'on sauve pour la vingtième fois les jours de l'imprudente amazone. La belle évanouie est portée sur un banc; ses gens s'empressent autour d'elle, le vicomte et la vicomtesse poussent des cris de douleur, ce qui n'est pas mal pour des collatéraux qui auraient pu hériter. Un jeune homme d'un air modeste, en costume de paysan ou d'ouvrier, se tient près de la marquise et paraît suivre ses mouvements avec la plus vive anxiété : c'est le protecteur mystérieux qui vient d'arrêter le cheval de Mme de Bryane; mais au moment où la jolie veuve rouvre enfin les yeux et reprend connaissance, le jeune homme se perd dans la foule, au grand regret du vicomte, qui, toujours digne, toujours généreux, avait tiré sa bourse pour rémunérer le manant de sa courageuse action. Mais ce garçon, qui ne paraît pas manquer de fierté, refuse l'argent du vicomte, et dit qu'un jour peut être il viendra réclamer sa récompense.

Ce jour n'est pas loin, comme vous allez voir. Le jeune homme se présente avec un rabot dans sa poche et une scie sous le bras chez Mme de Bryane, et malgré la consigne sévère qui ferme à tout le monde l'appartement de la marquise, encore indisposée des suites de son accident, il demande à être introduit auprès d'elle. La camériste lui rit au nez pour toute réponse. Mais l'ouvrier, très-fertile en ressources et très-expéditif de son naturel, se saisit d'une sonnette et carillonne avec tant d'acharnement, que bientôt toute la maison est sur pied. M. le vicomte arrive en robe de nuit, madame la vicomtesse en pet-en-l'air. — Qui êtes-vous? que voulez-vous? que veut dire ce vacarme? s'écrie le Jolicourt indigné. — Je viens demander ma récompense, répond l'inconnu en riant. Avez-vous déjà oublié que j'ai eu l'honneur de sauver Mme la marquise? — Eh bien! voici de l'argent, et laissez-nous tranquilles. — Je ne veux point d'ar-

gent , réplique le jeune ouvrier, je veux de l'ouvrage.

Nous avons vu le moment où Mocker allait demander le droit au travail avec accompagnement de
violons et de flûtes ; mais, grâce à l'esprit de M. Sauvage et au talent de Grisar, au lieu d'une déclamation
maussade, nous avons eu une jolie scène et un charmant quatuor. Vous pensez bien que ce n'est point
pour briser un émail ou pour déranger un coffret que
le bon génie de Mme de Bryane s'est armé d'un ci-
seau et d'une scie. Un nouveau danger, plus grand,
plus terrible que les autres, menace la jeune femme,
et voilà pourquoi M. Antoine est accouru en veste
grise et en tablier d'ébéniste. En effet, l'affreux mulâtre ne tarde pas à paraître, précédé de deux nègres
et de deux corbeilles, que l'ouvrier lui-même se charge,
par un excès de complaisance, de remettre à leur
adresse. La première est destinée à la respectable vicomtesse : les fleurs en sont magnifiques, mais sans
odeur ; la seconde est pour la marquise, et, sous les
fleurs les plus embaumées, se cache, en manière
d'aspic, un billet de la plus perfide douceur. M. Antoine, qui sait tourner un couplet beaucoup mieux

qu'un dossier de fauteuil, remplace adroitement le
billet du nabab par une romance de sa façon. Le
mulâtre ne se tient pas pour battu. Il sème l'or à
pleines mains, corrompt les gens de la marquise, et se
glisse hardiment dans le boudoir. Un bruit de pas se
fait entendre. C'est ce bon M. de Jolicourt qui vient
s'assurer par lui-même que ses ordres ont été respectés et que pas une âme vivante n'a osé, en son
absence, pénétrer chez ces dames. Le Des Bruyères,
qui se croit surpris, va se blottir sous une robe à paniers de la marquise. La situation ne laisse pas d'être
bizarre ; mais que ne braverait-on pas pour se trouver en tête-à-tête avec une femme si dédaigneuse
et si fière qu'on croit enfin tenir en sa puissance ?
Mᵐᵉ de Bryane, enfermée chez elle et se croyant
parfaitement seule, est tirée tout à coup de sa rêverie
par un frôlement d'étoffes et un soupir étouffé. Le nabab
croit le moment venu : il veut sortir de sa cachette et
s'embarrasse dans les paniers. Le cri de terreur qu'allait
pousser la jeune femme est arrêté sur ses lèvres par
un immense éclat de rire. Le mulâtre est si confus,
si penaud, dans son grotesque accoutrement, que la
gaieté de la jeune femme s'épanche en dés transports

inextinguibles. Ce rire argentin, vibrant, saccadé,
qui tantôt murmure et serpente comme un ruisseau
contenu dans ses bords, tantôt jaillit en fusée ou éclate
en tonnerre, parcourant ainsi toute la gamme depuis
les sons les plus graves jnsqu'aux notes les plus
aiguës, est pour le vaniteux Des Bruyères une indicible
torture. Il jure, en grinçant des dents, que les rieurs
seront bientôt de son côté, et pour se venger de cette
scène humiliante qui a pour témoins la femme de
chambre de Mme de Bryane et l'inévitable ébéniste,
il imagine une dernière infamie.

C'était alors une véritable fureur, à la cour et à la
ville, d'aller à la guinguette des *Porcherons*, comme
nous avons vu de nos jours quelques-unes de nos
femmes honnêtes, plus intrépides ou plus curieuses
que les autres, se fourvoyer au Château-Rouge et à
Mabille.

Tout le monde sait par cœur la chanson de
Vadé :

> Voir Paris sans voir la Courtille,
> Où le peuple joyeux fourmille,
> Sans visiter les *Porcherons*,
> Le rendez-vous des bons lurons,
> C'est voir Rome, sans voir le pape.

5.

Voir Rome sans voir le pape ! n'est-ce pas quelque
chose de monstrueux, d'impossible? Ainsi le croyaient
nos pères, qui ne se piquaient pas pourtant d'une
bien grande orthodoxie. Nous avons changé tout cela.
C'est un proverbe à refaire. Pour en revenir à notre
affreux Lugarto, voici le plan de sa trame infernale.
Ayant appris que Mme de Bryane allait se rendre
déguisée au cabaret des *Porcherons*, il réussit à l'attirer traîtreusement dans une petite maison qu'il
possède aux environs de la fameuse guinguette. Cette
fois rien ne pourra plus faire obstacle à sa passion bru-
tale. Il aura enfin raison de cette femme orgueilleuse
qui s'est jouée de lui à la face de ses valets. Plus de
pitié, plus de salut pour elle. Il l'a déjà séparée de sa
compagnie; il vient d'enfoncer sous terre, à l'aide de
deux fausses trappes, le malheureux vicomte de Jolicourt et la vicomtesse éplorée, après leur avoir fait
une peur épouvantable. Antoine, le mystérieux ébéniste, témoin de l'affront, vient de se faire l'agent
principal de la vengeance. Des Bruyères croit l'avoir
gagné par ses séductions et par ses promesses. Mais
c'est là que le jeune ouvrier attendait le misérable.
Antoine n'est pas Antoine, comme vous le savez de-

puis le commencement de cette histoire. C'est le
chevalier d'Ancenis qui tombe aux pieds de la belle
veuve et la supplie de lui accorder sa main, qu'il a
méritée par l'amour le plus constant, le plus dévoué,
•le plus tendre. Le mulâtre perd son pari et va se faire
„pendre ailleurs.

La pièce est vive, rondement menée, remplie d'incidents, de péripéties et de détails que nous ne pouvons qu'affaiblir en les racontant. Il suffirait de la
première scène du troisième acte pour attirer plus de
monde que n'en voyait fourmiller autour de ses tables
la célèbre guinguette qu'elle représente. Il y a là un
succès de pièce, un succès de musique, un succès de
décor. Le compositeur, nous le verrons tantôt, ne
pouvait en tirer un plus admirable parti. La richesse
et l'éclat des costumes, l'arrangement des groupes,
les festons de verres de couleur et de lanternes véni-
tiennes qui dorent de leurs joyeux reflets cette cohue
dansante et chantante, forment le tableau le plus gai,
le plus animé, le plus brillant qu'on puisse voir.

On ne.connaissait de Grisar que deux petits ouvrages, deux joyaux, *l'Eau merveilleuse* et *Gilles ravisseur*. Le premier de ces deux petits opéras bouffes

remonte à une date déjà ancienne ; le second a précédé de quelques mois le retour de l'auteur. M. Grisar
est Belge ; mais il habite ordinairement Paris, cette
seconde patrie de tous les artistes. Un beau jour,
M. Grisar quitta le boulevard Montmartre, le boulevard de Gand et le boulevard des Capucines, ces trois
zones qui composent à elles seules l'univers parisien.
Les uns prétendirent qu'il était mort, d'autres qu'il
s'était fait trappiste ; on lui fit son oraison funèbre,
et l'on n'en parla plus. Cependant, M. Grisar était à
Rome, plein de vie et nullement disposé à s'enfermer
dans un cloître. De Rome, il passa à Naples, où il a
fait un assez long séjour, et de Naples à Palerme, où il
est resté trois ans, voyant fréquemment Raimondi, un
des plus savants contrepointistes de l'Europe, feuille-
tant les plus curieux recueils des archives et des
bibliothèques musicales, et se livrant aux plus sérieux
travaux de son art. Voilà comment M. Grisar passait
son temps, tandis que, à Paris, on le croyait mort ou
occupé à creuser sa fosse. Il nous est revenu avec un
ouvrage en trois actes, rempli de beautés solides et de
charmants détails. M. Grisar appartient à l'école mé-
lodique par la clarté du style, par la facilité. l'abon-

dance et la fraîcheur des inspirations ; mais on ne saurait l'accuser, sans injustice, de négliger l'harmonie ; nous serions plutôt tentés de lui reprocher une trop grande recherche, une trop grande richesse et profusion d'ornements.

Je comparerais volontiers l'ouverture des *Porcherons* à ces fines et brillantes mosaïques où l'éclat des pierres est rehaussé par le fini du travail. On sent déjà l'homme qui se préoccupe sérieusement de son œuvre, et dirige tous ses efforts à bien disposer son public. L'introduction se compose d'un chœur de paysans, de jardiniers et de laitières, traité avec beaucoup de verve et d'originalité, d'un petit air bien dit par Bussine, et de l'entrée d'Hermann-Léon :

> Palsambleu, c'est original,
> Un duel en habit de bal.

Le trio de Mlle Darcier, Sainte-Foy et Mme Félix est bien en situation, d'une exposition nette et franche, et d'un tour élégant et spirituel. La romance de Mlle Darcier :

> Pendant la nuit obscure,
> J'entends ses doux accents,

d'une mélodie touchante et simple, a été suivie d'applaudissements prolongés. Le duo bouffe entre Sainte-Foy et Mme Félix est, à mon gré, un des plus charmants morceaux de l'ouvrage. La stretta en est ravissante et d'une gaieté expansive et contagieuse qui rappelle les plus joyeux *allegri* du répertoire italien. Une très-jolie cavatine de Mocker :

> Ah ! revenez à vous,
> Ouvrez vos yeux si doux !

dont le motif est repris et renforcé par le chœur, termine heureusement ce premier acte, et le rideau tombe au milieu des bravos.

Le deuxième acte s'ouvre par le beau quatuor dont j'ai parlé plus haut et auquel succède immédiatement cet air charmant de Mocker : « *Donnez-moi votre pratique !* » qu'on a redemandé à grands cris. J'en demande bien pardon aux auteurs et au chanteur, mais je n'aime pas l'air d'Hermann-Léon, où ce don Juan métis passe en revue toutes les femmes du globe, pour terminer sa kyrielle par un fade madrigal à l'adresse des dames françaises. Dieu me préserve de contester sa conclusion, mais j'oserai croire que les

Andalouses et les Géorgiennes ne sont pas tout à fait à dédaigner.

Les couplets de Mlle Darcier, d'une simplicité et d'une élégance rares, se rapprochent, par la grâce du style et par la fraîcheur du motif, des plus heureuses inspirations de Grétry. Un septuor en *mi* bémol, l'air et l'interrogatoire de Bussine, les couplets de Mlle Decroix, le duo des *Rires*, morceau très-difficile et très-compliqué, et un long trio entre Mocker, Hermann-Léon et Mlle Decroix, voilà le bagage musical de ce second acte, le plus long de tous, et qui gagnerait, ce me semble, à être un peu allégé.

Le troisième acte est ravissant du commencement à la fin. On a *bissé* le chœur à boire, magnifique morceau d'ensemble où les voix sont disposées d'une façon grandiose et magistrale ; on a bissé la ronde des *Porcherons* ; on aurait fait recommencer l'acte entier si on l'eût osé. L'exécution a été parfaite, et les artistes ont tous, sans exception, partagé le succès du compositeur.

Le rôle de Mme de Bryane est, d'un bout à l'autre, un triomphe pour Mlle Darcier. Rarement cette charmante actrice a été mieux inspirée. Jamais elle n'a joué avec plus d'expression, de finesse et d'attraits. Personne ne chante comme Mlle Darcier. C'est une méthode à elle. Comme les grands acteurs savent lancer le mot qui doit soulever la salle, Mlle Darcier fait saillir la note, et lui donne un relief, une vibration, un charme inexprimables. Elle a eu des passages d'une sensibilité exquise, d'une grâce attendrissante, d'un effet prompt comme l'éclair. Si j'ai traité quelquefois sévèrement cette artiste, je m'en suis bien repenti l'autre soir.

Mocker a composé le personnage d'Antoine, ingénieux mélange de distinction native et de rudesse affectée, avec cet amour du naturel, ce soin des nuances, ce goût parfait qu'il apporte dans tous ses rôles. Il était un peu souffrant, comme tout le monde, par ce froid de Sibérie dont nous jouissons. Mais il a triomphé de son malaise par un redoublement d'efforts ; si bien que le public, trompé par le zèle de l'acteur, ne l'a point ménagé et lui a fait *bisser* presque tous ses morceaux.

Le rôle le plus délicat et le plus difficile, car il n'échappe au ridicule que pour tomber dans l'odieux, est échu à Hermann-Léon. Sans l'extrême convenance, la mesure, le tact dont cet artiste a fait preuve, la pièce aurait couru le plus grand danger. Pour le comédien, c'est un tour de force dont les auteurs doivent lui savoir gré ; pour le chanteur, c'est un nouveau succès qu'il peut ajouter à tous les autres dont le souvenir est récent.

J'ai déjà dit le bonheur que m'ont fait éprouver les deux inimitables figures de Mme Félix et de Sainte-Foy. Ce Sainte-Foy fait mes délices. Il a de ces petits cris gutturaux, de ces intonations nasales, de ces faussets étranges qu'on ne peut ni décrire ni noter. Il vous obtient des succès de fou rire avec un bout de manchette ou un point de tapisserie.

Bussine n'a d'important dans son rôle que l'admirable chanson du troisième acte : mais il la chante avec une telle ampleur, avec une verve si énergique et si entraînante, qu'on peut, sans exagération, appeler ce jeune artiste l'une des plus solides colonnes de l'ouvrage.

Ainsi s'est passée cette soirée, dont je ne donne ici que le bulletin rapide. La partition nouvelle sera bientôt populaire. Je ne prévois que trop le

déluge de quadrilles, de walses et de polkas dont ce
pauvre Grisar va devenir le prétexte. Tout Paris
voudra chanter et danser le chœur à boire et la ronde
des *Porcherons*.

15 Janvier 1850.

VII

MADAME GRASSINI. — Quelques mots sur le Théâtre-
Italien. — La Société des Concerts.

L'été dernier, comme je revenais d'Angleterre, je
rencontrai, près du perron du Palais-Royal, une
dame âgée, qui marchait droite et fière comme une
jeune femme. Elle m'aperçut de loin, m'aborda la
première et m'adressa plusieurs questions avec beaucoup de vivacité, d'aisance et de bonne humeur.
C'était Mme Grassini, qui vient de mourir à Milan, comme on a pu le lire dans tous les journaux.
Elle avait alors quelque chose comme soixante-dix-
huit ans. On ne lui en aurait pas donné cinquante.

Peu de femmes ont été si longtemps jeunes, si longtemps aimées.

Toutes les fois qu'une de ces rares et charmantes
personnes, dont le nom a fait battre le cœur de deux
générations, vient à quitter ce monde qui n'a eu pour
elles que des tendresses, des applaudissements et des
fleurs, je n'ouvre point les recueils biographiques
pour y chercher quelques faits et quelques dates. Cela
me paraît triste et froid comme les dernières pelle-
tées de terre qu'on jette sur un cercueil. C'est dans les
regrets qu'on laisse après soi, dans les entretiens des
parents, des amis, qu'une commune douleur a frappés,
dans les souvenirs touchants qu'on évoque, souvent
dans un mot, quelquefois dans une anecdote, que je
saisis l'image vivante de l'artiste qui n'est plus.
Mme Grassini était d'une bonté rare, d'une généro-
sité inépuisable. Elle a comblé les siens de bienfaits.
Son plus doux bonheur, sa préoccupation incessante,
était de rendre des services. Tous ceux qui l'ont connue ne parlent d'elle que les larmes aux yeux.

Elle était née à Varèse, dans le Milanais. Son père
était maître d'arithmétique, d'écriture et d'alphabet...
instituteur primaire, soit dit sans offense. La petite

Joséphine profita d'abord des leçons paternelles, puis elle apprit, toute seule, sur une vieille épinette, assez de musique pour étourdir ses voisins. Le général Belgiojoso vint à passer un jour devant les croisées de la chambre où l'impitoyable enfant se livrait à son concert matinal, sans aucun souci des oreilles du prochain. Émerveillé de la beauté de cette voix si étendue et si sonore, le général voulut connaître la petite virtuose, et se chargea de son éducation musicale.

Mlle Grassini n'avait pas tout à fait dix-huit ans quand elle se fit entendre à Monza, sur un petit théâtre que l'incendie a détruit. Elle joua le premier rôle dans un joli opéra intitulé *le Ramoneur* (*lo Spazzacamino*), et le succès fut tel, que l'entrepreneur du théâtre de Venise et le maestro Nasolini arrivèrent en poste pour voir si tout ce qu'on disait de la débutante était vrai. Mlle Grassini ne s'était point séparée de sa chère épinette. C'était le seul meuble somptueux qu'on remarquait dans la chambre de la plus belle fille, non-seulement d'Italie, mais du monde, comme le disait plus tard le premier consul à Duroc. Deux chaises de paille, dont une

complétement hors d'usage, un petit lit sans rideaux,
quelques cahiers de musique copiés à la main, une
table et un tabouret, complétaient l'ameublement de
la prima donna. Mademoiselle Grassini offrit la chaise
d'honneur à *l'impresario*, prit le tabouret pour elle en
riant ; quant au seigneur Nasolini, il déclara courtoi-
sement qu'il se tiendrait debout pour mieux entendre. Mais, dès les premières notes de cette voix si
fraîche, si vibrante et si pure, qui parcourait sans
aucune difficulté près de trois octaves, *l'impresario*
bondit sur sa chaise, le compositeur leva les mains
au plafond, et les deux hommes s'écrièrent d'une
seule voix : C'est ce qu'il nous faut, c'est notre *Vierge
du Soleil!* Mlle Grassini fit gracieusement la révérence, et deux mois plus tard elle débutait, à la foire
de Padoue, dans la *Vergine del Sole,* opera del maestro
Nasolini.

De Padoue, elle passa à Milan, pour y chanter sur
le grand théâtre de la Scala l'*Artaserse* avec le célèbre
Marchesi. Mme Grassini jouait le rôle du contralto,
Lazzarini le rôle du ténor, et Marchesi, celui... du
soprano ! Marchesi était, comme Crescentini, de cette
race étrange de chanteurs qui étaient seuls admis au

Vatican et à la chapelle Sixtine, pour y remplacer les
voix de femmes. Si l'enthousiasme soulevé par ces
malheureux n'était point confirmé par l'unanimité des
témoignages contemporains, on aurait de la peine à
y croire. J'ai entendu moi-même chevrotter Crescentini. Que de cœurs n'ai-je point fait battre! disait-il
de sa vieille voix cassée. Il n'est pas une de vos cantatrices à la mode qui ait fait couler plus de larmes !

Cependant la Grassini était alors dans tout l'éclat
de son talent magnifique, dans toute la fleur de sa
jeunesse et de son admirable beauté. Naples, Milan,
Venise se disputaient au prix de l'or la faveur de
l'entendre; les compositeurs n'écrivaient plus que
pour elle; d'un bout à l'autre de l'Italie, il n'était
bruit que de ses succès, de ses conquêtes; nul ne
pouvait la voir impunément. Gloire, génie, puissance,
tout s'inclinait devant elle, et le vainqueur de Marengo
tombait à ses pieds !

C'est que Mme Grassini n'était pas seulement
une femme d'une beauté suprême et une cantatrice
inimitable, elle possédait au plus haut degré l'art
d'émouvoir. Talma disait, en parlant d'elle, qu'il
n'avait jamais vu d'actrice douée d'un jeu de physio-

nomie plus mobile et plus expressif. Son profil, d'une pureté antique, son beau front de marbre encadré de magnifiques cheveux noirs, ses sourcils d'une finesse incomparable, ses yeux noirs qui tantôt lançaient des éclairs, tantôt se noyaient dans la plus enivrante langueur, ce merveilleux ensemble des perfections les plus rares, exerçaient sur le public un charme irrésistible. Nul n'exprimait comme elle l'indignation, la douleur, la colère. Aidée par son admirable bon sens, elle avait accompli la première, à Venise, une révolution dans le costume et dans la mise en scène qui ne prévalut que plus tard sur les autres théâtres d'Italie et d'Europe. On jouait alors *Didon*, *Cléopâtre* et *les Horaces* en chapeau à plumes, habit semé de paillettes, robes à queue et perruques poudrées. Mme Grassini alla voir un jour, avec un de ses camarades, le ténor Babbini, je ne sais quelle galerie de tableaux. La collection n'était composée que de sujets grecs et romains. Comme les deux artistes admiraient une Mort de Lucrèce :

— Tiens ! s'écria tout à coup la Grassini, puisque nous jouons des Romains, pourquoi ne nous habillerions-nous pas comme s'habillaient les Romains ?

— Parce que ce serait indécent, répliqua Babbini.

— Vous avez beau dire, mon cher Antoine, mais je ne puis m'empêcher de vous rire au nez quand je vous vois me parler de l'empire du monde en culottes courte et en perruque à marteaux.

— Mais vous, ma chère Cléopâtre, vous êtes ravissante avec votre robe de velours grenat...

— Et mon aigrette de marabouts ! Oui, vraiment; j'ai l'air d'un singe habillé.

— Mais, chère amie, il faut être avant tout de son siècle. Ne voudriez-vous point, pour imiter l'antique, vous habiller comme les statues du palais Farnèse?

— Les statues, mon cher Babbini, ne sont point vêtues du tout, ce qui pourrait, j'en conviens, avoir quelques inconvénients au théâtre. Mais nous ne parlons pas des statues, nous parlons des tableaux. Ne trouvez-vous pas que ce bras nu, ces cheveux simplement nattés, cette robe à larges plis, agrafée par un camée, m'iraient à merveille?

— C'est pour le coup qu'on nous criblerait de sifflets!

— Il faut essayer, mon ami.

— Vous n'y songez pas, ma chère !

I   6

— J'y songe ; et dès demain vous me verrez jouer *Cléopâtre* en véritable reine d'Égypte. Tant pis pour le public s'il ne trouve pas la nouveauté de son goût.

Mme Grassini tint parole. Loin de rencontrer le blâme ou d'exciter des murmures, elle était si rayonnante et si belle sous son nouveau costume, que l'enthousiasme des Vénitiens ne connut plus de bornes. La révolution était faite, et le pauvre Babbini dut quitter ses bas de soie et ses talons rouges pour prendre la toge et le cothurne.

Vers la fin de 1800 ou le commencement de 1801, Mme Grassini traversa Paris pour se rendre en Allemagne, puis à Londres, où elle chanta trois années de suite, emportant avec elle un engagement nouveau pour cinq ans. Mais c'était le temps où l'Angleterre proposait et où Napoléon disposait. De retour d'Italie, où elle était allée voir sa famille, elle se vit refuser ses passe-ports pour Londres. Un ordre supérieur confisqua la célèbre cantatrice comme une marchandise de contrebande. Pour la consoler de ce contre-temps, M. de Rémusat, premier chambellan et directeur des théâtres, vint lui proposer un engagement pour vingt années, comme première chanteuse de chambre de

S. M. l'empereur Napoléon. Mme Grassini accepta
avec reconnaissance, et à partir de ce moment elle fut
attachée aux concerts et au théâtre de la cour, avec
Crescentini, Brizzi, Tacchinardi et Paër. Un jour, à
Rambouillet, c'était en 1808, l'empereur, qui s'en-
nuyait probablement au milieu des chasses et des
fêtes, et rêvait à sa campagne de l'année suivante,
manda tout à coup ses chanteurs ordinaires. Voilà
Mme Grassini, et Brizzi, et Crescentini, et le
maestro Paër, directeur et accompagnateur de cette
petite troupe d'élite, qui se mettent sans retard en
chemin et arrivent à Rambouillet vers sept heures du
soir. Le concert devait avoir lieu le lendemain. Nos
artistes débarquent joyeusement à l'hôtel et comman-
dent leur dîner. Pendant les apprêts du repas une
idée lumineuse traverse l'esprit de Paër.

— Puisque nous avons devant nous une bonne
demi-heure, je vais, dit-il, prendre les ordres pour
le concert de demain. Nous pourrons dîner ensuite
sans aucune inquiétude.

— Oui; mais revenez bien vite, s'écria la troupe
en chœur; on ne vous attendra pas une seconde. Vous
savez le proverbe : ventre affamé...

— Soyez tranquilles ; je suis plus pressé que vous.

Paër se dirigea vers le château; mais comme il ne connaissait pas les êtres, un jeune sous-lieutenant aux dragons de la garde, M. Ragani, qui épousa cette même année Mᵐᵉ Grassini, s'offrit à lui servir de guide. L'officier et le maestro allaient pénétrer dans un corridor, lorsqu'ils entendirent un bruit de pas qui venait de la pièce voisine. L'officier se tint à distance, et Paër, se trouvant tout à coup devant l'empereur, salua profondément.

L'empereur sortait de table. Il avait l'air distrait, préoccupé. Il fixa un instant son regard sur le nouveau-venu, le reconnut, et lui dit avec indifférence :

— Ah ! c'est vous, Paër; chantez-nous quelque chose.

Une tuile serait tombée sur la tête du compositeur qu'elle ne l'eût pas abasourdi davantage. Il n'était pas en voix : la fatigue et les cahots de la route, la poussière qu'il venait d'avaler, la faim qui tiraillait son estomac, le mettaient dans l'impossibilité absolue d'obéir aux ordres de l'empereur. Il se garda bien néanmoins de balbutier la moindre excuse, prit son air le plus riant, s'approcha du piano et chanta un air bouffe avec des contorsions et des grimaces qui pouvaient se traduire par une gaieté folle, mais qui n'étaient en réalité que des tortures.

Pendant que le pauvre artiste s'égosillait de la sorte, Napoléon songeait à autre chose. Quand il eut fini :

— Bien! fort bien! dit l'empereur; continuez.

Paër leva les yeux au ciel et chanta un autre air.

— Bien! fort bien! répéta l'empereur ; continuez.

Il chanta ainsi un troisième morceau, un quatrième, un cinquième.

L'empereur, absorbé par ses pensées, n'entendait pas une note. Seulement, à la fin de chaque air, il répétait son éternel refrain :

— Bien ! fort bien ! allez toujours.

Mais, à la moitié du septième morceau, Paër s'arrêta tout court. Il était essoufflé.

L'empereur, arraché brusquement à sa rêverie, comme le voyageur endormi se réveille en sursaut dès que la voiture s'arrête, demanda :

— Qu'y a-t-il?

— Il y a, Sire, que je suis à bout de mes forces.

— Vous, cher maestro, une nature si robuste, un si bel homme!

— Mais, Sire, voilà deux heures que je chante, et je n'ai point diné!   6.

L'empereur partit d'un éclat de rire, plaignit le pauvre Paër, et le congédia d'un geste affectueux.

Voilà comment Napoléon le Grand en usait avec ses artistes. Mais il les aimait sincèrement et savait les récompenser. Quelque temps après, la Grassini et Crescentini chantaient aux Tuileries *Juliette et Roméo*. Après l'admirable scène du troisième acte, l'empereur, transporté, oubliant l'étiquette, applaudissait à tout rompre. Talma pleurait ; assis sur une banquette tout près de l'orchestre, le grand tragédien avouait que de sa vie il n'avait ressenti une émotion pareille à celle que venait de lui faire éprouver la Grassini. Dès que la représentation fut terminée, l'empereur envoya à Crescentini l'ordre de la Couronne-de-Fer, ce qui donna lieu à ce mot si connu : On l'a décoré pour ses blessures ! Ne pouvant décorer la Grassini, l'empereur lui fit tenir un petit papier sur lequel il avait écrit de sa main :

« Bon pour vingt mille livres.

» NAP. »

Crescentini, qui était hors de lui pour la faveur inespérée qu'on venait de lui accorder, ne put s'em-

pêcher de lorgner du coin de l'œil le billet de sa camarade.

— Vingt mille francs, dit-il; la somme est assez
ronde.

— C'est la dot d'une de mes petites nièces, répondit
la Grassini.

En effet, nous l'avons dit en commençant, jamais
artiste ne fut plus généreuse, plus prévenante et plus
tendre pour sa famille. Longtemps après que l'empire
se fut écroulé, emportant avec tant de choses, la pen-
sion, les avantages et les espérances de Mme Grassini, comme la grande artiste se trouvait à Bologne,
on lui présenta encore une de ses nièces, pour laquelle
il fallait faire quelque chose!

La jeune fille était extrêmement jolie, mais elle
n'avait pas assez de force pour se mettre au théâtre.
C'était, disait-on, un contralto manqué.

Mme Grassini voulut l'entendre, et dès que la petite
eut fait une gamme :

— Chère enfant, dit-elle en l'embrassant, tu n'auras
pas besoin de moi pour te marier si l'envie t'en prend.
Ceux qui t'ont dit que tu étais un contralto sont des
imbéciles. Tu as la plus belle voix de soprano qui

soit au monde, et tu seras bien plus forte que moi,
qui puis chanter trois jours de suite sans me fatiguer.
Travaille allègrement, ma petite. Tu as des millions
dans le gosier.

La jeune fille à laquelle Mme Grassini prédisait de
si brillantes destinées, n'a pas fait mentir l'horoscope. Elle se nomme Giulia Grisi.

Je ne sortirai pas de mon sujet en disant quelques
mots du Théâtre-Italien. Depuis un mois, je n'ai
point parlé de ce théâtre, pour lequel on m'accuse
d'avoir une prédilection marquée. Cette prédilection,
je l'avoue et m'en fais gloire. Je ne puis voir tomber,
sans chagrin, une institution qui a rendu à l'art de si
grands services, et qui réunit encore, quoi que l'on
dise, la meilleure école de chant que nous ayons.
Tous les théâtres, petits et grands, ont obtenu des secours pendant les temps désastreux que nous avons
traversés. Seul, le Théâtre-Italien n'a rencontré nulle
part sympathie ni appui. L'aristocratie l'abandonne,
le bourgeois ne s'y plaît pas, la spéculation le guette.
Cependant jamais, peut-être, les chefs-d'œuvre du répertoire n'ont été exécutés avec plus d'ensemble, de
chaleur et de perfection.

Il suffit de citer *Matilde*, le *Barbier*, la *Cenerentola*. Lablache, qu'une malveillance acharnée poursuivait jusque dans son foyer domestique, a reparu plus jeune, plus puissant, plus admirable que dans ses meilleurs jours. Ronconi, qui souffrait il y a deux ans d'un invincible malaise, s'est placé si haut par le chant, par le jeu, par l'esprit, dans les différents rôles qu'il vient de jouer, qu'on pourra l'égaler peut-être, mais le surpasser jamais. Ceux qui n'ont pas vu le duo de *Cenerentola* par ces deux grands chanteurs, le finale du premier acte et tout le second acte du *Barbier*, ne connaissent point les plus exquises finesses, les plus franches, les plus vives saillies de la verve italienne.

Tandis que les grands artistes rivalisent de talent et de zèle, les petits s'insurgent. Rien de plus comique et de plus affligeant, tout ensemble, que ces petits amours-propres froissés, ces petites vanités, ces petites colères. Je ne sais quel vent d'insubordination, de discorde et d'indiscipline souffle à travers les planches du Théâtre-Italien. Cela ne me paraît pas naturel. Quelque clerc d'huissier a élu probablement domicile aux environs et s'amuse à propager parmi

la gent subalterne l'esprit de division et de chicane;
la virtuosa... gente (je ne veux point me servir du mot
consacré), devient réellement insupportable. Tantôt
c'est une jeune chanteuse qui devrait remercier Dieu
et la direction de l'occasion peut-être unique qu'on
lui a offerte, d'abord, d'emblée, les rôles de la Per-
siani et de la Grisi, et qui se plaint, au contraire, des
bontés qu'on a eues pour elle, et demande une aug-
mentation d'appointements à un théâtre qui ne vit que
de sacrifices. Tantôt c'est une basse-taille infime et
criarde qui voudrait jouer les rôles de Ronconi et qui
nous fait regretter Tagliafico; tantôt c'est un ténor
novice qui, au lieu de prendre le public pour juge du
talent qu'il n'a pas et des prétentions dont il est
bouffi, va frapper aux portes du tribunal de com-
merce. Les choristes réformés, les employés mis à la
porte, les laquais qu'on renvoie, crient vengeance sur
tous les tons de la gamme. Vous verrez que les rats
énormes qu'on a été obligé de chasser de leur gîte
pour nettoyer les calorifères, enverront du papier
timbré à la direction et demanderont vingt mille francs
de dommages-intérêts.

La *Société des Concerts* donne à son public inamo-

vible sa seconde séance, à l'heure même où vous lisez
peut-être ces lignes. A propos du premier concert, il
n'y a que deux mots stéréotypés : Parfait! admirable!
Je n'ai ni le génie ni la paresse de mes spirituels confrères, pour répéter, pour la vingtième fois, l'analyse
de la symphonie en *fa* de Beethoven, de la romance
de Martini : *Plaisir d'Amour*, de la prière du *Siége de
Corinthe*, et de l'ouverture du *Mariage de Figaro*. Il est
bien plus simple de renvoyer le lecteur à la collection
du *Constitutionnel*, qu'il ne lira pas, j'en suis sûr. J'ai
fait vingt fois le même article. La pudeur m'empêche
de recommencer.

Rien n'est changé, depuis l'année dernière, ni dans
la salle, ni sur l'estrade. Seulement la salle est plus
mal chauffée qu'à l'ordinaire, et pour ce qui est de
l'orchestre, Tulou s'est retiré, malgré les plus vives
instances de ses vieux camarades, et a cédé son pu-
pitre à Dorus. Kesser et Blaize seraient encore fermes
à leur poste si la mort ne les avait surpris, l'un jouant
du basson, l'autre de la trompette. *Sic transit!* Enfin
ce pauvre Saint-Laurent, violon médiocre, mais irréprochable archiviste et caissier plein de zèle, est allé
rejoindre Habeneck, son chef d'orchestre!

Voilà pour les morts, voici pour les vivants. M. de Cuvillon, charmant artiste et un des meilleurs violons du Conservatoire, a joué avec une pureté extrême et une grande délicatesse un andante de Baillot. On l'a vivement applaudi, et l'on eût certainement *bissé* le morceau si l'exécutant ne s'était soustrait, par modestie, aux bravos de la salle. Ce qui manque à M. de Cuvillon, c'est l'aplomb, le coup d'œil et la mise en scène, par laquelle certains virtuoses doublent la portée de leurs succès et jettent de la poudre aux yeux du public.

Au reste, il est bien de cette grande et vieille école, légitime orgueil du Conservatoire de Paris. Il y a peut-être en Allemagne des instruments à vent aussi remarquables que ceux de la *Société des Concerts*. Il y a peut-être en Angleterre et en Belgique des contre-basses et des violoncelles aussi brillants que les nôtres, mais aucun pays du monde ne possède une armée de violons manœuvrant avec plus d'ensemble, de précision, de *maestria*. Veillons scrupuleusement à ce que cette gloire ne nous soit point ravie. On compte bien quatre classes de violon au Conservatoire. Mais il faudrait que des artistes sérieux, comme Allard, par exemple, fussent réellement à la tête de ces classes. Nous connaissons tel professeur qui n'a pas touché à un archet depuis vingt ans, tel autre qui ferait mieux de n'y point toucher. Il ne suffit pas, pour enseigner le violon, d'être un parfait brave homme ou un chef d'orchestre plein d'aménité et d'esprit. Il faut joindre l'exemple aux conseils et ne point remplacer la leçon pratique par un dialogue vif et animé.

Si la *Société des Concerts* a eu tous les dieux propices à son début, l'*Union musicale* a déchaîné contre elle tous les démons de l'enfer. Cela paraît tout simple, à première vue, de réunir une centaine de musiciens et une cinquantaine de choristes pour se livrer honnêtement à l'interprétation de quelques symphonies ou de quelques prières. C'est l'entreprise la plus ardue et la plus ingrate qu'on puisse imaginer de nos jours. La foi seule peut soulever de telles montagnes.

L'association brillante, fondée par Habeneck, avait tout pour elle! elle avait la salle gratuite, les encouragements et les sympathies du gouvernement, l'appui des plus célèbres professeurs, le concours des premiers artistes lyriques, les archives musicales du Conservatoire, et, mieux que tout cela encore, elle avait à sa disposition un trésor immense, une mine inexplorée, l'œuvre admirable de Beethoven ! Tout lui souriait, tout lui venait en aide ! L'*Union* doit payer sa salle, copier à ses frais sa musique, recruter son orchestre et ses chœurs en dehors de tous les établissements qui existent. Elle ne peut compter que sur la jalousie des uns, sur l'indifférence et le mauvais vouloir des autres. Défense expresse aux professeurs du Conservatoire de passer par la rue de la Chaussée-d'Antin les jours de concert; défense aux plus petits chanteurs de nos théâtres lyriques de se fourvoyer dans la salle Sainte-Cécile ; défense aux maîtres, défense aux élèves, de frayer avec les hérétiques, les excommuniés ! Cependant, la volonté d'un seul homme, sa conviction, son activité infatigable, ont triomphé de tous les obstacles. Et nous avons vu dimanche un orchestre, sorti de dessous terre, des musiciens inconnus pour la plupart, exécuter merveilleusement la huitième symphonie en *ut majeur* de Mozart. Le premier morceau surtout a été dit avec une perfection si rare, que l'auditoire ne pouvait revenir de sa surprise. On a redemandé à grands cris l'ouverture de *Coriolan*, cette forte et belle page qui commence par les agitations du remords et finit par le soupir de l'agonie. Un chœur de M. Reber, une fantaisie pour piano jouée avec assez de chaleur par M. Fumagalli, un chœur de Gluck et l'ouverture du *Carnaval romain* de Berlioz, ont rempli le reste de la séance. J'allais oublier un débutant... M. Ponchard, le père, qui s'est fait entendre, pour la première fois, dans un air de *Zémire et Azor*. M. Seghers nous a promis des talents nouveaux. Je ne pense pas que M. Ponchard soit un de ces jeunes artistes que M. Seghers a l'intention de produire.

27 janvier 1850.

VIII

LE SONGE D'UNE NUIT D'ÉTÉ, opéra-comique en trois actes, paroles de MM. ROSIER et DE LEUVEN, musique de M. AMBROISE THOMAS.

Le Songe d'une Nuit d'Été! voilà un titre qui fait rêver, voilà des mots qui rappellent des trésors d'invention, de poésie et de grâce! Entre tous les chefs-d'œuvre de Shakspeare, s'il en est de plus saisissants et de plus terribles, il n'en est point d'une imagination plus riche, d'une délicatesse plus exquise, d'une verve plus soutenue et plus étincelante. Au murmure de ces beaux vers, tombant sur le gazon velouté comme les rubis d'une cascade, on croit voir s'envoler des nuées de sylphes, de lutins, de génies : visions

charmantes et légères qui se balancent dans le rayon
d'une étoile ou vont se blottir, au moindre bruit,
dans les épis de blé mûr. Dans cette fantaisie ravissante, qui est restée le modèle du genre, tous les
êtres ont leur langage, tous les esprits leurs fonctions, toutes les fleurs leur légende. Mais Dieu n'envoie de pareils rêves qu'à ses grands poëtes. Les deux
très-spirituels auteurs du *Songe* que je vais raconter,
ont moins d'ambition, moins de hardiesse; ils rêvent
les yeux tout grands ouverts, et, avant de faire un
pas, ils mesurent bien le terrain où ils s'engagent.

Il ne s'agit donc ici ni du jaloux Obéron, ni de
Puck le génie malfaisant, ni de maître Bottom le
tisserand, le rustre à tête d'âne, couronné de roses
par la belle Titania. La muse de MM. Rosier et de
Leuven ne se nourrit pas du suc des primevères, ne
s'abreuve point de quelques gouttes de rosée. Il lui
faut des mets substantiels, des boissons capiteuses.
Nous voici dans la taverne de *la Sirène*. Les apprêts
d'un banquet rabelaisien occupent le nombreux personnel de l'office. L'ordonnateur du festin qui, par
parenthèse, n'a jamais existé que dans l'imagination
de Shakspeare, n'est autre que sir John Falstaff, le

héros bouffon de l'ivrognerie, de la goinfrerie, de la couardise. Il arrive, en effet, roulant son ventre énorme comme un tonneau de Malvoisie, et bientôt la procession solennelle des cuisiniers, des marmitons, des servantes, défile devant ce juge redouté, portant triomphalement les pièces du repas gigantesque. Ce sont de monstrueux esturgeons, des hures colossales, des faisans vêtus de leurs plumes, des forêts d'écrevisses, des bastions de gâteaux de Savoie. Sir John est au comble du ravissement. Ses yeux flamboient, ses narines se dilatent, son nez, dégustant d'avance tant de mets succulents, passe du plus beau pourpre au violet le plus foncé. De son côté, la canaille, flattée par l'approbation du maître, pousse des acclamations frénétiques, et l'heureux Falstaff, élevé sur le pavois comme un empereur romain, disparaît par un escalier tournant, saluant la foule avec autant de grâce que de majesté.

Un instant de silence succède à l'effrayant vacarme de cette ovation improvisée. Deux jeunes femmes masquées, venant on ne sait d'où, cherchant on ne sait quoi, s'abattent, comme deux colombes effarouchées, dans cette salle naguère si bruyante, maintenant déserte et paisible. Quelles sont ces deux beautés mystérieuses et quelle imprudente curiosité les amène? Elles n'ont dit que peu de mots, et déjà nous en savons plus que nous ne voudrions en savoir. Juste ciel! La reine Élisabeth, la vierge-reine, la princesse inflexible et austère dans un bouchon de la Cité! Et toi, mon pauvre Shakspeare, dont la main a tremblé en traçant dans tes pages immortelles une allusion respectueuse et modeste, toi qui, n'osant point nommer la divinité mystérieuse à laquelle s'adressaient, en secret, ton hommage et ton culte, t'écriais dans ton *Songe :*

« J'ai vu, mais nul autre que moi n'a pu le voir, j'ai vu Cupidon tout armé voler entre la froide lune et l'atmosphère de la terre : il a visé le cœur *d'une charmante vestale assise sur un trône d'Occident ;* il a décoché de son arc un de ses traits les plus acérés, comme s'il eût voulu, d'un seul coup, percer mille cœurs; mais j'ai vu la flèche enflammée s'éteindre dans les humides rayons de la chaste lune, et la *prêtresse couronnée* continuer sa route, libre de toute atteinte d'amour et calme dans ses méditations virginales. »

Que diras-tu, mon pauvre Shakspeare, en apprenant que ta souveraine adorée, ta vestale invulnérable, est venue te chercher dans une taverne! L'entrevue de la reine et du poëte remplit la meilleure partie de cet acte. Ne pouvant, ni par prières ni par menaces, faire tomber le masque qui lui dérobe les traits de l'inconnue, William Shakspeare avale de nombreuses rasades et finit par noyer dans le vin son désespoir amoureux. C'est un nouveau moyen d'intimidation pour réduire les cœurs insensibles. La reine, touchée de pitié par le navrant spectacle du génie succombant à ses faiblesses, glisse un message secret dans la coupe de Falstaff, et ordonne à ce gardien fantastique des forêts royales de transporter dans le parc de Richmond le poëte endormi.

Ici commence, à vrai dire, le songe d'une nuit d'été : rien de plus vaporeux, de plus féerique, de plus charmant que la vue de ces grands arbres verts de ces allées discrètes, de ces coteaux baignés par une clarté mate et douce. On entend l'appel du cor, auquel d'autres cors répondent dans le lointain. Ce sont de vagues harmonies, de mystérieuses plaintes

On dirait vraiment que les esprits du soir décrivent leurs cercles magiques autour des buissons en fleurs et dansent leur ronde légère d'un mouvement plus doux que la sphère de la lune. Arraché à sa lourde ivresse, incertain s'il est encore sous l'obsession d'un rêve ou s'il est revenu à la vie réelle, le poëte marche au hasard dans ces bosquets enchantés, lorsqu'il est frappé par le son d'une voix surhumaine. Une blanche apparition se dessine sous les arcades sombres formées par les rameaux entrelacés des marronniers et des chênes. Shakspeare se jette aux pieds de la dame voilée qui lui fait entendre de douces paroles ; mais lorsque, dans un transport d'amour, il veut arracher le voile qui lui résiste, la vision disparaît, et il ne trouve plus dans ses bras que miss Olivia, une des dames de la reine et justement la fiancée de lord Latimer. Rapportez-vous-en au mauvais génie quand il se mêle de brouiller les cartes et de faire damner les pauvres mortels. Il se trouve, à point nommé, que ce lord Latimer, un des amis du poëte, s'en va rôdant autour du parc, agité de soupçons jaloux et altéré de vengeance : *Quærens quem devoret.* Voilà donc le pauvre Shakspeare obligé de croiser le fer avec un rival qui lui tombe des nues. Falstaff, à moitié mort de frayeur, arrive à la tête de ses gardes-chasses. On cherche en vain à séparer les combattants, et le méchant lutin peut dire, en se frottant les mains de joie :

« Maître, que ces mortels sont fous! les voici maintenant qui sont deux à courtiser la même femme! Rien ne m'amuse tant que ces erreurs bizarres et ces accidents imprévus. »

Le troisième acte pourrait s'intituler le réveil : Falstaff est d'abord mandé à la cour pour rendre compte de la façon peu délicate dont il administre le gibier de la couronne et pour faire son rapport sur les événements de la nuit. Il commence par mentir, d'un bout à l'autre de son récit, avec une impudence admirable. Il ne s'est passé cette nuit que les choses les plus ordinaires : les cerfs ont bramé, le zéphir a murmuré, le rossignol a chanté, les insectes ont bourdonné, et le feuillage a frissonné. Mais la reine et sa fille d'honneur, qui ont leurs raisons pour être bien informées, lui font avouer la vérité, mot pour mot et avec les plus minutieuses circonstances. Puis, quand il est bien convenu de tout, on lui ordonne de se taire, sous peine d'être pendu, et de ne tenir pour vraie que sa première version. Après le bouffon, c'est le tour du poëte. Hélas! William Shakspeare a la conviction profonde que la femme qu'il a rencontrée dans le parc de Richmond est la reine Élisabeth. Au cri poussé par Olivia quand la jeune fille a vu tomber Latimer, la reine s'est trahie. Fou de bonheur et d'amour, tremblant d'une émotion indicible, le poëte se présente à l'audience royale et ose rappeler les souvenirs de la nuit. Mais les dénégations calmes et fières d'Élisabeth, confirmées par le témoignage d'Olivia, de Falstaff et de Latimer, qu'il croyait avoir tué et qui se porte à merveille, troublent l'esprit du poëte et le font douter de sa raison, de son génie, de sa propre existence. Cette fois il n'aura plus recours à l'ivresse; il veut en finir bel et bien avec la vie. Heureusement, la reine Élisabeth, ne voulant pas pousser plus loin l'épreuve, avoue tout bas que c'est bien elle qui lui est apparue dans le parc, et, lui donnant sa main à baiser, ajoute d'une voix attendrie : Vivez, Shakspeare, vivez pour la gloire de l'Angleterre !

Et maintenant, cher lecteur, si, lorsque vous irez

voir cette pièce, vous êtes un peu étonné de ce mélange de fantaisie et d'histoire, de personnages réels
et de créations imaginaires, de quelques confusions
de dates et de quelques anachronismes de dialogue,
songez que nos deux auteurs pourraient vous dire
avec bien plus de raison que Shakspeare :

« Indulgents spectateurs, ne blâmez point ce faible
sujet et ne le prenez que pour un songe; si vous
faites grâce, nous nous corrigerons. »

Qu'importe, après tout, le plus ou moins de ressemblance dans un opéra-comique, pourvu que le
compositeur y trouve un cadre approprié à son talent
et des situations musicales dont il puisse faire son
profit. Sous ce rapport, le *Songe d'une Nuit d'Été* a
donné à M. Ambroise Thomas l'occasion de se révéler
sous un aspect nouveau, plus sérieux, plus varié
et plus large. Cette partition nouvelle de l'auteur du
Caïd est remplie de choses délicieuses, de morceaux
qu'on ne se lasse pas d'entendre, et qu'on fait répéter, sans ménagement pour les chanteurs. Elle est
écrite avec soin, avec élégance, avec une salutaire
horreur du faux, de l'emphatique et du vulgaire. La
mélodie abonde dans ces trois actes, surtout dans

le second, et je suis fâché de ne pouvoir relever, dans un seul article, tous les détails gracieux ou touchants qui m'ont frappé à la première représentation.

L'ouverture a été vivement goûtée. Elle débute par une rêverie d'un caractère calme et mystérieux. A cet andante succède un allegro d'un mouvement rapide et d'une excellente couleur. Puis différents motifs de l'ouvrage viennent se dessiner de la manière la plus heureuse et la plus simple, dans un tableau réduit, qui n'en est pas moins d'un grand effet. J'insiste sur la simplicité des moyens employés par M. A. Thomas, car un des principaux mérites de son ouverture me semble la clarté de sa phrase et son excessive sobriété de développements.

L'introduction se compose d'un chœur de marmitons et de servantes, des couplets de Falstaff, et de la marche brillante et grotesque des cuisiniers. Les couplets de Falstaff sont francs de rhythme, joyeux d'allure, et ont bien ce cachet de jovialité, de bonhomie et de rondeur qui distingue les chansons populaires de nos voisins d'outre-Manche.

Le duo de la reine et d'Olivia est rempli de grâce et de coquetterie; mais on a surtout remarqué la

petite ballade du *Roi Richard*, intercalée dans
morceau. Le refrain, d'un style syllabique, est amené
avec beaucoup d'art et donne un nouveau relief à ce
petit hors-d'œuvre dont le public nous a paru enchanté.

J'aime moins le trio qui suit entre Falstaff, la reine
et Olivia, quoiqu'il soit fort bien en situation ; mais
le principal motif m'en paraît moins distingué que
le reste. J'en excepte pourtant un petit *parlante*, mo-
dulé par les violons et traité par l'orchestre avec
beaucoup de légèreté et de grâce.

L'entrée de Shakspeare et les couplets en *mi bémol*
qu'il chante, accompagné du chœur, quoique assez
poétiques, n'ont pas répondu, je l'avoue, complète-
ment à notre attente. Mais c'est là le grand inconvénient de mettre en scène des hommes d'un génie
transcendant. La réalité reste toujours au-dessous de
l'imagination.

En revanche, la romance de Boulo est ravissante
de simplicité et de mélancolie ; elle rappelle par le
sentiment la romance de *Marie* et nous paraît destinée au même succès.

Après la scène d'ivresse, et pendant le sommeil du

poëte, .a reine soupire un *cantabile* d'une facture
arge et d'une merveilleuse douceur. Ce n'est pas un
air, ce n'est pas une cavatine. Je ne sais vraiment pas
quel titre donner à ce morceau, dont l'effet ne saurait être plus charmant.

Une bacchanale éclatante, et une petite marche de
patrouille fort bien instrumentée, terminent l'acte
d'une manière originale et piquante.

Mais le meilleur morceau de l'ouvrage est sans
contredit le chœur de chasseurs qui se trouve au
commencement du second acte. On ne saurait se
faire une idée de l'enthousiasme soulevé par ce morceau. On a redemandé le chœur à grands cris avant
que la seconde strophe ne fût achevée, et on avait
beaucoup de peine à réprimer les applaudissements
qui interrompaient les choristes. Il y a surtout une
rentrée qui, à chaque reprise, faisait courir dans
la salle un murmure d'admiration.

Le duo de Falstaff et de Latimer me paraît trop
viser à l'effet. Le compositeur a voulu sans doute
indiquer les caractères opposés de ses deux personnages; mais le travail se fait trop sentir, et, soit
défaut d'exécution, soit fatigue de ma part, ce

morceau ne m'a point laissé une impression agréable.

Les charmantes vocalises de la reine et son duo
avec Shakspeare, d'une passion profonde et vraie,
méritent des éloges sans réserve.

Le final, traité avec largeur et rempli d'action et
de mouvement, appartient, par la variété des détails,
au genre descriptif.

L'air d'Élisabeth, une très-jolie romance fort bien
chantée par Mlle Grimm, le duo des adieux, le
délire de Shakspeare et la scène finale, tels sont
les morceaux saillants du troisième acte; mais je
ne m'arrêterai que sur deux strophes d'une poésie et
d'une grâce admirables :

> C'est un rêve
> Qui s'achève, etc.

On a fait *bisser* ce petit chef-d'œuvre, véritable
joyau de mélodie et de sentiment. Et, du reste,
Mlle Lefebvre l'a dit d'une façon délicieuse.

On sait par quel acte de dévouement Mlle Lefebvre
se trouve en possession d'un rôle écrit pour
Mme Ugalde. Trahie par ses forces, Mme Ugalde

a dû quitter la partie à la répétition générale.
C'en était fait de la pièce, et déjà les auteurs se
disposaient à la retirer du répertoire, lorsque voilà
une jeune et courageuse artiste qui, en peu de jours,
apprend le rôle d'Élisabeth, le répète et le joue.
Le succès le plus inespéré, le plus franc, le plus
complet, vient de couronner des efforts qui auraient
pu sembler téméraires s'ils n'avaient leur source
dans le sentiment du devoir et dans le désir sincère
de se rendre utile à l'administration et aux auteurs.
Mlle Lefebvre tremblait visiblement à son entrée
en scène. Mais rassurée bientôt par l'accueil du
public, sa voix fraîche et vibrante ne s'est plus
ressentie de la plus légère altération. Les notes élevées de cette belle voix de soprano sont surtout d'une
pureté incomparable, d'une égalité parfaite et d'une
sonorité d'harmonica. Mlle Lefebvre a dit ses
vocalises avec toute l'agilité et l'assurance d'une
cantatrice consommée. Elle a mis dans sa petite romance du rêve une sensibilité exquise, une simplicité
touchante. Mais ce qui a le plus charmé l'auditoire
c'est, je le répète, la fraîcheur de cette voix si jeune
et si pure. Rappelée après la chute du rideau,

Mlle Lefebvre est venue recevoir la récompense de tant de courage et de tant de dévouement.

C'était la soirée des émotions. M. Couderc, dont le souvenir était resté cher à tous, au moment de reparaître, après huit ans d'absence, sur le théâtre de ses premiers succès, a été saisi d'un tel trouble, qu'il a dû faire réclamer l'indulgence du public. Il a été reçu comme on ne reçoit qu'à Paris les artistes qu'on aime. Inutile de dire qu'il a joué admirablement le rôle si compromettant de Shakspeare. Tout le monde s'y attendait; mais ce qu'on espérait moins, c'est qu'il se tirerait avec tant de bonheur de sa partie de chant. Au reste, tout le rôle, très-adroitement écrit dans le milieu de la voix, loin d'embarrasser l'artiste, n'était fait que pour mettre en relief ses excellentes qualités de prononciation, de méthode et de style.

Quant à M. Battaille, il vient d'accomplir, sous nos yeux, le plus étonnant tour de force qu'on ait jamais vu au théâtre. Sa métamorphose est complète. Du soir au matin, il s'est enflé comme une outre dans laquelle le roi des vents aurait soufflé. Il est impossible de reconnaître le magicien nerveux, maigre et souffrant de *la Fée aux Roses*, le toréador à la

charpente osseuse et aux tibias décharnés, le chevrier
malingre et cassé du *Val d'Andorre*, dans cette circon-
férence énorme, dans ces joues rebondies, dans ces
bras pesants, dans ces jambes engorgées. La transformation n'est pas moins remarquable au moral
qu'au physique. Il a chanté avec sa perfection ordinaire; mais ce qui était nouveau pour lui, il s'est
montré comédien excellent dans un rôle bouffe. Sans
doute il n'arrive pas, du premier jet, à ce comique
expansif et contagieux qui fait tordre une salle
entière dans les convulsions d'un fou rire. On prend
plus facilement à Lablache son embonpoint que sa
triomphante gaieté. Mais Bataille est parvenu, à
force d'étude et d'observation, à donner au personnage de Falstaff un cachet d'originalité et d'esprit
qui amuse infiniment le spectateur.

Boulo chante à ravir sa romance et tout le rôle,
un peu sacrifié, de Latimer. Il a eu avec Bataille un
point d'orgue dont seraient fiers les plus éminents
artistes de l'école italienne.

Mlle Grimm est charmante dans ses trois costumes;
sa coiffure, rigoureusement historique, lui sied à
merveille; mais là ne doivent point se borner nos

compliments. Mlle Grimm a chanté son air et son duo avec un élan de passion qui nous a rappelé son succès de *l'Éclair*.

Les chœurs se sont surpassés, et ce nous est une grande satisfaction de voir que l'Opéra-Comique ne néglige aucun détail pour assurer la parfaite exécution d'un ouvrage. La mise en scène fait le plus grand honneur à Mocker. Les décors sont fort beaux. La vue du parc de Richmond et le panorama de Londres, à vol d'oiseau, ajoutent, s'il se peut, à l'intérêt du spectacle. Après cela, *le Songe d'une Nuit d'Été* aura ses cent représentations.

23 avril 1850.

IX

Débuts de Mlle FELIX MIOLAN. — Mariage du prince ALBERT DE PRUSSE et de THÉRÈSE ELSSLER. — Mlle ALBONI. — M. LOUIS LACOMBE. — REYER. — ALARY.

Mlle Félix Miolan, la nouvelle conquête de M. Perrin (car il l'a vraiment enlevée à d'autres théâtres avec une promptitude et un bonheur inouïs), devait paraître dans un nouveau rôle que MM. Scribe et Adam ont écrit pour elle. Mais on a pensé, avec raison, qu'il valait mieux pour la jeune artiste qu'elle s'essayât d'abord dans quelque ouvrage de l'ancien répertoire. Courir à la fois deux risques, celui d'un premier début, celui d'une pièce nouvelle, c'était trop pour une nature très-riche, à la vérité, mais extrêmement sensible et timide comme nous le verrons tout à l'heure.

Mlle Félix ne doit pas avoir beaucoup plus de vingt ans. Elle est heureusement douée. Une physionomie douce et modeste, des yeux très-beaux et très-vifs, quand elle ose les fixer sur le public, le sourire affectueux et bon, l'extérieur décent, la taille parfaitement prise, de la distinction, de l'aisance, des manières toutes simples et toutes naturelles, un air de candeur et d'innocence d'autant plus frappant qu'il est moins affecté, voilà ce qui vous prévient tout de suite en sa faveur. Sa voix, d'un très-beau timbre dans les notes élevées, plus faible et moins égale dans le *medium*, est un soprano bien caractérisé, suffisamment étendu et qui ne manque ni de mordant ni d'ampleur. C'est une de ces voix à grands effets comme il en faut en Italie pour aborder San-Carlo ou la Scala. Pénétrée de ces avantages, Mlle Félix me semble négliger la grâce, le fini, le détail, pour viser à la bravoure, à l'éclat. Elle prend de loin son essor, ralentit tant qu'elle peut le mouvement, drape, pour ainsi dire, sa phrase avec une grande solennité et se lance dans le trait final avec l'intention bien marquée d'enlever l'applaudissement. Elle se ressent, dit-on, de la direction fâcheuse qu'on a donnée d'abord à ses études. Car Mlle Félix, toute jeune qu'elle est, a déjà fait plus d'une tournée en province où elle a dû chanter, au pied levé, sans distinction, sans choix, des ouvrages d'un genre et d'un style différents. C'est, de tous les apprentissages, le plus dangereux, le moins propre à former le goût d'une élève. A mon avis, la province est fatale aux jeunes comme aux vieux artistes. On y contracte d'indélébiles défauts. Cette vie nomade pendant laquelle il faut voyager la nuit, répéter le matin, jouer le soir, ces pérégrinations de ville en ville, de théâtre en théâtre, ce changement de salles, tantôt grandes, tantôt petites, tantôt sourdes, tantôt sonores, ce public toujours nouveau dont il faut flatter les caprices, désarmer la mauvaise humeur ou braver l'indifférence, tout cela finit par dérouter l'artiste, par brouiller ses idées, par le pousser dans l'exagération, dans le faux, dans le commun. Résultat d'autant plus déplorable, que ce cachet provincial qu'on rapporte à Paris après des excursions plus ou moins prolongées, frappe tout le monde excepté celui qui en a subi l'ineffaçable

I   8

empreinte et qui est le seul à ne pas s'en apercevoir.

Par le plus grand des bonheurs, et c'est là ce qui nous fait apprécier le discernement de Mlle Félix, elle s'est ravisée à temps. Nous n'en voudrions pour preuve que sa timidité excessive, l'émotion, le tremblement qui l'a saisie lorsqu'elle s'est trouvée en présence d'un public impartial et compétent. Pendant tout le premier acte, j'ai cru qu'elle ne pourrait dominer ce frisson convulsif qui imprimait à sa voix, pourtant si fraîche et si sympathique, un trémolo continu. Dès qu'elle a paru dans cette première scène de *l'Ambassadrice*, vêtue d'une robe blanche, avec un tablier de couleur changeante, elle semblait dire au public : Ne me jugez pas encore, je suis tellement oppressée, qu'il m'est impossible de former un son ; mais attendez la première cadence, et vous verrez que je ne suis pas une élève.

Cependant, si Mlle Félix tient à marquer sa place à l'Opéra-Comique, et je crois qu'aujourd'hui ce théâtre a de quoi contenter toutes les ambitions, elle doit encore beaucoup rabattre de ce fracas de roulades et de ce luxe de points-d'orgue. Elle a eu des choses charmantes; elle sait diminuer sa voix, ce que Italiens appellent *smorzare*, avec une finesse, une ténuité admirables. Elle met infiniment de douceur et de sensibilité dans les passages tendres; elle prononce parfaitement, et, ce qu'aucun maître ne saurait apprendre, elle chante avec une justesse irréprochable.

Ce n'est pas là, sans doute, cette inspiration soudaine, cet élan, cette verve audacieuse et triomphante de la jeune et déjà célèbre artiste dont nous regrettons l'absence et hâtons de nos vœux le retour; mais l'Opéra-Comique vient de faire une acquisition excellente, et le public a pu voir, dès la première audition, qu'il y avait dans la débutante l'étoffe d'une cantatrice habile, sérieuse, distinguée, dont les auteurs et les compositeurs pourront tirer le plus grand parti.

La représentation a été d'ailleurs très-remarquable. Les camarades de Mlle Félix Miolan ont redoublé de zèle et d'entrain pour rendre à la nouvelle venue la tâche plus facile, et le charmant ouvrage de MM. Scribe et Auber a été goûté comme une pièce de circonstance. Car, à l'instant même où Mlle Félix achevait le dernier air de *l'Ambassadrice*, aux grands

8

applaudissements de la salle, madame la comtesse Rossi chantait *Rosine* à Londres, et nous lisions dans un journal allemand que Mlle Thérèse Elssler, la sœur de Fanny, venait de se marier au cousin du roi de Prusse.

On ne peut donc plus dire, sous peine de tomber dans le plus flagrant anachronisme, que le temps est passé où les rois épousaient des bergères. Les fictions de M. Scribe restent bien au-dessous de la réalité. Si une cantatrice célèbre a daigné, dans un excès d'amour, accepter la main d'un ambassadeur, quitte à remonter sur la scène au premier revers de fortune, une danseuse croirait se mésallier en épousant un simple diplomate. C'est à peine si les princes du sang peuvent aspirer à l'honneur de se faire agréer par le corps de ballet.

Tout le monde se souvient de Mlle Thérèse Elssler. Le prince Adalbert de Prusse, qu'elle vient d'épouser, est le fils du prince Guillaume, frère du roi défunt Frédéric-Guillaume III. Par conséquent, le mari de Mlle Elssler est le cousin-germain du roi actuel. C'est un jeune homme de trente à trente-deux ans, d'un esprit solide, d'un caractère hautain et d'une tournure martiale. Il est, si je ne me trompe, officier supérieur d'artillerie.

Violemment épris de Mlle Thérèse, il lui a fait une cour assidue ; mais toutes les séductions ayant échoué devant la passive inertie de l'Allemande et sa résolution tenace de ne rien accorder qu'au mari, force a bien été au prince de passer par où la danseuse a voulu. Mlle Thérèse Elssler, à l'occasion de son mariage morganatique, a reçu du roi le titre et le nom de Mme de Barnim. Elle se trouve ainsi un peu baronne de son chef, et n'a rien à envier à la comtesse de Lansfeld. Ce qu'il y a de plus curieux dans tout ceci, c'est que le prince Guillaume, le beau-père de Mlle Elssler, passait à Mayence, dont il a été gouverneur, pour être très-sévère sur l'étiquette et très-jaloux des distinctions et priviléges dus à sa famille. Lorsqu'il y avait, par exemple, au château quelque dîner de cérémonie, on laissait un très-grand espace entre les jeunes princes et le reste des convives. Mais il n'y a rien de tel que l'amour pour effacer les rangs et rapprocher les distances!

— C'est vendredi prochain que Mlle Alboni doit se

faire entendre dans le rôle de Fidès, un des deux
plus beaux rôles du *Prophète*. Quelle que soit la
perfection déployée par la célèbre artiste dans les airs
et les duos italiens qu'elle vient de chanter à l'Opéra,
nous la félicitons d'avoir renoncé aux concerts. Tous
ces morceaux détachés, sans unité, sans connexion,
dans une langue étrangère ; l'absence des costumes et
des décors, l'aspect assez maussade des choristes
rangés sur leurs banquettes et cherchant à dissimuler
de leur mieux leurs mains peu gantées et leurs bottes
peu vernies, ce n'est pas là un spectacle qui pourrait
attirer longtemps le public. Lorsque Mlle Alboni
vint pour la première fois à Paris, elle ne savait
où débuter. Les portes du Théâtre-Italien lui étaient
obstinément fermées. Ce fut donc une nécessité
pour elle de donner quelques soirées extraordinaires
à l'Opéra, et un grand bonheur pour nous tous
de pouvoir l'applaudir et l'admirer. Aujourd'hui,
Mlle Alboni n'a plus besoin de se faire connaître.
Comme cantatrice italienne, elle a fait ses preuves ;
comme cantatrice française, elle ne doit pas avoir
plus d'accent que Mme Viardot qui est Espagnole,
et que Gardoni, qui est Milanais. Nous ne voyons

donc pas pourquoi elle tarderait à aborder ce beau rôle de mère, dans lequel nous sommes convaincus d'avance qu'elle obtiendra un grand succès.

7 mai 1850.

X

Dans le courant d'avril, voilà bientôt quatre mois, on annonça la répétition générale du *Songe d'une Nuit d'été*. Mme Ugalde affectionnait le rôle d'Élisabeth, écrit pour elle, et se préparait à le jouer avec cet emportement de zèle qui est un des caractères particuliers de cette forte et impatiente nature. Elle éprouvait depuis quelques jours un peu de fatigue; une ou deux notes de sa voix si jeune et si pure avaient subi une légère altération. On l'engageait à prendre du repos. Mme Ugalde passa outre. Elle n'écouta que son démon familier, cet amour forcené de l'art, qui ne connaît chez elle ni frein, ni limite. Elle vint à la répétition. On avait admis, je ne sais pourquoi, plus de monde qu'à l'ordinaire. La salle était à peu près garnie, comme à une première représentation. Mme Ugalde entama le premier acte avec beaucoup de courage; mais on s'aperçut bientôt qu'elle souffrait; on saisissait à peine ses paroles. On la pria doucement de donner toute sa voix. — Mais je donne toute la voix que je puis donner, dit-elle avec un accent déchirant que je n'oublierai de ma vie.

Ce fut alors un deuil général. Personne ne voulait croire à ce malheur si soudain, si imprévu. — Elle est peut-être fatiguée, s'écriait le public. Qu'importe, après tout! Qu'on nous la rende avec ses faiblesses, ses défaillances, ses défauts mêmes si elle en a. Ne voyons-nous pas tous les jours nos plus grands artistes, nos cantatrices les plus renommées suppléer par le talent aux moyens qui leur manquent! N'est-on pas souvent tenté de bénir ces obstacles, dont le génie triomphe en s'ouvrant de nouveaux horizons! Qu'on nous rende Mme Ugalde telle qu'elle est, elle saura bien se tirer d'affaire. Il est certain que si l'on

était venu dire à la salle consternée que Mme Ugalde
avait seulement trouvé la moitié de sa voix, on cût
battu des mains comme à une heureuse nouvelle. Mais
l'espoir n'était point possible. Il ne s'agissait pas
d'une corde brisée, c'était l'instrument tout entier
frappé d'impuissance. L'artiste se sentait oppressée,
suffoquée. C'étaient les sources même de la jeunesse
et de la vie qui, soulevées par un impétueux élan,
bouillonnaient dans sa poitrine et l'étreignaient au
gosier.

La Faculté, consultée, ordonna un changement
d'air ; c'est ce que les médecins ordonnent toujours
quand ils sont à bout de leur latin. Vous croyez peut-
être que Mme Ugalde, prenant au sérieux ses va-
cances, n'a songé qu'à s'abreuver de l'air tiède et
parfumé de l'Espagne, et à couler des jours noncha-
lants sous le plus beau ciel que Dieu ait créé. Vous
connaissez bien peu cette nature ardente et ce caractère indomptable. On n'a jamais pu l'arracher à son
piano. Elle n'a pas passé un jour, une heure, sans
penser à son cher public de Paris. — Il faut que je
travaille mon *medium*, il faut que je porte moins haut
ma voix de poitrine, il faut que je prépare de nou-

veaux traits, de nouveaux points d'orgue. C'est ainsi qu'elle entendait le repos ; c'est ainsi qu'elle a suivi l'ordonnance de son docteur. Si bien que lorsqu'elle a été prête et retrempée, reparaissant tout à coup comme elle avait disparu, elle est venue rendre compte au public, non pas de ses loisirs, mais de ses travaux, de ses progrès. Je vais raconter tout à l'heure cette soirée de rentrée plus émouvante qu'aucun drame; mais qu'il soit bien constaté avant toutes choses que Mme Ugalde nous est revenue de son voyage cantatrice accomplie et parfaite, et que jamais elle n'avait fait preuve auparavant d'un talent plus mûr, plus élégant, plus correct, d'un plus beau style et de plus grandes ressources.

Au demeurant, ni l'artiste ni le public n'étaient ce soir-là dans leur assiette ordinaire. Il y avait autant d'émotion dans la salle que sur la scène. On doutait de part et d'autre. Mme Ugalde, craignant de ne pas faire assez, dépassait le but en commençant. Le public était d'une attention si soutenue, si tendue, qu'il en paraissait presque sévère et méfiant. On eût dit que chaque spectateur, un chronomètre et un choriste à la main, mesurait chaque pause, pesait chaque son pour voir s'il avait son compte. Au fond, ce n'était qu'un sentiment de bienveillance extrême, d'intérêt sérieux et sincère, et on voyait bien, aux applaudissements qui éclataient de toutes parts à chaque note, à chaque trait réussi, combien ce public était heureux de retrouver sa cantatrice.

Le rideau s'est levé au milieu de la plus fiévreuse attente. On a eu beau promener triomphalement les pâtés, le gibier, les fruits dorés et les mets succulents; ce défilé gastronomique accompagné des plus joyeuses fanfares n'a trouvé que des palais blasés et des oreilles distraites. On n'a pas faim quand on est si agité. A telle enseigne que sir John Falstaff, sentant qu'il devait avoir de la verve et de l'appétit pour tout le monde, a dit rondement ses couplets, comme si tous les yeux n'étaient point fixés sur le fond de la scène, d'où l'on attendait l'entrée de Mme Ugalde. Elle a paru enfin, suivie de Mlle Grimm. On sait que les deux actrices sont masquées. Je ne parlerai point des applaudissements qui ont retenti longuement et à diverses reprises. Ceux qui n'assistaient pas à cette soirée ne pourront jamais se faire une idée de l'émotion profonde et vraie que le public a montrée dans

I   9

cette première entrevue. Plus d'une femme avait des larmes aux yeux. Mme Ugalde tremblait comme une feuille et pâlissait sous son masque au point que j'ai cru qu'elle allait se trouver mal. En ce moment, le silence était si grand, que l'on aurait pu entendre les pulsations du cœur de l'artiste.

Le premier morceau qu'elle a pu chanter avec une certaine assurance, ce sont les couplets du *Roi Richard,* qu'elle a fort bien attaqués. Je ne saurais dire avec quelle anxiété le public aspirait chaque note, et combien sa douleur était visible lorsqu'il craignait, par instants, que ce beau timbre ne fût altéré.

Après le beau chœur des gardes-chasse, redemandé comme de coutume, et le duo si coloré de Falstaff et de Latimer, une roulade se fait entendre dans la coulisse. C'est la voix d'Élisabeth s'élevant comme une gerbe argentée sous la voûte sombre des chênes de Richmond. Rien n'est plus poétique ni plus doux. C'est là que Mme Ugalde nous a été tout à fait rendue. Si quelque doute pouvait exister encore, ces vocalises l'auraient dissipé. C'était bien là sa verve, son audace, sa témérité heureuse, à qui tout réussit. Mais c'était en outre une distinction plus grande, une délicatesse plus exquise, un fini plus merveilleux. Jamais plus charmantes fioritures ne se sont épanouies sur les lèvres d'une cantatrice; jamais traits plus brillants ne sont sortis d'un gosier de rossignol. Je citerai entre autres une gamme descendante d'une rapidité et d'une netteté admirables. A partir de ce moment, chaque phrase de Mme Ugalde a été couverte par des applaudissements prolongés. C'est ce qui me dispense de blâmer Couderc d'avoir un peu trop crié dans le duo. Le public s'étant mis de la partie, Couderc aura voulu sans doute avoir raison du public, et puisque le parterre, par ses bravos, l'empêchait d'entendre les réponses de la reine, il a cru, dans l'explosion de sa flamme, pouvoir élever un peu le diapason sans blesser l'étiquette.

Le grand air du troisième acte a été le plus beau triomphe de Mme Ugalde. C'est là qu'elle a pu montrer, au public étonné et ravi, le fruit de ses récentes études. Comprenant, d'ailleurs, l'importance de cette transformation nouvelle que j'appellerai sa seconde manière, et ne voulant rien donner au hasard, elle s'est recueillie avant de prendre son élan, et a voulu s'assurer d'abord qu'elle pouvait faire jouer à son aise tous les ressorts de son beau talent. Cet air a été d'un bout à l'autre un modèle d'élégance, de couleur et de style. Mme Ugalde nous avait habitués de longue main à cette verve étincelante, à ces fusées de notes, à ces éclairs, à ces surprises dont elle-même ne se rendait pas bien compte lorsqu'elle improvisait ses traits sur la scène et chantait, si j'ose dire, à bâtons rompus. Mais je ne lui soupçonnais pas, je l'avoue, une telle perfection de méthode, un talent si ferme, si égal et si soutenu.

La scène était tellement jonchée de bouquets, qu'on ne pouvait faire un pas sans écraser des tas de roses, de camélias, de pivoines et d'œillets. Si bien que lorsque la reine ordonne à Falstaff de s'asseoir à son bureau et d'écrire sous sa dictée, Bataille, se tournant plaisamment de tous côtés, a fait comprendre à Sa Majesté, par une pantomime digne de Lablache, qu'il ne savait où se placer, siéges, tables, parquet, tout étant encombré de bouquets et de couronnes.

La pièce est enlevée avec un rare ensemble; rien ne traîne, rien ne languit, rien ne tombe. J'insiste sur les qualités de comédienne qu'a déployées Mme Ugalde.

J'entendais dire autour de moi, qu'au premier acte elle avait atteint l'apogée de son succès, soutenue par sa volonté ardente et fébrile ; mais qu'elle s'affaiblirait par degrés dans les actes suivants. Je n'ai pas un instant partagé ces craintes. C'est le contraire qui a eu lieu : Mme Ugalde a grandi de scène en scène. Elle a eu des mouvements admirables d'énergie et de noblesse. Voilà le talent ! voilà ce qui distingue l'excellent du remarquable. La limite en est presque imperceptible. C'est ce je ne sais quoi d'arrêté, de franc, de net, qui donne de la valeur et du relief aux choses les plus simples et les plus vulgaires, qui, sans hésiter ni tâtonner jamais, va droit au but et grave son ineffaçable empreinte sur des riens qui passaient inaperçus.

Et maintenant, je supplie Mme Ugalde de ne point se livrer sans ménagements à toute l'ardeur de son inspiration. Tant qu'elle éprouvera quelque difficulté à attaquer la note, quelque gêne dans la respiration, conséquence inévitable de l'atteinte qu'elle a subie, et dont il ne restera bientôt plus trace, elle ne saurait trop se modérer et prendre patience. Rien n'est plus fragile qu'une voix, et Mme Ugalde n'a pas le droit de disposer en étourdie de la sienne. Son talent nous appartient. On n'apprécie les biens dont la nature nous a été prodigue que lorsqu'on a été sur le point de les perdre. Je ne conseille certes pas à Mme Ugalde de prendre exemple de Rubini et des artistes de son école, qui ne chantent qu'un seul morceau, et que rien au monde ne peut faire sortir de leur béate immobilité pendant le reste de l'ouvrage. Mais il ne faut pas non plus se tuer à la peine et jeter ses richesses par la croisée. Par exemple, je conviens que Mme Ugalde a mieux chanté la seconde fois que la première la romance du *Rêve* qu'on lui a fait *bisser* sans pitié ; mais j'espère qu'aux représentations suivantes, quelqu'un se lèvera dans l'orchestre pour dire poliment aux spectateurs : Messieurs, pardonnez-moi, mais vous êtes des indiscrets et des mal-appris. Quand on veut entendre deux fois un morceau, on revient le surlendemain.

15 septembre 1850.

XI

INSTITUT DE FRANCE. — ACADÉMIE DES BEAUX-ARTS. Séance publique annuelle du samedi 5 octobre 1850.

La séance a commencé par une ouverture de M. Gastinel, élève d'Halévy. Nous ne voulons pas juger M. Gastinel sur ce premier travail. Nous savons qu'il est studieux, intelligent et capable de mieux faire. Son ouverture trahit une recherche pénible et vaine; le style en est mou, diffus, terne par endroits, bruyant dans d'autres. Après tout, l'inspiration n'obéit pas à heure fixe, et il est fort probable que lorsque le jeune harmoniste sera libre de toute préoccupation, de toute contrainte, il profitera mieux des conseils de son illustre maître.

Le rapport sur les ouvrages des pensionnaires de

l'Académie de France à Rome, rédigé par M. Raoul-Rochette, a été lu par un de ses collègues.

On a procédé ensuite à la distribution des prix avec l'accompagnement ordinaire de bravos, de trépignements et d'accolades aux professeurs.

Après quoi M. le secrétaire perpétuel a lu une notice historique sur la vie et les ouvrages de M. Garnier, peintre laborieux et modeste, dont la longue carrière a traversé la Révolution de 93, le Consulat, l'Empire, la Restauration et le gouvernement de Juillet. Cette notice attachante, substantielle, remplie de faits et d'anecdotes, a captivité constamment l'attention de l'auditoire.

Le lecteur nous saura gré de mettre sous ses yeux l'épisode de la mort tragique de Basseville, qui a servi d'occasion ou de prétexte à un des plus splendides monuments de la poésie italienne : *La Basvilliana*, de Vincenzo Monti. Cet extrait, dont nous devons la communication à l'obligeance de l'auteur, intéressera d'autant plus le public, que la notice de M. Raoul-Rochette n'est pas destinée à l'impression :

« Ce fut au mois de mars 1793 que M. Garnier revit la France, qu'il avait quittée quatre ans seulement

auparavant, à la fin de 1788; et je n'essayerai pas de
dire à quel point il la trouvait changée, dans un si
court espace de temps. Mais il avait eu déjà, dans les
derniers moments de son séjour à Rome, un formidable exemple de l'effet des révolutions, qui pouvait
le préparer au terrible spectacle qu'elles donnaient à
Paris. A la suite de l'événement du 10 août 1792, qui
avait porté l'effroi dans toute l'Europe, la cour de
Naples s'était vue obligée de recevoir, comme ministre de la République, M. de Mackau, d'abord parti
de Paris en qualité d'ambassadeur du roi de France.
Son premier secrétaire d'ambassade, Hugon de Basseville, fut expédié par lui à Rome pour y remplir
les fonctions diplomatiques retirées au cardinal de
Bernis, et l'on sait qu'une de ces fonctions, la plus
honorable et la plus enviée, est de maintenir notre
Académie de France et d'étendre partout sur ses pensionnaires la protection de la France. Mais déjà l'ef-
fervescence produite en Europe par les journées de
septembre s'annonçait à Rome par des mouvements
populaires, qui menaçaient tout ce qui appartenait à la
France; son agent crut donc nécessaire de pourvoir à
la sûreté des jeunes artistes confiés à sa garde, en les

faisant partir pour Naples, où M. Garnier se trouvait
alors avec un congé qui expirait, et en leur recom-
mandant de le ramener avec eux à Naples, s'ils le ren-
contraient en route. Mais l'effet de cette bienveillante
précaution se trouva manqué, par une circonstance
trop ordinaire en des temps et en des pays de révolution. Retenu plusieurs jours dans les Marais Pon-
tins par l'examen de ses passe-ports à la frontière,
M. Garnier ne vit personne, ne reçut aucun avis, et le
12 janvier au soir, il rentrait au palais de l'Académie
qu'il trouva désert; car il n'y restait plus un seul
pensionnaire, et le directeur Ménageot se disposait
lui-même à partir pour se réfugier en Allemagne.

» C'était surtout contre le palais de France, où
était établie notre Académie, que se portait la fureur
populaire, accrue de moments en moments par ces
mille rumeurs que la haine invente et que la peur pro-
page. M. Garnier passa une nuit terrible dans cette
maison déserte, menacée par une multitude ivre de colère, et le lendemain matin il se rendit chez M. de Basseville qui demeurait près de *San-Lorenzo in Lucina*,
et qui crut pouvoir, en ramenant lui-même notre
jeune pensionnaire à l'Académie de France et en

suivant avec lui à pied la longue rue du Corso, faire respecter à la fois son caractère et son pays parce qu'il remplissait son devoir. Mais le courage, qui devrait toujours imposer aux hommes, et qui devrait toujours plaire au peuple, manque souvent son effet dans les temps de révolution, où les hommes n'appartiennent plus à l'humanité, et où le peuple ne s'appartient plus à lui-même. Les groupes hostiles d'hommes enveloppés de manteaux qui suivaient l'agent français et M. Garnier, et qui d'abord se contentaient de les menacer du regard, devinrent bientôt plus pressés et plus hardis; et, comme cette foule ennemie se disposait à envahir le palais de France, et que l'envoyé français, seul pour la repousser, se présentait ainsi à ses coups, l'infortuné Basseville est assailli d'une grêle de pierres, arraché d'une voiture où il avait cherché un refuge, poursuivi jusque dans son logis, qu'il avait pu gagner à travers toutes les violences et tous les outrages, et là, frappé d'un coup de baïonnette qui l'atteignit au côté et le renversa. On le transporta dans un corps-de-garde voisin, où il expira dans la soirée, après avoir reçu les secours de la religion. »

La cantate qu'on a exécutée ensuite, est de M. Auguste Charlot, élève de MM. Zimmermann et Carafa. M. Zimmermann a du bonheur. Pendant sa longue carrière de professeur, il a formé cinquante-sept premiers prix de piano ; depuis deux ans qu'il a été nommé inspecteur du Conservatoire, il compte déjà trois nominations à l'Institut. M. Carafa, dont il serait superflu de faire l'éloge, a de son côté soigné parfaitement l'éducation musicale du jeune lauréat. M. Charlot n'est âgé que de vingt et un ans ; il est doué des plus heureuses dispositions, et possède, au dire de ses maîtres, deux qualités qui s'excluent souvent, une grande facilité de conception et une aptitude non moins grande à s'approprier, par la lecture, les chefs-d'œuvre de l'art. M. Carafa se propose de le recommander particulièrement à Florimo et à Mercadante qui mettront à sa disposition les richesses du Conservation de Naples.

M. Charlot remportait, il y a trois ans, le second prix ; l'année dernière il s'est abstenu de concourir. Cette année, il a obtenu le prix de Rome. Voici de quelle manière on adjuge ce premier prix : on commence par un concours d'essai, où tout le monde est

admis, à la condition d'écrire un chœur à grand orchestre et une fugue. Après cette épreuve prépara-
toire on fait un premier triage, et on choisit, à la
majorité des voix, les candidats qu'on juge dignes
d'entrer en loge. Ces loges ou cellules, situées sous les
combles du palais Mazarin, ont la prétention de riva-
liser avec les plombs de Venise, prétention justifiée,
il faut le dire, pendant les mois d'été. Onze concur-
rents se sont présentés cette année. Sur les onze, six
ont été élus et voici dans quel ordre :

1. M. Charlot.
2. M. Bazille.
3. M. Caspères.
4. M. Hignard.
5. M. Alkan.
6. M. Jonas.

La cantate qu'ils devaient mettre en musique, également couronnée par l'Académie, a pour titre :
Emma et Eginhard. C'est la légende si connue qui a
fourni à M. Scribe le sujet de *la Neige.* Emma, la fille
de Charlemagne, emporte son amant dans ses bras
pour qu'il ne laisse point d'empreinte sur la neige
récemment tombée. Bien peu de Parisiennes auraient

la force nécessaire pour accomplir cet acte héroïque.
J'en connais qui se feraient un plaisir de laisser
tomber leur fardeau au milieu du chemin. Mais on
n'est pas pour rien la fille du grand empereur.

Après être resté vingt-quatre jours sous les plombs,
ce qui est déjà assez méritoire, un nouveau supplice
était réservé à M. Charlot. Il s'agissait de trouver
trois artistes de bonne volonté qui voulussent exécuter sa cantate devant les sections réunies de l'Institut le jour du concours définitif. M{ll}{e} Dobré, Barbot et Génibrel avaient promis gracieusement de se
charger de la besogne. Voilà M. Charlot qui se met à
copier lui-même ses parties (les lauréats ne sont
pas riches), et se rend chez M{ll}{e} Dobré. Celle-ci
le reçoit avec une bienveillance extrême, et lui dit
qu'à son grand regret elle est forcée de partir pour
Trouville.

— Ah! mon Dieu! s'écrie M. Charlot, voici mon
soprano qui s'en va! Heureusement j'ai encore six
jours devant moi; je tâcherai de remplacer M{ll}{e} Dobré. Ma basse et mon ténor me restent.

Il court chez le ténor et lui expose son embarras.

— Ne vous tourmentez pas, cher ami, lui dit M. Barbot, j'ai votre affaire. Ma femme, que vous avez connue au Conservatoire sous le nom de Mlle Douvry, vous chantera cela parfaitement.

— Vous me rendez la vie ; je rentre à l'instant chez moi, je fais quelques petits changements à la cavatine et je remets au net le rôle d'Emma.

Le soir, il retourne chez Barbot et lui trouve un air consterné.

— Qu'y a-t-il ? dit le pauvre auteur devinant quelque mauvaise nouvelle.

— Ah ! mon ami, il y a que ma femme est très-mal. Elle vient de faire une fausse couche.

— J'en suis vraiment désolé, bien plus pour vous que pour moi. Enfin ! vous me restez, Barbot ; j'ai ma basse. Tout espoir n'est donc pas perdu ; j'irai demain chez Mlle Louise Lavoye ; c'est une excellente fille ; elle me rendra ce petit service. J'ai encore trois jours devant moi.

— Mlle Lavoye demeure ici ?

— Oui, monsieur, répond la portière.

— Y est-elle ?

— Je crois que oui ; montez au quatrième étage,

au-dessus de l'entresol. Ah! monsieur, monsieur...
descendez... mon mari vient de me dire que cette demoiselle n'y est plus. Elle est partie pour Marseille.

— Bon! se dit M. Charlot, c'est décidément un sort
que l'on m'a jeté; je vais faire expatrier tous les
artistes de Paris. Patience! j'ai mon ténor et ma basse; c'est toujours cela de gagné.

De retour chez lui : — Personne n'est venu? dit-il à
sa bonne.

— Personne. Ah! si. Un commissionnaire a laissé
cette lettre.

M. Charlot décachète la lettre à la hâte et lit ce qui
suit.

« Mon cher camarade,

» Je regrette infiniment de ne pouvoir chanter mon
air de *Charlemagne,* auquel je tenais beaucoup; mais
je pars demain pour New-York. Vous avez lu sans
doute les dernières nouvelles de ce pays de Cocagne.
Je vais rejoindre Jenny Lind, et sans gagner précisément mille dollars par soirée, j'ai un engagement
fort avantageux.

» Sans adieu,

» GÉNIBREL. »

— Mais c'est un complot! s'écria d'une voix frémissante le futur prix de Rome ; voilà ma basse aussi qui me quitte ! Allons voir mon ténor.

— Vous me restez au moins, Barbot, n'est-ce pas? Barbot, puis-je compter sur vous, Barbot?

— Mais certainement ; je n'ai qu'une parole.

— Vous savez ce qui m'arrive. Je n'ai plus de soprano, je n'ai plus de basse, et c'est après-demain le concours !

— Eh bien! courez chez Bataille et chez Mlle Lefebvre, ils vous déchiffreront votre cantate à livre ouvert. Vous savez comme ils sont bons musiciens.

— Vous avez raison, mon cher Barbot, je vole chez Mlle Lefebvre. Seulement, il me faudra baisser le rôle pour Bataille; mais j'ai toute la nuit pour retoucher ma partition et la remettre au net. A demain donc! Merci encore une fois, vous me restez, vous!

Le lendemain, M. Charlot, ne se possédant plus de joie, montait quatre à quatre l'escalier de son ténor, et criait à chaque étage : Je suis sauvé, Barbot ! Bataille accepte, Mlle Lefebvre accepte, vous acceptez...

— A qui en avez-vous, monsieur?

— Mais à mon ami Barbot, je viens le chercher pour le concours.

— M. et Mme Barbot sont partis pour Bruxelles.

Ceci s'est passé, mot pour mot, tel que je vous le dis. Je me garderai bien d'ajouter le moindre détail à cette véridique histoire; ce serait la gâter. Il faut tenir compte au jeune lauréat de tous les changements qu'il a dû faire. Si j'avais l'honneur d'être de l'Académie, je joindrais au prix de Rome, qu'il a si bien mérité, le prix Montyon. Ce matin encore, au moment où je suis entré à l'Institut, il me disait d'un air résigné : — Je crois que c'est décidément Jourdan, Battaille et Mlle Lefebvre qui exécuteront ma cantate, à moins que le premier ne soit parti pour la Havane. le second, pour les îles Marquises, et la troisième, pour Pondichéry.

Les qualités qui se révèlent déjà dans cette première esquisse et font bien augurer de l'avenir de M. Charlot, sont là clarté, la spontanéité des mélodies, de l'ampleur et de l'aisance dans le développement des phrases, et une grande sagesse d'orchestration. La scène débute par un petit récit du soprano, suivi bientôt d'une cavatine en *ré bémol*. Cette cavatine est bien faite, le motif en est touchant, et la chute heureuse.

Le duo d'Emma et d'Éginhard : *Ange que j'adore*, est d'un mouvement naturel et passionné ; mais l'allégro me paraît moins bien réussi que l'andante. M. Charlot, fidèle en cela aux traditions des maîtres de l'école française, s'est appliqué à rendre avec beaucoup de soin le sens des paroles, et, j'en demande bien pardon à M. Bignan, l'auteur de la cantate, je ne sais trop quel sens on pourrait attacher aux paroles que voici :

> Amour ! joins l'adresse à l'audace !
> *Cache-toi* pour être vainqueur !
> Qu'ici ton souvenir s'efface
> Partout, excepté dans mon cœur !

Il me semble que lorsqu'une fille est assez vaillante pour enlever son amant dans ses bras, l'amour n'a que faire de se cacher ; il se montre en plein jour. En effet, Charlemagne ajoute :

> L'orage, aux premiers feux du *soleil qui se lève,*
> Disparaît... Mais à mon regard,
> A travers ces vitraux, quel spectacle ! etc.

Le père a donc tout vu. C'est fort maladroit d'ailleurs de placer un chant quelconque dans la bouche d'Emma, dans un moment où elle doit être essoufflée et s'occuper surtout de transporter *son fardeau* rapidement et en silence.

Quant aux paroles d'Emma :

> Ma force est dans ma tendresse,
> *Mon fardeau me soutiendra,*

ce dernier trait me paraît d'un goût déplorable, et je ne sais comment l'Académie ne l'a pas effacé.

L'air de basse est écrit d'un style large et ferme et a beaucoup de caractère et de couleur.

J'aime moins le trio final. Il est très-compliqué de coupe, et pour emprunter un mot aux décorations de théâtre, il y a trop de changements à vue. L'auteur, qui dans un cadre aussi restreint se sentait manquer d'air et d'espace, a voulu donner dans les différents genres un petit échantillon de son savoir-faire. C'est une erreur pardonnable et dans laquelle il ne tombera pas à coup sûr, lorsqu'il pourra travailler à un ouvrage de longue haleine.

Le proverbe a raison : tous les maux ne viennent

pas pour nuire. Jourdan, qui s'est chargé en dernier lieu de la partie d'Eginhard, l'a chantée d'une manière parfaite. Il y a mis du sentiment, de l'expression, de la grâce. Ajoutez à cela que ce joli ténor a le physique de l'emploi. On conçoit qu'une fille un peu robuste ait pu enlever Jourdan dans ses bras. Avec Paulin, par exemple, la chose eût été impossible.

La voix de Battaille, à la fois douce, puissante et sonore, a produit sur le grave public de l'Institut une impression profonde et presque religieuse.

Quant à Mlle Lefebvre, vivement applaudie comme elle le méritait, elle ne se doute pas peut-être de son plus beau triomphe. La mère d'un second prix, femme excellente et sensible qui était placée derrière nous et n'a fait que pleurer tout le temps, se penchant vers sa voisine au moment où Mlle Lefebvre venait d'achever sa cavatine, s'est écriée naïvement : Mon Dieu ! que je serais heureuse, si mon fils pouvait épouser cette demoiselle! Or, je préviens Mlle Lefebvre que le fils de cette bonne mère est affreux.

6 octobre 1850.

XII

GYMNASE MUSICAL MILITAIRE. — Distribution des
prix pour le concours de 1850

Un jour que je passais par la rue Blanche, mes
yeux furent attirés par un écriteau tout neuf sur lequel on lisait : *Appartement de garçon à louer*. Alléché
par le calme et l'isolement de ce quartier paisible,
séduit par le voisinage des jardins que la hache a
respectés, amoureux d'air et de soleil comme un enfant de Naples que je suis, je conçus le projet de
m'installer sur ces hauteurs d'où la vue domine une
partie de la ville. Tout me promettait le silence et le
repos, si chers au travailleur. La rue, qui s'élève en

pente assez rude, rebute le cocher de fiacre ou le force d'aller au pas ; l'hôtel où je voulais me loger est spacieux, vaste et profond. La porte en est close à toute heure du jour et de la nuit ; une longue chaine, rivée par les deux bouts à deux bornes de granit, défend l'entrée de la cour aux voitures et aux chevaux ; un tapis de gazon, qui s'étend jusqu'au vestibule et envahit les premières marches de l'escalier, amortit tous les bruits intérieurs. J'avais trouvé une véritable Thébaïde à deux pas de la Chaussée-d'Antin.

La portière, qui montait sur mes talons, ne manqua pas de me vanter, selon l'usage, les charmes de mon petit logement. C'était aéré, commode, frais l'été, chaud l'hiver, mais surtout tranquille. « Vous serez là, me disait la bonne femme, comme un saint dans sa niche ; personne ne viendra vous déranger ; notre quartier, c'est si désert, que c'en est quelquefois triste. On entendrait une mouche voler. »

J'allais arrêter mon appartement et donner le denier à Dieu, lorsque, tout à coup, dans le silence de la rue, éclate, comme un roulement de tonnerre, un épouvantable solo d'ophicléide.

— Qu'est-ce que ceci ? m'écriai-je.

— C'est un solo d'ophicléïde.

— J'entends bien ! Et ceci?

— C'est un basson.

— Et ceci encore?

— C'est un trombone.

Ce qu'il y avait de plus effrayant, c'est que basson, trombone, trompette, cor à pistons, cor d'harmonie, clairon, hautbois, flûte et clarinette, tous les instruments qui se succédaient, hélas! sans se ressembler, jouaient chacun son motif et sur un ton différent. On eût dit que tous les cuivres de l'univers s'étaient donné rendez-vous dans la rue Blanche pour entreprendre, d'un commun désaccord, le plus affreux charivari qui ait jamais déchiré les oreilles humaines. C'était à faire dresser les cheveux sur la tête d'un chauve.

— Mais c'est un enfer que votre maison?

— J'oubliais de dire à monsieur que nous avons l'agrément de demeurer en face du Gymnase musical

On conçoit que cet *agrément* suffit pour me faire fuir à l'autre extrémité de Paris, et c'est à peine si je me crus sauvé en me logeant aux Champs-Elysées.

. Dimanche dernier, sur une gracieuse invitation de

l'auteur de *Masaniello*, je revenais dans cette même rue Blanche pour voir couronner les élèves qui m'avaient si fort effrayé. Il ne s'agissait pas, cette fois, d'exercices pénibles, de tours de force isolés, de leçons laborieuses et fatigantes, qui ont dû se graver, pour le moins, autant dans la mémoire des habitants du quartier que dans celle des jeunes lauréats. C'était un jour de fête, d'harmonie et d'ensemble. Ces bons et braves musiciens, admirables de tenue et de discipline, venaient les uns après les autres recevoir des mains du général Neumayer le prix de leurs longs efforts et de leurs travaux annuels. Une salle beaucoup plus longue que large, décorée avec une simplicité spartiate, avait été destinée à cette cérémonie solennelle. A l'un des bouts de cette salle, partagée en deux moitiés égales, on avait élevé huit ou dix gradins, c'était l'orchestre; à l'autre bout s'élevait une estrade surmontée d'une table, à laquelle avaient pris place le général commandant la première division militaire, ayant à sa gauche un aide-de-camp, et à sa droite M. Carafa, membre de l'Institut, directeur du Gymnase musical. Nous remarquons dans la partie *civile* du public, MM. Meyerbeer, Adolphe Adam, Ed.

Monnais, commissaire du gouvernement près les théâtres lyriques, plusieurs musiciens et professeurs du Conservatoire.

Après un *pas redoublé* composé par M. Coll, premier prix de composition de musique militaire et parfaitement exécuté par ses collègues, M. Caruson, chef de service, a lu d'une voix haute et claire le bulletin contenant les noms des vainqueurs.

Après la distribution de prix, qui n'a pas duré moins d'une heure, les élèves du Gymnase musical ont exécuté avec une précision, un ensemble et une finesse de nuances extrêmement remarquables, l'ouverture du *Caïd*. A ce morceau instrumental a succédé le beau chœur des *Gardes de Nuit*, tiré de *la Saint-Sylvestre*, de M. Bazin, et les jeunes chanteurs militaires ne se sont pas moins distingués que leurs camarades les musiciens. Le final du *Comte Ory*, d'une exécution délicate et difficile, a été rendu par la fanfare avec une verve et un *brio* singuliers. Les fragments de *la Favorite* ont laissé quelque chose à désirer. Ces intrépides jeunes gens qui affronteront la mort sans pâlir à la tête des régiments que leur musique électrise, n'osaient pas, qui le croirait! attaquer la note avec vigueur, intimidés et troublés par la présence de trois membres de l'Institut.

Le chœur des *Gardes-Chasse*, de M. Ambroise Thomas, a été salué d'autant d'acclamations par notre petit auditoire qu'il en reçoit dans la salle de l'Opéra-Comique. Sans atteindre à la perfection des choristes de ce théâtre qui en ont fait leur chef-d'œuvre, les élèves du Gymnase l'ont dit avec beaucoup d'ensemble et d'entrain. M. Thomas, qui ne les a pas entendus, parce qu'il est arrivé lorsque tout le monde sortait, fera bien de remettre sa carte à M. Hubert, directeur de l'Orphéon, et à son jeune lieutenant, M. Lévy.

Le morceau qui a concilié tous les suffrages et qui a dignement terminé cette séance, c'est la grande marche du *Prophète*, d'un style si large et si simple, d'une couleur si vraie, d'un si grand caractère. Tout le monde s'est levé à la fois pour entourer le célèbre *maestro*, qui, refoulé dans un coin de la salle et retranché derrière une pile de tabourets, n'a pu se dérober qu'avec peine à cette ovation improvisée.

Nous ne saurions trop féliciter M. Carafa et les vaillants professeurs qui, sous sa direction paternelle, intelligente et ferme, élèvent avec tant de soin les jeunes musiciens appelés à soutenir bientôt l'ardeur du soldat sur le champ de bataille, guider ses manœuvres ou égayer ses loisirs. Les progrès de cette jeune école militaire sont de jour en jour plus sensibles, et les musiques de nos régiments n'ont plus rien à envier aux musiques allemandes si justement renommées.

En voyant tous ces jeunes gens si gais, si fiers, si heureux de recevoir des mains de leurs chefs et de leurs maîtres, en signe de victoire et de trophée, leur instrument de cuivre poli et brillant comme de l'or, je ne pouvais m'empêcher de songer, avec un douloureux intérêt, que beaucoup d'entre eux seront peut-être emportés par un boulet, au milieu de leur marche et au plus beau de leur fanfare!

15 octobre 1850.

10.

XIII

NÉCROLOGIE : Madame Branchu. — LE PAYSAN, opéra-comique en un acte, paroles de M. Alboize, musique de M. Charles Poisot. — SOCIÉTÉ PHILHARMONIQUE : Concert extraordinaire. — MADAME FREZZOLINI. — Concerts nationaux de *Her Majesty's Theatre*. — DILETTANTISME DE L'ARMÉE ANGLAISE. — Un Théâtre souterrain. — 128 mises en scène, par M. Palianti. — MADAME CLAUDINE JENNIGS.

« Le bon Dieu bat le rappel là-haut, » disait un maréchal de France, voyant s'en aller, l'un après l'autre, tous ses vieux compagnons d'armes. Que de cercueils ouverts, que de terre remuée en si peu de mois, que de feuilles tombées, que de fleurs flétries dont il ne reste plus qu'un peu de poussière : les Gavaudan, les Saint-Aubin, les Grassini, les Boulanger, les plus aimables, les plus aimées, les plus fêtées de leur temps, et voici encore cette bonne et affectueuse

Mme Branchu, qui s'en va rejoindre ses camarades, quittant ce monde où elle fut reine, sans regret, sans plaintes inutiles, le sourire aux lèvres et presque en chantant.

Je ne connais point de carrière qui donne à ceux qui la suivent sans interruption et longtemps plus de philosophie pratique, plus d'égalité d'humeur, plus d'indulgence et de sérénité, que la vie de théâtre. On n'acquiert nulle part plus d'expérience et un plus complet désenchantement des vanités humaines. Le théâtre, c'est le monde en raccourci. Y a-t-il sur terre un empire qui soit agité par des révolutions plus fréquentes, par des péripéties plus soudaines, par des retours plus inespérés? Tantôt l'on vous porte aux nues, tantôt l'on vous replonge dans l'abîme. Aux triomphes les plus éclatants succèdent les plus tristes revers; vous êtes aujourd'hui le Dieu de la foule, demain vous n'en êtes que le jouet. Voilà pourquoi les artistes traversent les plus rudes époques sans plus s'étonner ni se plaindre des jeux terribles de la politique et du hasard que d'un dénoûment de drame ou d'un changement de décor.

C'est aux environs de Paris, dans quelque vallée

solitaire, sur quelque colline ignorée, lieux charmants qui seraient célèbres s'il fallait aller les chercher en Suisse ou en Italie, c'est dans quelque petite maison bien propre et bien fraîche, au toit d'ardoise, aux volets verts. que vont s'abriter modestement, loin du tumulte et du fracas des villes, toutes ces reines de théâtre, toutes ces douces et aimables personnes qui ne demandent plus au monde, qu'elles ont vu si souvent à leurs pieds, qu'un peu de calme et d'oubli. Entourées d'un petit cercle d'amis fidèles, ne gardant de la vieillesse ni l'humeur chagrine, ni les soucis moroses, ni le radotage incessant, elles sont souvent la providence du village où elles viennent passer leurs derniers jours. Elles portent dans l'accomplissement des plus saints devoirs, dans les bienfaits qu'elles répandent autour d'elles, et jusque dans les pratiques religieuses, ce je ne sais quoi d'enjoué, de mondain, de légèrement ironique, reste d'anciennes habitudes dont on ne se défait jamais complétement. Après avoir chanté vêpres et complies de tout leur cœur et avec une piété fervente, elles ne sont pas fâchées de montrer le bas de leur jambe, si elle est fine et bien faite, au sortir de l'église. Voyez-vous cette pieuse

dame qui communie les dimanches et les fêtes commandées, qui donne le pain bénit de si bonne grâce et
baise dévotement la main de M. le curé! c'est la
Saint-Aubin. la Branchu, la Saint-Huberty, qui étaient
dans leur temps de fameuses gaillardes et de fières
diablesses! Je parie que si un pareil éloge venait
bruire à leurs oreilles, au moment même où elles
sont le plus saintement occupées, loin d'en vouloir à
l'indiscret, elles en seraient touchées plus que de
toutes nos oraisons funèbres. Car une des manies de
notre siècle rogue et empesé, c'est de prendre toutes
choses sur un ton sérieux et de prononcer des discours à la Bossuet sur le tombeau des comédiennes et
des cantatrices. Autrefois on leur refusait les sacre-
ments et la sépulture; aujourd'hui nous tombons
dans l'excès contraire et nous voulons à toute force
les canoniser.

Mme Branchu a passé ses dernières années à Or-
léans, où elle avait une maison. Elle est morte à
Passy l'autre semaine, dans une pensée pieuse mais
un peu bizarre. Elle a fait venir Alexis Dupond, dont
elle avait protégé l'adolescence, et l'a prié de chanter
l'*O Salutaris* de Gossec à la messe de mort qu'on dirait

our elle. Il n'y a qu'une légère difficulté à satisfaire le
œu de la mourante : l'*O salutaris* ne se chante pas
ans une messe de *Requiem*. Mme Branchu l'ignorait, et
on amie Bigottini, qui l'assistait à ses derniers mo-
ients, n'en savait pas plus long qu'elle ; car enfin
s chanteuses et les mimes, quelque sincère que soit
ur conversion, ne sont pas tenues d'être bien fortes
i liturgie. Excellentes et dignes femmes qui, dans
e suprême entretien, au moment de se dire adieu
our toujours, oubliant d'un commun accord les plus
oux souvenirs de leur jeunesse, tant de cœurs per-
us, tant de rêves évanouis, tant de beaux jours en-
olés, ne se tourmentent que des psaumes et des ab-
outes qu'on devra chanter au jour de l'enterre-
ient !

Tout le monde sait à l'heure qu'il est, grâce à l'em-
ressement des journaux, que Mme Branchu est née
Saint-Domingue le 2 novembre 1782 ; qu'elle était
ièce du dernier gouverneur de la colonie et filleule
u maréchal de Brissac. Elle s'appelait de son nom
e demoiselle Caroline Chevalier de Lévit. Elle rem-
orta le premier prix de chant au Conservatoire qui
aissait à peine, ne fit que passer au théâtre Favart et

débuta à l'Opéra en 1801. Elle excita le plus grand enthousiasme dans les rôles de Didon, d'Antigone, d'Iphigénie, d'Armide et d'Alceste; elle interpréta avec une rare puissance, une sensibilité profonde, une majestueuse ampleur, ces beaux chefs-d'œuvre de Gluck. Elle créa *la Vestale*, de Spontini. Tragédienne admirable autant que cantatrice accomplie, on la comparaît à Talma, suprême éloge auprès duquel toute autre louange pâlit. Mme Branchu se retira du théâtre le 27 février 1826. Elle joua pour la dernière fois le rôle de Statire, d'*Olympie*. Les autres rôles étaient remplis par Adolphe Nourrit, Dérivis et Mlle Cinti. Je crois que si l'on voulait s'en donner la peine, on saurait au juste à quel chiffre s'éleva la recette de cette représentation à bénéfice. La biographie, embusquée au coin des cimetières, dès qu'un nouvel hôte arrive à sa dernière demeure, ne vous fait grâce d'aucune date, d'aucun détail. Il y a même des biographies toutes prêtes, composées d'avance et sous presse; elles n'attendent plus, comme l'urne du marbrier, que le nom du mort et l'épitaphe.

Je voudrais bien trouver un sujet plus gai au bout de ma plume pour couper court à toutes ces nécrolo-

gies, mais je n'ai qu'un tout petit acte à raconter, qui
n'est point précisément d'une gaîté délirante. Je ne
vois guère que Bussine qui puisse me tirer d'embarras. Bussine, en vérité! Je vous vois prendre un air
incrédule. Nous connaissons Bussine, dites-vous :
c'est un chanteur des plus agréables; il a une voix de
baryton d'un charme exquis, d'une grande souplesse
qui n'exclut point l'ampleur et l'énergie. Mais jamais
le pauvre garçon n'a visé au comique. Nous l'avons
vu souvent arpenter le théâtre d'un pas ferme, mesuré
et grave comme la statue du Commandeur. Qu'ont à
faire ensemble ces deux mots qui jurent : la gaîté et
Bussine ?

Allez le voir dans le rôle de César des *Rendez-vous
bourgeois,* et vous serez témoins de la plus surprenante
métamorphose qui se soit jamais opérée au théâtre.
Bussine s'est tout à coup dégourdi, il a rompu la
glace, il a brisé sa coque. C'est un comédien rempli
de verve, d'entrain, de naturel, un farceur insigne,
un bouffon sublime. Il lui fallait, pour surmonter sa
gêne et sa timidité excessive, cet incroyable habit,
ces basques en queue de morue, ce jabot, ces breloques,
cet incommensurable col de chemise taillé en pointe

I   11

et fendant l'air comme une voile latine. Que Mlle Reine doit être fière de lui ! Oui, c'est un bien brave homme, et comme il chante son air qu'on lui redemande à grands cris ! Et quelle précision, quelle grâce savante, quelle fantaisie dans ses tours de moulinet.

A la bonne heure ! Parlez-moi des pièces en un acte, lorsqu'on a mis dans cet acte plus d'esprit, plus de situations, plus de comédie franche et vraie que dans tel ouvrage interminable et diffus. Le cadre et la dimension n'y font rien. Je donnerais pour tel proverbe, pour la *Carmosine* de Musset, dont je ne connais qu'un acte, vingt répertoires qui me font dormir debout. Mais qu'on ne s'y trompe point ; il est bien plus difficile de réussir dans un cadre restreint que sur une large toile. Je voudrais qu'on intervertît l'ordre et qu'on ne permît qu'à Scribe, à Auber, Halévy, Adam, de faire des pièces en un acte ; je voudrais qu'une pareille épreuve fût interdite aux débutants. J'infligerais, par exemple, une punition sévère aux auteurs en renom qui se débarrassent en faveur de la jeunesse de quelque *ours* mal léché qui a longtemps et en vain gratté de sa patte les portes des théâtres de boulevard.

Je cherche une transition polie pour arriver au *Paysan* de M. Alboize, mais en vérité je ne la trouve pas. Il s'agit d'une vieille anecdote tirée de la vie de Henri IV, ce roi populaire, qui donna des lettres de noblesse au meunier Michau en échange d'un bon repas. C'est bien là un trait digne de ce bon roi qui voulait que chacun de ses sujets eût sa poule au pot. Je ne sais pourquoi l'auteur du *Paysan* s'avise de faire honneur de cette anecdote à l'empereur Joseph II. On dirait même, si nous en croyons M. Alboize, qu'en Allemagne on ne confère pas autrement les titres, les faveurs et les priviléges. Voici un roi de Bavière qui anoblit... j'allais dire Lolla Montès... mais non, c'est un meunier qu'il anoblit de par la grâce d'une volaille. Ce dindon, mangé par le roi, devient l'arme parlante d'un baron ridicule, vaniteux, farci d'impertinence et de niaiserie. Ce baron de la dinde truffée a une jolie nièce qu'il ne peut marier dignement qu'à un burgrave ou margrave. La jolie nièce aime un sous-lieutenant; noblesse d'épée, mais de fraîche date. Fureur du baron, qui se pendrait plutôt lui-même au gibet de son château que de renoncer, par une mésalliance, à ses droits de haute et basse justice. Survient un

hôte de qualité ; il faut bien faire les choses. Mais le
baron, qui se plaît à compter seize quartiers de noblesse,
n'a pas un seul quartier de chevreuil à offrir à son con-
vive affamé. C'en est fait de la réputation du hobereau
si le paysan Glatz ne vient à son secours Gros sou-
liers, esprit subtil, a dit quelque part saint Augustin
en parlant des paysans. Le nôtre, chasseur habile et
rusé compère, a plus d'un tour dans sa gibecière et
plus d'un perdreau. Il veut bien tirer d'embarras le
pauvre sire, mais à condition qu'il mangera sa part
du gibier. Plutôt mourir de faim, que me salir au
contact d'un manant : *Potiùs mori quàm fœdari*, s'écrie
ce baron têtu en parodiant le mot de l'hermine.

Mais que ne peuvent l'amour paternel et le fumet
d'un chevreuil cuit à point ! — Je suis aussi noble
que vous, je suis plus noble ! s'écrie le paysan d'une
voix triomphante. Vous avez dans votre blason une
dinde rôtie en champ de gueule ; moi je porte d'azur
au salmis de chevreuil. Vous avez été anobli par le roi
de Bavière, moi par l'empereur d'Autriche. Vive
l'empereur !

Voilà le sujet de la pièce. M. Charles Poisot, pianiste, dit-on, d'un certain mérite, a bien voulu se

charger d'assaisonner ce chevreuil. La sauce vaut-elle
mieux que le gibier? Je suis tenté de le croire. Mais
à mon avis, ce n'était pas la peine de convier le public
à ce banquet. M. Poisot ne manque pas de facilité ni
d'assurance : il trouve par-ci par-là quelque coupe
heureuse, quelque mélodie courante, quelque phrase
bien faite : mais je n'ai rien remarqué, dans ce premier essai, de saillant ni d'original qui promette à la
scène un nouveau compositeur. Voilà donc, si je ne me
trompe, encore un acte qui, après avoir diverti médio-
crement le public et exercé la patience des acteurs,
ira rejoindre dans les cartons de l'Opéra-Comique
cette multitude d'actes trépassés qui composent l'os-
suaire du théâtre. On me dit que si M. Perrin avait
donné les premiers rôles du *Paysan* à Battaille et à
Mme Ugalde, que s'il avait engagé pour la circonstance la Frezzolini et Guasco, s'il avait commandé
les décors à Ciceri, le chevreuil à Chevet, s'il avait
fait venir exprès la basse Staudigl, qui n'a plus de voix,
pour jouer le rôle de l'empereur Joseph, la pièce de
M. Alboize et la musique de M. Poisot auraient eu
beaucoup plus de succès. Je conviens que M. Perrin
ne sait pas vivre, j'accorde même que M. Jourdan et

Mlle Decroix n'ont pas tout à fait autant d'action sur le public que Jenny Lind et Rubini. Mais puisqu'il est bien constaté que les directeurs de théâtre sont des mal appris et des égoïstes, et qu'ils ne s'imposeraient pas le moindre sacrifice pour la gloire, il serait temps de renoncer aux pièces en un acte. En Italie et en Allemagne, ce genre de compositions restreintes n'a jamais été en grande faveur, ce qui n'a pas empêché, j'imagine, Rossini et Mozart de faire leur chemin. Et qu'on ne dise pas que l'Allemagne et l'Italie, ayant dans chaque ville un théâtre, offrent de nombreuses ressources aux compositeurs. Car les grands génies que j'ai nommés et les talents secondaires qui les ont suivis de près étaient déjà célèbres avant de quitter leur ville natale. Comment se sont-ils fait connaître ? Ils ont écrit d'abord de la musique de chambre ou d'église, des duos, des quatuors, des cantates, des ouvertures et des chœurs jusqu'au moment où leur premier ouvrage dramatique est sorti tout armé de leur tête, comme Minerve du cerveau de Jupiter. Félicien David n'a pas fait de pièce en un acte, et malgré cela, à cause de cela peut-être, aucun de nos auteurs ne lui refusera un poëme lorsqu'il voudra travailler pour le théâtre. N'avons-nous pas des concerts, des soirées, des matinées musicales, et cette grande et généreuse *Société philharmonique* pareille à la *bonté de Dieu* qui, comme dit le Dante, *a de si grands bras, qu'elle accueille tout ce qui s'adresse à elle.* Vous vous plaignez, jeune homme, qu'on vous marchande une harpe et qu'on vous refuse un cor anglais ! Que n'allez-vous à la salle Sainte-Cécile ! vous y trouverez des chœurs nombreux et fort bien disciplinés, un orchestre des plus complets, des violons, des altos, des basses, des flûtes, des cors, et un assortiment de cuivres à faire crouler les murs de Jéricho, à faire tressaillir les morts dans leur tombeau, et les timbales, et la grosse caisse, et le tam-tam, et le canon, si le cœur vous en dit.

Vous y trouverez surtout un homme d'une volonté puissante et d'une indomptable énergie, qui se fait tout à vous, qui dirige, conduit, organise, pousse avec le même soin et d'un égal amour ses œuvres, à lui, et les chefs-d'œuvre des maîtres, orchestre à première vue un morceau dont l'accompagnement s'est égaré en route, et si une faute d'impression s'est glissée dans le programme, descend gravement trois marches de l'estrade et fait une annonce au public, sans bredouiller plus de deux fois, et presque aussi couramment que Palianti.

Oui vraiment, cet étonnant Berlioz a eu tous les succès l'autre soir. D'abord sa salle était comble, et de la plus illustre, de la plus élégante compagnie de Paris. J'avais cru toujours que, refuser du monde aux portes d'un théâtre ou d'un concert, c'était une manière de dire, une sorte d'euphémisme qui signifiait tout simplement qu'il n'était resté au bureau que la moitié des billets à placer. Or, j'ai vu de mes propres yeux et entendu de mes oreilles un contrôleur improvisé répondant à deux de mes amis : Il n'y a plus de places! Et les malheureux de rengaîner, à regret, leurs deux écus de six francs!

On a commencé par la symphonie en *ut mineur*, dont ce jeune orchestre s'est tiré à merveille. Puis *Sarah la baigneuse*, une ballade à trois chœurs de Berlioz, d'une coupe originale et neuve, a été saluée par l'auditoire attentif de trois salves d'applaudissements. Puis Mme Frezzolini a paru.

Mme Frezzolini est avant tout une femme très-élégante, très-gracieuse et très-distinguée. Elle avait

sur ses cheveux noirs une magnifique **couronne*de**
diamants ; des émeraudes, des **opales et des rubis**
scintillaient à ses poignets, d'une finesse tout aristo-
cratique. Mme Frezzolini est fort pâle et a presque
l'air souffrant. Ce n'est que lorsqu'on l'applaudit
beaucoup que ses joues se colorent d'un **léger incar-**
nat. Elle sent profondément et réagit vivement sur le
public par un irrésistible attrait de sympathie. Sa
voix de *medium* est un peu voilée et fatiguée; mais ses
notes du haut sont très-belles et très-pures. Peut-être
en abuse-t-elle un peu ; elle multiplie les traits les plus
brillants et les plus difficiles ; elle altère un peu quelquefois le caractère du morceau qu'elle interprète.
Mais il est vrai de dire qu'elle a du jet, de la portée,
de l'élan, et qu'elle met de l'âme jusque dans les vocalises.

Nous avons vu Mme Frezzolini à Londres, la
saison dernière, au théâtre de Sa Majesté, et nous regrettons qu'elle se soit fait entendre dans un concert.
Elle ne peut montrer là que la moitié de son talent.
Elle a très-bien dit l'air des *Puritains,* une mélodie de
Schubert, et l'air de *Beatrice di Tenda.* Mais il ne faut
pas non plus que Mme Frezzolini s'abuse sur ses

forces. Elle a besoin de beaucoup de ménagements; un rôle un peu long, un orchestre un peu fort la tueraient sans rémission.

Le *Chant des Chérubins*, de M. Bortnianski, a reposé doucement l'auditoire de l'harmonie par trop retentissante de quelques autres morceaux. Mlle Lefebvre n'était pas à son aise, elle a eu grand'peur et s'est embrouillée, comme une novice, dans l'air des *Mousquetaires*. Barroilhet lui-même ne s'est retrouvé tout à fait que dans son boléro. Sur le point de partir pour Madrid, Barroilhet rabat déjà le sombrero sur ses yeux et ne joue plus que des castagnettes.

Cette soirée musicale, la première de la saison qui va s'ouvrir, est d'un heureux présage pour l'hiver prochain. Puisse le goût des arts se répandre de plus en plus chez les classes riches et élevées! Voici nos voisins d'outre-Manche qui nous précèdent dans cette voie généreuse. Les jeunes gens les mieux placés et les plus à la mode s'imposent volontairement une cotisation personnelle pour venir en aide aux artistes et entretenir à Londres le feu sacré, même dans la morte saison. Tel est le but des *Concerts nationaux*, dirigés par Balfe au théâtre de la Reine. Outre la fleur des pois de l'aristocratie anglaise, dont la protection est acquise à toute œuvre de ce genre, ce qui peut nous sembler piquant de ce côté-ci du détroit, c'est que les commissaires des *Concerts nationaux* appartiennent à l'armée. Ainsi je lis en tête du *prospectus* imprimé : le prince Edward de Saxe-Weimar (*grenadier guards*), le lieutenant-colonel Lewis (*coldstream guards*), le comte de Mountcharles (*first life guards*), le vicomte Malden (*royal horse guards*), le lieutenant-colonel James Lindsay (*grenadier guards*), le lieutenant-colonel lord George Paget (*fourt light dragoons*), le capitaine Meyrick (*scots fusilier guards*), etc. Malgré ma juste estime pour l'armée française, je doute fort qu'on puisse trouver beaucoup de *dilettanti* parmi nos grenadiers, nos fusiliers, nos dragons et nos hussards.

L'ouverture de ces brillantes fêtes a eu lieu le mardi 15 octobre. La salle est décorée avec une splendeur jusqu'ici inconnue en Angleterre : les deux premiers rangs de loges, le *pit* et le *grand-tiers* sont convertis en stalles. Plus de cinq mille auditeurs, confortablement assis, prennent leur part de ces vives jouis-

sances dont les habitants de Londres étaient sevrés
pendant l'hiver. Les galeries regorgent de spectateurs. Tout autour du parterre on a laissé un assez
grand espace libre, afin que l'on puisse circuler et se
donner de l'air si la musique devient fatigante. Ces
sortes de couloirs, destinés par la sagesse anglaise au
soulagement du public, s'appellent *promenades*. On
ferait bien d'en ménager un certain nombre dans nos
salles de concert: seulement la *promenade* devrait
s'étendre jusqu'aux Champs-Élysées.

J'ai accompli l'autre soir un de ces voyages salu-
taires. J'étais dans un de nos théâtres (je ne dirai pas
lequel) où je m'ennuyais mortellement. Vite, malgré
la pluie, malgré le froid, malgré le vent qui soufflait
au dehors, je renverse les tabourets, je saute par-
dessus les banquettes, et me voilà courant devant
moi, courant toujours, jusqu'au boulevard Bonne-
Nouvelle. Arrivé là, pour plus de sûreté, je m'enfonce
sous terre. Je descends, je descends, je descends,
comme Sainte-Foy dans *Giralda*, et je trouve une
salle parfaitement éclairée, un orchestre charmant,
des fauteuils commodes, de jeunes femmes qui chantent fort bien, des sorciers qui savent sur le bout du

doigt leur magie blanche et noire, et un ballet pantomime des plus amusants. Les dix ou douze premières danseuses de ce joli théâtre en miniature ont
été choisies, je crois, parmi les petites *Viennoises*.
Leur teint rose, leur taille fine et leur coiffure dente-
lée les ont dénoncées tout de suite aux connaisseurs.
L'*impresaria* de ce spectacle souterrain est cette même
Mme Castelli, si connue pour sa troupe d'enfants.

J'ai nommé plus haut M. Palianti. Cet acteur modeste se livre depuis longtemps à un travail de béné-
dictin et rend les plus grands services à l'art dramatique sans que personne ait l'air de s'en douter. Il a
déjà publié cent vingt-huit *mises en scène* des principaux ouvrages lyriques représentés dans ces derniers
temps. J'ai sous mes yeux les livraisons du *Prophète*,
de *Giralda,* des *Porcherons.* C'est à confondre l'imagination la plus féconde, à lasser la patience la plus
exemplaire. On ne s'imagine pas ce que c'est qu'un
pareil ouvrage. Le plan de chaque scène, l'indication
minutieuse et exacte des rideaux de fond, des châs-
sis, des accessoires ; la place que doit occuper chaque
acteur; les mouvements, les gestes, les entrées, les
sorties des choristes, des comparses ; les inflexions de

voix, les points et les virgules ; la distribution des
emplois ; la description des costumes, depuis la
coupe d'un pourpoint jusqu'à la couleur d'un ruban ;
le jeu de la lumière et des ombres, tout est noté, gravé,
daguerréotypé avec un soin extrême, une précision
désespérante. Ce qui paraît si spontané, si naturel à
la scène, n'est que le résultat de calculs infinis, d'une
longue et laborieuse étude. Tous ces personnages qui
se meuvent, se croisent, s'entre-choquent, s'épar-
pillent, s'avancent, se retirent au sifflet du machiniste, ne vous apparaissent plus dans l'œuvre de Palianti que comme autant d'automates dont le met-
teur en scène tient les fils, comme autant de pions
qu'une main invisible pousse sur l'échiquier. On se
plaint tous les jours que la tradition se perd ; jugez
de l'utilité d'une pareille encyclopédie, si elle avait
été entreprise il y a cent ans. Or, M. Palianti n'a obtenu jusqu'ici en récompense de ce labeur écrasant,
que des autographes de Scribe et de Meyerbeer remplis d'encouragements et d'éloges. Il me semble que
la direction des beaux-arts devrait faire quelque
chose pour cet artiste consciencieux, ou qu'à défaut
de protection officielle, les archives de nos théâtres

lyriques devraient s'enrichir de plusieurs exemplaire d'une publication aussi intéressante. Il serait fâcheux pour l'art, regrettable au point de vue des auteurs et des artistes, que M. Palianti fût forcé d'interrompre son ouvrage faute d'un secours modique et d'un patronage éclairé.

L'ouverture du Théâtre-Italien est irrévocablement fixée au samedi 9 novembre. La salle, entièrement restaurée (elle en avait besoin), rayonnera dans tout l'éclat de sa nouvelle splendeur.

Mme Claudina Jennings, jeune et belle Espagnole, qui a bien voulu nous emprunter notre nom, moins la dernière lettre, et s'appeler Fiorentini au théâtre, débutera prochainement dans *Norma*. Mme Claudine Fiorentina est née à Séville; elle est fille du consul anglais établi depuis longues années dans cette dernière ville. C'est un type parfait de beauté et de grâce. On dit qu'elle a une voix de soprano d'une merveilleuse étendue et d'une grande vigueur. Nous ne l'avons jamais entendue, et c'est hier seulement que nous avons aperçu Mme Jennings. Elle n'est ni notre sœur, ni notre cousine, ni notre parente à aucun degré, nous croyons devoir en avertir nos confrères dans l'intérêt de la jeune prima dona. Ses débuts sont précédés par un procès, comme les débuts de Jenny Lynd à Londres : c'est peut-être d'un bon augure.

27 octobre 1850.

XIV

REPRISE DU TORÉADOR. — REPRISE DES HUGUE-
NOTS. — SOCIÉTÉS MUSICALES.

J'aurais voulu que tous ceux qui écrivent pour nos théâtres lyriques, auteurs et compositeurs, se fussent trouvés présents, l'autre soir, à la reprise du *Toréador*. Sans compter la surprise et la joie de retrouver Mme Ugalde telle qu'elle était au début de sa carrière, avec toutes ses qualités de verve, de jeunesse, de naturel et d'audace, ils n'auraient point manqué, ces maîtres de la scène et de l'art, de faire une réflexion qui venait naturellement à l'esprit de tout le monde : c'est que moins on charge un artiste, plus on produit d'effet sur le public. Je remarque une tendance fâcheuse à élargir le cadre de l'action et à surmener les chanteurs. Les rôles d'une longueur démesurée ne sauraient surtout convenir à l'Opéra-Comique, où c'est déjà un grand effort que de parler et chanter tour à tour. Je connais beaucoup d'acteurs de comédie et de drame, qui seraient rendus de fatigue si on les forçait de débiter seulement la prose d'un de ces ouvrages dont la musique est le but principal. Ajoutez-y dix ou douze morceaux de chant, taillés sur le plus grand modèle, et dites-moi où sont les forces humaines capables de résister longtemps à cet excès de travail.

Il est bien entendu que je n'accuse pas les auteurs, comme je l'ai vu faire à quelques jeunes gens chagrins et découragés par la concurrence, de vouloir occuper, à dessein, toute l'affiche, pour accaparer les avantages matériels de la soirée. Je m'explique, par une pensée moins vulgaire et par une ambition plus digne, cette intempérance de verve et cette prolixité de composition. Lorsqu'on tient un artiste d'élite, on voudrait faire rendre à son talent tout ce qu'il peut produire, le presser, le tourner et le retourner dans tous les sens, le montrer sous des jours nouveaux et

es aspects différents, en *jouer* le plus longtemps
ossible, et de toutes les façons. Tel un violoniste
moureux de son Amati et de son Stradivarius, ne
eut se rassasier d'en tirer des sons jusqu'à ce qu'il
rise l'instrument.

Voyez comme rien n'excède dans cette charmante
omédie du *Toréador*, comme tout y est à point et
lans sa juste mesure ! Que de mélodie, que d'esprit,
jue de grâce, et comme le public en a salué le retour
par un redoublement d'affluence ! La recette s'est
levée, dès le second jour, à près de six mille francs.
Le succès des artistes et la satisfaction de l'auditoire ne
pouvaient être plus grands ni plus complets. Qu'aurait
gagné M. Ad. Adam s'il avait allongé sa pièce d'un acte
et ajouté des airs et des duos ? Je sais fort bien qu'il y a
des sujets qui exigent de plus longs développements ;
mais si on voulait sérieusement s'en donner la peine,
on retrancherait beaucoup de scènes oiseuses et de
détails superflus. On pourrait alors donner chaque
soir deux pièces d'une dimension raisonnable ; le
spectacle n'en serait que plus varié, les artistes pren-
draient quelque repos, le public s'amuserait davantage, et, en fin de compte, on ferait un peu de place

aux débutants qui se morfondent dans la rue, ou
s'ils parviennent, à la faveur d'un petit acte, à se
glisser par la porte entre-bâillée, pris bientôt dans
l'étroit soupirail, ils ne peuvent plus ni entrer ni
sortir.

Sans contredit, Mme Ugalde est une des comédiennes les plus fines, les plus spirituelles et les plus
originales que nous possédions. Il n'y a vraiment
qu'elle qui sache trouver cet accent de malice et de
naïveté, de sensibilité et de raillerie, qui vous font,
par un retour soudain, par une sortie bizarre, éclater
de rire au moment où vous alliez vous attendrir. Elle
a des inflexions de voix narquoises et plaisantes, des
interruptions et des reprises qui dérouteraient l'acteur le plus consommé. Elle a des *mais* et des *si* d'un
comique incroyable. Comme elle vous récite avec une
pétulance de pensionnaire échappée du couvent et
un aplomb de premier sujet forain aguerri à la parade, cette exposition ironique et leste qui se termine
par un mot charmant :

J'avais besoin de soulager mon cœur !

Quelle coquetterie, quelle ruse, quelle fertilité
d'expédients depuis la première scène jusqu'au bout

e la pièce ! Elle a vocalisé d'une manière exquise et
vec toutes sortes de raffinements nouveaux tous ces
norceaux d'agilité et de grâce qu'elle avait déjà ren-
us populaires. Dans cet ingénieux pot-pourri qui lui
ert de cavatine au lever du rideau, elle passe en se
juant d'un motif à l'autre, et marque, sans trop s'y
ppesantir, les différents caractères de tous ces frag-
nents si curieusement assortis.

Mais voici Battaille et Mocker ; le jeune flûtiste
amoureux, le bonhomme à belles aventures. Comme
elui-là se moque bien de celui-ci, et comme la jeune
amme va se trouver à l'aise entre ces deux per-
onnages ! Mocker se rajeunit quand il veut. Battaille
dû faire malgré lui une longue étude de la voix, du
este, des cheveux blancs, des rides, des habitudes
des travers d'un vieillard. Ainsi l'ont voulu jusqu'ici
s auteurs. Ses plus jeunes rôles varient des cin-
uante-cinq aux soixante-dix ans. Dans le *Toréador*
vient d'atteindre la soixantaine; c'est sa femme
ui nous l'apprend sans ménagement pour la fatuité
u vieux muscadin et avec une foule de circonstances
ggravantes. Malgré ces aveux naïfs et ces accablantes
évélations, n'admirez-vous pas ces airs de conqué-

rant, ces allures vertes et ingambes, et cette adorable goguenardise lorsqu'on lui décrit, dans les plus menus détails, les beautés négatives de sa douce Charitéa

Mocker a chanté ces jolis couplets avec infinimen d'esprit. Rien ne saurait d'ailleurs égaler le charme et la suavité que Battaille sait donner à sa voix, surtout dans son dernier duo avec Mme Ugalde. L trio final : *Ah! vous dirai-je, maman!* d'une si heureuse inspiration, et si bien réussi dans toutes ses parties offre, en outre, le rare avantage de ne mécontente aucun artiste, et de mettre en lumière et en relief l talent de ses trois interprètes ; car si Mme Ugald est surprenante d'agilité et de verve, Battaille e Mocker la secondent, la soutiennent et la font valoi avec tant de soins, d'adresse et d'attention, un dé vouement si suivi et si soutenu, qu'ils ont un droi égal aux applaudissements de la salle et à la recon naissance de l'auteur.

— Chaque fois qu'on remet à la scène un gran ouvrage, on devrait pouvoir en relever les beautés, e recommencer l'analyse pour expliquer et justifie l'admiration qu'il ne cesse d'exciter. Mais le lecteu impatient, dont l'opinion est déjà faite sur le mérit le l'œuvre, demande avant tout de quelle manière les nouveaux artistes ont rempli leur rôle, et si l'exécution nouvelle est supérieure aux précédentes, ou laisse quelque chose à désirer. Je vais satisfaire cette curiosité légitime en racontant ce qui s'est passé lundi soir à l'Opéra. On reprenait *les Huguenots*, qui ont toujours le privilége d'attirer une grande et nombreuse compagnie. Le premier morceau, qu'on a vivement applaudi, est la romance de Raoul : *Plus blanche que la blanche hermine*. Roger l'a chantée avec beaucoup d'expression, de tendresse et de simplicité.

Le rôle de Marcel, créé par Levasseur avec tant de puissance et d'originalité, a été rempli par M. Obin, élève du Conservatoire, que je me souviens d'avoir vu à l'Opéra il y a deux ou trois ans sous les traits du sénateur Brabantio, à une représentation d'*Othello*. M. Obin n'est plus le même : il a fait de remarquables progrès. C'est un grand et beau jeune homme d'une figure intelligente et remplie de caractère. Il a une très-belle voix de basse, égale, pleine, homogène et d'un timbre excellent. Il sait bien la conduire et la gouverner dans les passages les plus difficiles sans la forcer jamais. Il a débuté fort bien par le vieil air huguenot : *Pif paf*

et a captivé tout d'abord l'attention et la sympathie
de l'auditoire. Je signalerai, chemin faisant,
les endroits où il a été le plus applaudi. Sans
doute il n'a pas atteint du premier coup le degré de
perfection auquel il peut prétendre, autant par ses
dons naturels que par ses travaux et ses études, qu'il
semble avoir déjà poussés fort loin ; mais avec
un peu de zèle et de patience, il fera le reste. Ses
intonations ne sont pas toujours d'une justesse irréprochable, et il doit se garder des distractions qui lui
font manquer ses entrées, car il est mal séant d'interrompre le spectacle et de faire attendre le public
plusieurs minutes, comme cela lui est arrivé l'autre
soir.

Mme Laborde, je l'ai dit souvent, est une pré-
cieuse acquisition pour l'Opéra. Sa voix, jeune et
forte, d'un mordant, d'une vigueur et d'un éclat métalliques, remplit si bien la salle, que les spectateurs
les plus éloignés ne perdent pas un mot de tout ce
qu'elle chante. Le rôle de la reine Marguerite lui a
valu des ovations sans fin. Mme Laborde attaque
la note avec résolution et courage et la prend d'assaut
si elle résiste. Rien ne l'émeut ni ne la déconcerte

Si elle parvenait à éviter quelques sons trop
durs et trop brusques, à mieux lier et moduler sa
voix dans le *piano*, elle contenterait les gens d'un
goût délicat ; mais elle choquerait peut-être la plus
grosse partie du public qui la veut ainsi et l'applaudit à outrance.

Mme Viardot s'est annoncée en grande artiste,
dès le troisième acte, par quelques accents d'une
émotion profonde, au moment où Valentine vient
révéler à Marcel le complot tramé contre Raoul. Toute
cette scène a été dite à merveille. Vient ensuite l'im-
mortel septuor.

Tout le quatrième acte a été parfaitement rendu
par Roger et Mme Viardot. Peut-être Valentine a-t-
elle dépassé le but par son jeu trop nerveux, trop saccadé. La douleur et la passion, même dans leur plus
haut paroxysme, peuvent s'exprimer sans se tordre et
s'arracher les cheveux. Mme Viardot, moins que
tout autre, a besoin de recourir à ces artifices, car sa
voix, fort dramatique, accentuée et pénétrante
dans certaines notes, émeut suffisamment le public
et dispense la cantatrice de toute exagération.

— Je supplie humblement la bienheureuse sainte

Cécile, patronne des musiciens, de mettre un peu
d'accord et d'harmonie parmi ses nombreux protégés.
J'ai là deux *prospectus* signés de noms respectables
qui se placent également sous l'invocation de la même
sainte. Ces deux *unions* ou plutôt ces deux *désunions
musicales* reconnaissent pour chefs deux artistes éminents. M. Seghers est le Luther de l'une, Félicien David
est le Mélanchton de l'autre. Je n'ai à me prononcer
ici ni pour l'*Union Musicale*, ni pour la *Société Sainte-
Cécile*. Mais je regrette, au point de vue de l'art, ces
scissions et ces discordes. Un bon orchestre ne se
forme pas en un jour. C'est par une longue et con-
stante pratique, par une abnégation complète de tout
amour-propre personnel, par une communauté persévérante d'efforts et d'études, qu'on parvient à une
bonne exécution. La *Société des Concerts* ne doit sa
réputation européenne qu'à l'inaltérable union de
tous ses membres pendant de si longues années, et à
la direction ferme et unique qu'avait su lui imprimer
M. Habeneck, son illustre fondateur.

L'*Union Musicale*, qui garde naturellement son titre
et une partie de ses anciens associés, a été fondée il y
a trois ans par ce pauvre Manéra, artiste d'un talent

modeste et d'un cœur excellent. Malgré la pureté de
ses intentions et la douceur de son caractère, on ne
lui épargna pas le reproche d'avoir élevé à côté du
Conservatoire une petite Église dissidente. Il se dé-
fendit vivement (je crois l'entendre encore), de toute
idée d'hostilité ou de concurrence, protesta de son
respect pour tous les professeurs de la *Société*, et
allégua, pour justifier son entreprise, la difficulté trop
réelle qu'éprouvaient les jeunes gens à être admis
dans l'illustre aréopage, les progrès croissants de
l'éducation musicale, l'exiguïté de la salle où se
tiennent tous les hivers les mémorables séances du
Conservatoire, et le peu d'occasions qu'a le public
de pénétrer dans ce sanctuaire, dont les moindres
places se lèguent de père en fils comme un précieux
héritage. Beaucoup de musiciens et d'artistes répon-
dirent à l'appel du jeune chef d'orchestre; le monde
encouragea son projet : malheureusement la mort, le
frappant à l'improviste et à la fleur de l'âge, l'empêcha
de recueillir le fruit de ses travaux.

M. Seghers lui succéda, et il est juste de rappeler
que, par la grandeur des vues, par la fermeté des con-
victions, par son activité et son intelligence, M. Seg-

hers a été très-utile à l'*Union*, qu'il lui a, l'année dernière, communiqué une force et une vitalité nouvelles, et que ses concerts étaient courus par la meilleure compagnie de Paris.

Pourquoi M. Seghers a-t-il cru devoir se séparer de l'*Union* et se mettre à la tête d'un nouveau schisme ? C'est ce que je ne sais ni ne veux savoir. Toujours est-il que voilà, de part et d'autre, des musiciens distingués, des professeurs connus, des virtuoses, des artistes, forcés, ni plus ni moins que des commerçants, de dire au public :

« On est prié de ne pas confondre avec l'établissement en face ! »

21 novembre 1850.

XV

THÉÂTRE DE L'OPÉRA : L'ENFANT PRODIGUE, opéra en cinq actes, paroles de M. Scribe, musique de M. Auber. OPÉRA-COMIQUE : LA CHANTEUSE VOILÉE, opéra-comique en un acte, paroles de MM. Scribe et de Leuven, musique de M. V. Massé. — THÉÂTRE-ITALIEN : LA FIGLIA DEL REGGIMENTO. Mme SONTAG.

Rien de plus simple ni de plus touchant que la parabole de l'Enfant Prodigue. M. Scribe, en choisissant ce sujet, déjà traité au théâtre et capable, comme on va le voir, des plus larges développements, a voulu lui conserver son caractère de simplicité biblique et de naïve grandeur. Il nous introduit, tout d'abord, dans la maison de Ruben, ce père aux entrailles miséricordieuses, dont les livres saints ne donnent pas le nom et qui fit éclater une si vive joie en apprenant le retour de son fils égaré.

Le jour baisse. Le maître, debout, la tête nue, au milieu de sa famille agenouillée, offre au Dieu d'Israël la prière du soir. Jephtèle, sa nièce, et depuis quelque temps fiancée au plus jeune de ses deux enfants, jette autour d'elle des regards inquiets. Azaël n'est point rentré; les pressentiments les plus tristes agitent le cœur du père, qui s'efforce en vain de paraître calme et résigné. Tout à coup, Jephtèle tressaille: le bruit d'un pas bien connu a frappé son oreille. C'est lui! c'est l'enfant si tendrement chéri, qui paraît enfin suivi de deux étrangers, un jeune homme et une jeune femme, pour lesquels il réclame l'hospitalité du toit paternel. « Qu'ils soient les bienvenus, » dit le père, et bientôt les deux voyageurs prennent place au repas de la famille.

Aménophis et Nefté, c'est ainsi que les deux étrangers se nomment, font les récits les plus merveilleux des magnificences et des beautés de leur ville natale, des fêtes, des plaisirs, des voluptés inouïes dont on s'y enivre jour et nuit, sans relâche et sans cesse, du bonheur immense que tout homme est certain d'y trouver, pour peu qu'il soit riche et jeune. Azaël, ébloui, écoute suspendu aux lèvres de la perfide Nefté. Un irrésistible désir de voir le monde et de quitter la maison paternelle s'empare de son âme et séduit son imagination fascinée. Le vieillard résiste à la demande insensée de son fils. Mais la tendre Jephtèle joint ses instances aux prières d'Azaël, et détachant sa ceinture, la donne à son fiancé, à son frère, pour lui rappeler ses serments et le préserver des dangers qui l'attendent.

Mais nous voici dans Memphis, la ville aux fabuleuses merveilles. Une barque, richement pavoisée, descend les eaux du Nil aux sons d'une musique joyeuse et aux acclamations de la foule, attirée par la bonne mine, la jeunesse et les habits splendides d'un étranger qui vient d'aborder à ces rivages. Azaël, éblouissant de pierreries, vêtu des plus précieux tissus, mollement appuyé sur le bras de Nefté, traverse avec nonchalance et fierté l'immense place, encombrée de peuple, de soldats, d'esclaves, d'almées, et marche, comme un homme ivre, au milieu des enchantements qu'il a rêvés. Bientôt le cortége du bœuf Apis et les rites mystérieux de la vieille Égypte se déroulent à ses yeux étonnés. Les séductions succèdent aux séductions; l'or coule à flots sous les pas du prodigue;

le jeu dévore en peu d'instants des richesses lente-
ment amassées, des trésors qu'on eût pu croire iné-
puisables. Mais tandis que la langoureuse Nefté et ses
indignes complices s'empressent de dévaliser leur
dupe et de se partager le butin, Lia, la plus jeune, la
plus charmante des almées, l'arrache à leur pouvoir
pour le plonger dans un autre abîme. Cependant le
vieillard, désolé, n'attend pas, comme dans la parabole, le retour de son fils. Il va lui-même au-devant
de l'ingrat, traînant sa couleur de ville en ville, in-
terrogeant les groupes, frappant aux portes de toutes
les maisons, soutenu dans son douloureux voyage par
la tendresse et la piété de Jephtèle. Cette variante a
fourni au compositeur une des scènes les plus belles
et les plus dramatiques de l'ouvrage. C'est la rencontre du père et du fils au milieu d'une ville perverse
et corrompue ; l'anxiété du vieillard qui demande à
son propre enfant sans le connaître (tant il est déjà
perdu de vices et usé de débauche), des nouvelles
d'Azaël ; la honte et le remords du malheureux qui
se dérobe aux regards de son père, et, pour couronner ce beau final, le dévouement, l'abnégation de
Jephtèle qui a tout vu, tout compris, tout pardonné,

et dont l'âme est déchirée par la double crainte de trahir le secret du fils et de porter la mort dans le cœur du vieillard.

Mais le sort en est jeté. Voyez-vous ce temple immense, ce prodigieux entassement de granit, qui, de marche en marche, d'assise en assise, par des élévations successives et des superpositions gigantesques, paraît monter jusqu'aux voûtes du ciel. Les piliers, les murailles, les colonnes torses et trapues disparaissent sous les emblèmes et les hiéroglyphes; les parfums brûlent dans les cassolettes d'or; les torches flamboient; les coupes sont remplies. Malheur au profane qui oserait pénétrer dans ces lieux sacrés! On célèbre les mystères d'Isis, la redoutable déesse. Une multitude innombrable d'initiés, de prêtres, de prêtresses, de jeunes filles, d'almées, de danseuses, le sein nu, les cheveux épars, le front couronné de roses, se livre à une bacchanale effrénée. Bientôt l'épuisement succède à l'ivresse, la lassitude au délire; les chants se taisent, les lumières s'éteignent, les groupes s'affaissent, et tout ce monde, naguère si agité, si bruyant, si tumultueux, tombe pêle-mêle sur les escaliers, sur les estrades, comme frappé de léthargie ou de mort.

En ce moment, le soubassement d'une colonne tourne sur lui-même, et le malheureux Azaël, guidé par Nefté, son mauvais génie, vient surprendre au milieu de ces ténèbres et de ces mystères la danseuse Lia, sa nouvelle passion. La fureur et l'indignation des prêtres, l'étonnement de la multitude est au comble en présence de cette témérité incroyable, de cette profanation inouïe. Les poignards et les haches se lèvent sur la tête du coupable; mais Nefté, qui ne veut pas que sa victime succombe avant d'avoir bu jusqu'à la lie la misère et la honte, soutient, par un audacieux mensonge, que le jeune israélite n'a forcé la porte du temple sacré que pour abjurer le vrai Dieu et pour s'initier au culte d'Isis. C'en est fait! le sacrifice abominable va s'accomplir, le blasphème est déjà sur les lèvres d'Azaël. Mais quelle est cette voix suave et mélodieuse qui retentit sous la voûte sombre et arrête l'enfant de Ruben sur le bord du précipice? C'est un ange! c'est la tendre Jephtèle envoyée par le Seigneur au secours de son frère égaré. Au lieu d'acheter une vie honteuse et misérable par la trahison et le parjure, Azaël, touché par la grâce, relève le front trop longtemps courbé, et découvre

oblement sa poitrine aux coups de ses bourreaux.
a foule, outrée de rage, le précipite dans le
il.

Recueilli, à moitié mort, par un homme impitoya-
le, il se voit forcé de suivre la caravane, chargé des
lus lourds fardeaux comme une bête de somme. Pour
omble de malheur et d'ignominie, les misérables
ui l'ont perdu le rencontrent dans ce triste état et
accablent d'outrages. Ainsi se trouve accomplie, mot
our mot, la parabole :

« Il s'en alla donc et s'attacha au service d'un des
abitants du pays qui l'envoya à sa maison des champs
our y garder les pourceaux. Et là il eût été bien
se de se nourrir des cosses que les pourceaux man-
aient. Mais personne ne lui en donnait.

» Enfin, étant rentré en lui-même, il dit : Combien
a-t-il chez mon père de serviteurs à gages qui ont
a pain en abondance, et moi je meurs de faim !

» Je partirai !... j'irai vers mon père !... je lui di-
i, etc.

» Il marcha donc et alla vers son père ! »

Voici le cinquième acte et le dénoûment prévu de
ouvrage. Jephtèle est, comme toujours, la première

à reconnaître et à pardonner, le vieillard ne vient qu'après :

« Et du plus loin qu'il l'aperçut, son père, ému de compassion, courut à lui, se jeta à son cou et le couvrit de baisers.

» Son fils lui dit : Mon père, j'ai péché contre le ciel et contre vous, et je ne suis plus digne d'être appelé votre fils.

» Alors le père dit à ses serviteurs : Apportez promptement la plus belle robe et l'en revêtez. Mettez-lui un anneau au doigt et des chaussures aux pieds.

» Amenez aussi le veau gras et le tuez! et faisons un festin! C'est jour de joie! c'est jour de fête!

» Car mon fils était mort et il est ressuscité! Mon fils était perdu et il est retrouvé! »

C'est ainsi que les choses se passent dans l'ouvrage de MM. Scribe et Auber; seulement au lieu de tuer le veau gras et de revêtir l'enfant retrouvé de la blanche robe qu'il portait jadis, avant ses jours d'épreuve et d'égarement: *Cito, proferte stolam primam et induite illum,* l'opéra se termine par une brillante apothéose, où, sous le feu des rayons électriques et au son des

narpes célestes, on voit des anges s'élever au-dessus
les nuages et porter aux pieds de Dieu le pardon paternel.

La musique de M. Auber, autant qu'il est permis
d'en parler après une seule audition, m'a paru ren-
fermer de grandes beautés. Je citerai sommairement
les morceaux qui ont le plus frappé le public, me
proposant d'y revenir avec plus de calme et d'étendue
lorsque j'aurai eu le temps d'entendre et de revoir
plusieurs fois l'ouvrage. Ceux qui ont assisté aux répétitions regrettent les deux ou trois morceaux qu'on
a dû retrancher pour abréger la durée du spectacle.
Si ces morceaux sont perdus pour le théâtre, ils ne le
seront pas tout à fait pour le public, car on pourra
les lire et les admirer dans la partition imprimée.

Le rideau se lève sur une prière en *la*, chantée par
le chœur. Après quelques mots de récit, vient tout de
suite un air excellent, parfaitement chanté par Massol.
C'est un des meilleurs morceaux de l'ouvrage. L'air
que Nefté chante à table, et qui commence par ces
mots : *L'aurore étincelante de feux et de rubis*, ne manque ni d'élégance ni de légèreté ; mais il faudra que
Mme Laborde, aux représentations suivantes, évite

I. 13

avec soin les sons trop durs, et consente à ne point faire vibrer trop longtemps les notes métalliques de sa voix, d'ailleurs si belle et si pure. La romance de Jephtèle : *Allez, suivez votre pensée*, a été très-convenablement chantée par Mlle Dameron, qui tremblait de peur, et le final en *ré*, qui termine le premier acte, exprime avec bonheur et clarté les sentiments divers dont l'âme des personnages est agitée au moment du départ.

Le deuxième acte débute par des couplets en *si bémol*, accompagnés par le chœur et très-bien dits par Roger. La marche, le cortége et le chœur du peuple adressant des prières et des actions de grâces au bœuf Apis, ont autant de pompe que de couleur.

Tous les airs de danse qui abondent dans cet acte sont charmants. On a surtout vivement applaudi le pas des poignards. La romance chantée par Massol et le morceau d'ensemble qui la précède ont produit sur la salle entière une profonde impression.

Le troisième acte est rempli de mouvement, de bruit et d'éclat, comme on devait s'y attendre dans une pareille scène, destinée surtout à éblouir et à frapper les regards des spectateurs. On irait voir *l'Enfant prodigue* rien que pour applaudir les scènes de l'escalier.

Les jolis couplets du chamelier, s'ils étaient mieux chantés, auraient peut-être plus de couleur et de charme que bien d'autres morceaux de plus longue haleine et de plus grande importance. A ces couplets succède une marche en *sol*, un air de Nefté, un très-beau morceau d'ensemble, et le grand air de Roger dont je parlerai tout à l'heure.

Le cinquième et dernier acte se compose d'un chœur de moissonneurs, dans lequel sont encadrés des couplets en *fa* chantés par Jephtèle, d'une cavatine expressive et touchante d'Azaël, d'un air fort beau chanté par le père au moment où il embrasse son fils, et d'un chœur final dont les dernières notes se confondent avec le son des harpes et les éblouissantes clartés de l'apothéose.

Roger n'a jamais eu de rôle qui soit mieux dans sa voix, dans ses moyens, dans sa figure. Aussi le joue-t-il supérieurement. Comme chanteur, il n'en est pas à faire ses preuves. Il a donné à tous ses morceaux l'expression, la nuance et le style qu'ils exigeaient. Mais dans l'air du quatrième acte, il s'est surpassé.

On ne saurait se plaindre avec plus de charme et plus
de tendresse. Et lorsque, brisé par la douleur et par
la fatigue, il tombe à terre mourant, les mots entre-
coupés qu'il prononce, les sanglots qui l'étouffent, les
exclamations que lui arrache son rêve, et la vision,
et le réveil, et ce retour soudain sur lui-même, ces
aspirations vers le cœur paternel, ces mouvements
d'angoisse, de repentir, d'abattement et d'espoir, tout
cela est rendu avec une vérité, une puissance, une
énergie dont les grands artistes ont seuls le secret.

Je dois dire à la louange de Massol qu'il a étonné
ceux-là mêmes qui avaient le plus de sympathie pour
son talent. Ce ne sont pas des progrès qu'il a faits
pendant son éloignement de l'Opéra, c'est une transformation complète. Il chante avec une simplicité de
méthode et une largeur de style qui ne s'apprennent
qu'aux meilleures écoles. Il a profondément touché
les spectateurs, qui l'ont redemandé à grands cris.

Mlle Dameron et Mme Laborde ne viennent que
sur le second plan. La première avait trop d'émotion, la seconde trop d'assurance.

Obin s'est fort bien acquitté du rôle, assez équivo-
que, du grand-prêtre d'Isis.

Les costumes sont très-riches, et les décors sont de
éritables toiles qui feraient honneur aux plus illus-
es maîtres. Il y a surtout, au quatrième acte, une
ue du désert, due au pinceau de M. Thierry, d'une
lacidité si admirable et d'une si lumineuse transpa-
ence, que Decamps ne refuserait pas de la signer.

— Le succès de *la Chanteuse voilée* n'a fait que gran-
ir aux représentations suivantes. La pièce en un acte,
ue MM. Scribe et de Leuven ont bien voulu mettre
la disposition de M. Massé, ne comportait pas un
ien grand déploiement de ressources musicales. Mais
 jeune maestro, dont l'imagination est vive et la
erve féconde, a su élargir le cadre où il se sentait un
eu à l'étroit, et a pris ses aises autant que le sujet
 lui a permis.

La donnée est d'une simplicité très-grande et
'exige pas une longue analyse. La scène se passe à
Iadrid. Une chanteuse inconnue excite au dernier
oint la curiosité publique. Les traits cachés par un
oile épais, s'accompagnant de la mandoline à la
node espagnole, l'invisible gitana ameute le peuple
ux carrefours et fait une ample récolte de réaux, de
lucats, quelquefois de beaux quadruples à l'effigie de

S. M. catholique. L'*incognito* de la virtuose a piqué
quelques jeunes seigneurs, plus amateurs de beautés
nouvelles que de vieux boléros, et ils chargent, sans
autre forme de procès, un honnête alguazil de l'enlever pour leur compte et de la conduire en lieu sûr.
Celui-ci s'acquitte de la commission avec toute la délicatesse et la promptitude dont il est capable. Mais
le peuple se fâche et veut assommer l'alguazil. Le
pauvre homme, éperdu, haletant, sentant déjà la
meute à ses trousses, se réfugie, avec sa proie, dans
l'atelier d'un sien ami, le peintre Vélasquez, qui a fait
plus tard du bruit dans le monde. Or, Perdican l'alguazil (il se nomme Perdican) ne se doute pas qu'il
vient de ramener la colombe à son nid. La chanteuse
inconnue n'est autre que la propre servante de Vélasquez, qui, pour soulager la misère de son maître, a
tiré si ingénieusement parti de ses talents d'agrément.
Le peintre, qui l'aimait déjà malgré lui, se met à l'aimer de tout son gré, et l'épouse à la face du peuple, à
la barbe des jeunes seigneurs et au nez de l'alguazil.
L'histoire s'arrangera comme elle pourra de ce mariage apocryphe. Ce que je sais, c'est que la fille de
maître Pacheco, qui épousa réellement Vélasquez, ne

portera pas contre l'illustre artiste une plainte en bigamie.

Après une belle ouverture largement développée et traitée avec un soin tout particulier, Bussine et Mlle Lefebvre débutent par un charmant petit-duo dont le refrain, repris tour à tour par le soprano et la basse, imite et rappelle les variations que la gitana fait entendre tous les soirs dans la rue, avec l'accompagnement obligé de guitare.

Des couplets en *fa* mineur, fort bien chantés par Mlle Lefebvre; un grand air en *mi bémol*, que Bussine dit avec ampleur et dignité; une romance d'Audran, remplie d'un charme mystérieux et d'une vague tristesse, tels sont les morceaux qu'on a vivement applaudis, et après lesquels on pourrait bien baisser la toile, pour donner aux artistes quelques moments de répit.

Le second acte commencerait alors par le duo entre le peintre et le modèle, duo qui paraîtrait moins long à esprit reposé, et on laisserait le temps au public de goûter paisiblement la jolie *stretta* de ce morceau, tout empreint, vers la fin, de mouvement, de tendresse et de passion.

L'air d'Audran : *Pour moi plus d'amour*, est bien
dans sa voix, et il le chante avec goût: Le chœur qui
lui succède est si court, que ce n'est point la peine
d'en parler. Il me semble que le petit trio : *Où l'as-tu
cachée*, qui a passé inaperçu, ne méritait point tant
d'indifférence, comme le grand boléro de Lazarilla,
salué par une explosion de bravos dont la salle
a tremblé, ne méritait pas tant d'honneur. Mlle Lefebvre a, à la vérité, une agilité merveilleuse
et un luxe éblouissant de traits et de roulades. C'est
un feu d'artifice tiré par le compositeur en l'honneur
de l'exécutante. Mais je donnerais tous les boléros du
monde et toutes les vocalises qui aient jamais roulé
en spirale dans le gosier humain, pour le tout petit
rondo qui finit la pièce. Ce n'est rien, et c'est charmant. C'est touché à peine, c'est frais, simple, délicieux.

J'ai fait, morceau par morceau, l'éloge des trois
chanteurs, interprètes chaleureux et brillants de la
pensée du musicien ; je dois ajouter que, comme
acteurs, ils ont enlevé cette petite pièce, un peu lan-
guissante, à force de verve, d'ensemble et d'entrain.
Pour ce qui regarde la mise en scène, ils sont si bien

ajustés, que Vélasquez lui-même n'aurait pas mieux dessiné leurs costumes.

— Mme Sontag, dont la jeunesse étonnante déroute et confond les contemporains qui prétendent l'avoir applaudie autrefois, vient d'accomplir un nouveau prodige. Elle s'est emparée, ces jours-ci, du premier rôle d'un ouvrage de Donizetti, écrit pour l'Opéra-Comique, et qu'on avait laissé dormir dans les cartons, par la raison excellente que le public du théâtre Favart n'en paraissait pas bien enchanté. Aussi, lorsqu'on a lu sur l'affiche des Italiens ce titre très-facile à comprendre : *la Figlia del Reggimento*, on a cru que ce pouvait bien être un expédient et qu'on ne donnerait cette traduction que pour attendre les débuts d'Iwanoff et l'arrivée de Colini. La surprise a été extrême dès qu'on a vu paraître Mme la comtesse Rossi en jupon de vivandière. On ne saurait imaginer la grâce et la distinction de tous ses mouvements, de tous ses gestes, malgré la mutinerie et la brusquerie commandées par le rôle. C'est le plus grand succès de comédienne que jamais cantatrice ait obtenu.

Son premier duo avec Sulpice est un modèle de

13.

finesse, de coquetterie, de pétulance et de verve; le refrain *rataplan* est enlevé avec une crânerie et une audace ravissantes. Les couplets sont dits, par contraste, avec une délicatesse rare et une ténuité de sons admirable. Je n'ai point vu d'artiste pouvoir, avec tant de facilité et d'une manière si naturelle, diminuer sa voix, l'adoucir, l'éteindre, *smorzare*, comme disent les Italiens.

Dans le final du premier acte et au moment de se séparer de son amant qui s'est engagé pour elle et qui va exposer sa vie en pure perte, Mme Sontag devient dramatique et touchante. Elle a des accents qui pénètrent l'âme, des mots qui font pleurer. Dans *la Sonnambula*, elle s'emporte et se désespère; ici sa douleur est résignée et muette. Avec beaucoup moins d'efforts, l'artiste atteint le même but, et l'on surprend sur le visage hautain des plus impassibles spectatrices des larmes qui coulent silencieusement.

Mais le morceau capital, qui, pendant cinq représentations successives, a eu les honneurs du *bis* et a porté au comble l'enthousiasme et la frénésie de ce public un peu froid des Italiens, c'est la scène de la leçon. Tout ce qui a la prétention de chanter ou de

jouer au théâtre devrait étudier Mme Sontag dans
cette admirable scène. Elle a une coiffure et une toilette charmantes qu'elle porte avec la plus adorable
gaucherie du monde. Elle est toute fière et tout em-
barrassée de sa longue robe de satin, de ses rubans,
de ses atours ; elle foule de son petit pied nerveux,
inquiet et agacé, les tapis de sa tante, elle marche de
long en large avec toutes sortes de crispations, d'im-
patiences et de colères rentrées. Oubliant tout à coup
qu'elle se trouve dans un salon et qu'elle doit se conduire et répondre en demoiselle comme il faut, elle
croise tantôt ses bras sur sa poitrine, tantôt les met
derrière son dos avec une pose napoléonienne et un
air de petit caporal qui fait frémir sa respectable parente.

Le plus beau de la scène commence lorsque sa tante
veut lui apprendre à chanter. Mme Sontag est inimitable d'ironie et de malice. Elle contrefait la vieille,
et tout en répétant, note pour note, ses traits baroques et ses roulades surannées, elle parvient, par la
science des oppositions et par le coloris qu'elle sait
donner à sa phrase, à charmer l'oreille qu'elle s'efforce
en vain de blesser. Mais lorsque, emportée par sa

verve, elle laisse là sa tante et son clavecin fêlé, et son vieux cahier de musique, et qu'elle se lance, pour ainsi dire, à gosier perdu, dans une suite interminable et prodigieuse de roulades, de trilles et de fioritures, on ne sait ce qu'on doit le plus admirer du talent de la cantatrice ou de son étonnante respiration. C'est l'idéal de la difficulté vaincue, la dernière limite où l'art du chant puisse atteindre.

A côté de Mme Sontag, et forcément éclipsés par la grande artiste, deux chanteurs de mérite ont rempli, avec convenance et avec zèle, les deux rôles secondaires. M. Ferranti rappelle les chanteurs bouffes de l'ancienne école; s'il manque une phrase, il se rattrape par un lazzi, et si la mémoire lui fait défaut, sa présence d'esprit ne l'abandonne jamais. Le public s'est laissé prendre à cette bonne humeur, et on n'a pas songé à lui en demander davantage.

Calzolari porte à lui seul le poids du répertoire, depuis l'ouverture du théâtre. Il joue tous les rôles, et il joue tous les soirs. Tout autre ténor serait déjà tombé sur la brèche. Lui n'en va ni mieux, ni plus mal, et, tandis que j'écris ces lignes, il est en train de

chanter le comte Almaviva et d'enlever Mme Sontag, plus jeune, plus charmante et plus étonnante
que jamais dans le rôle de Rosine.

8 décembre 1850.

XVI

THÉATRE DE L'OPÉRA-COMIQUE : LA DAME DE PIQUE, opéra-comique en trois actes, paroles de M. Scribe, musique de M. Halévy.

Tout le monde a lu un joli conte russe traduit par M. Mérimée, avec cette élégance de style et ce tour piquant qui distinguent l'illustre écrivain. Ce conte, intitulé *la Dame de Pique*, a servi à M. Scribe de point de départ pour imaginer une fable remplie de mouvement, de passion et d'intérêt. Je regrette l'usage indiscret qui veut qu'en rendant compte d'un ouvrage, nous en exposions le sujet dans tous ses détails. Il y a dans la nouvelle pièce un secret que demain le feuilleton bavard s'en ira crier par-dessus les toits à des milliers de lecteurs. Sans doute, il vaudrait mieux laisser aux spectateurs le plaisir de la surprise; mais à quoi servirait ma prudence? Ce que je m'interdirais, par un excès de réserve, d'autres le feraient à ma place. Si ce n'est moi, c'est mon frère. Il faut donc que MM. Scribe et Halévy me pardonnent si leur secret va devenir, par mon fait, le secret de la comédie.

Dans la famille des Polosky, existe une vieille légende qui prétend que la dame de Pique étant apparue en songe à l'un des princes de cette maison, lui indiqua trois cartes gagnantes, moyennant lesquelles il pourrait refaire sa fortune ruinée au jeu. Ce secret, religieusement gardé de père en fils, a dû être transmis à la jeune princesse Poloska, dernière héritière des immenses biens et des serfs nombreux de cette puissante famille. C'est du moins l'avis du banquier Klaremberg, à qui la mère de la princesse, pour le préserver d'une ruine imminente, révéla un jour ce secret, en lui faisant jurer qu'il ne s'en servirait qu'une fois dans sa vie, et n'en ferait part à personne. Ce récit merveilleux tombe dans des oreilles avides. Le prince Zizianow et l'ouvrier Roscow, également mordus par le démon du jeu, également malheureux, également superstitieux et crédules comme de vrais joueurs, ne peuvent s'empêcher de songer que, s'ils connaissaient ces trois cartes, le monde serait à eux. Le prince, surtout, se mord les lèvres d'avoir refusé en mariage Mlle Poloska, ignorant qu'elle possédait un si précieux talisman.

Bientôt la princesse arrive, précédée par les cris de joie de ses vassaux. Le colonel Zizianow, qui tient garnison dans le château de Polosk pour garder quelques prisonniers d'État enfermés dans les mines, changeant tout à coup de manières et de tactique, reçoit la jeune châtelaine avec les plus grands égards, et en homme qui ne demanderait pas mieux que de renouer l'alliance rompue. Mais la princesse aime ailleurs. En suivant avec un peu d'attention son rayon visuel, on ne peut conserver aucun doute sur la secrète intelligence qui règne entre la noble héritière et un brave sous-officier, Constantin Nélidoff, dont le cœur trop sensible n'a pu résister à un dangereux tête-à-tête de vingt-quatre heures de voyage. Et pourtant !... La princesse a les traits réguliers, un regard de feu, le sourire affectueux et bon ; mais il est temps de le dire, sa taille n'est pas irréprochable et sa démarche n'est pas assurée. Tranchons le mot, elle est bossue et boiteuse. Qu'importe ! l'amoureux jeune homme n'a rien vu de ces imperfections physiques, ou plutôt s'il les a vues, sa passion n'en est devenue que plus ardente. Il y a longtemps que Balzac a dit, en parlant de cette inégalité d'épaules, que « c'était l'étui où les anges cachaient leurs ailes, lorsqu'ils voulaient se déguiser en femmes. » Quant à l'autre défaut, plus mignon, plus poétique et moins rare, il m'est arrivé, l'autre jour, en racontant cette pièce devant deux jolies personnes, de m'entendre dire à l'oreille : « Taisez-vous, mon amie boite. — Je le sais bien, mademoiselle, ai-je répondu, et j'entends lui faire ma cour en lui disant tout haut qu'elle ressemble à Mlle de Lavallière. Je ne connais rien de plus charmant dans une jeune fille, en tout point charmante, que cette démarche incertaine et timide, ce pas mélodieux et cadencé dont l'Amour lui-même semble marquer la mesure. »

Mais ce butor de prince (il ne faut point s'en étonner, c'est un colonel tartare du temps de Pierre III) raille brutalement la passion de Cons-

antin, et se répand en injures grossières contre la
rincesse Poloska, qui, outre les deux accrocs que
ous savez, a le mauvais goût de lui préférer un
ergent. Constantin, poussé à bout, porte la main
ur la garde de son épée. C'en est fait de lui : tirer
épée contre son colonel est un crime puni de mort
ans tous les pays du monde. En attendant les ordres
u czar, le trop bouillant sous-officier est jeté pro-
isoirement au fond des mines de Polosk.

Au second acte, nous descendons dans l'intérieur
es mines. Le décor est si frappant de vérité, que
illusion est complète. On se sent transporté dans les
ntrailles de la terre. Pas un rayon de jour ne pénètre
 cette immense profondeur. Les souterrains sont
clairés par des fanaux dont la lumière phosphores-
ente fait miroiter et briller les parois incrustées de
el et taillées comme des diamants à facettes; des
aleries transversales, des voûtes spacieuses, des
scaliers tournants sont creusés dans le roc; des
abestans, des chaînons, des outils, des paniers,
ncombrent le sol ou sont suspendus dans les airs.
ependant les ouvriers chôment; les travaux sont
nterrompus pour quelques heures. C'est jour de paie

et de fête. On voit bientôt accourir de tous côtés
les mineurs, faisant sonner leurs roubles dans leurs
bourses de peau, et, à leur tête Roscow, le joueur le
plus enragé de la bande. La partie s'engage avec une
fureur et un acharnement inouïs. C'est la passion
sans frein, sans masque, dans toute sa nudité hideuse
et son implacable férocité. On passe des injures aux
menaces, des menaces aux coups. Les galeries retentissent de cris sauvages; le sang coulerait à flots, si
les femmes de ces malheureux, se jetant dans la
mêlée, ne venaient les séparer au nom de la princesse, qui descend dans cet enfer, pour y porter un
peu d'ordre et de calme.

A cette apparition soudaine qui rappelle, par son
côté poétique, l'ange du Dante chassant au delà du
Styx les âmes des damnés, les cris s'apaisent, les
groupes se dispersent; le colonel Zizianoff profite de
l'occasion pour voir si ses prisonniers sont bien
gardés, et la princesse, restée seule, donne un libre
essor à sa plainte amoureuse, à laquelle une voix
fraîche et limpide répond du fond d'un cachot. Mais
il ne s'agit pas de plaindre le prisonnier, il faut le
sauver à tout prix. Roscow, le contre-maître et le

hef des mineurs, qui a la garde du caveau où Cons-
antin est enfermé, promet de le laisser évader, à
ne condition... c'est que la princesse lui nommera
l'instant les trois cartes gagnantes dont elle a le
ecret. En vain la jeune femme proteste de toutes ses
orces que ce secret n'existe pas. Roscow, qui a tout
erdu, qui a résolu de mettre fin à ses jours, n'en-
end plus rien, ne respecte plus personne. Il tient
ans ses mains les destinées des deux amants; l'un
'est pas encore parvenu à la moitié de son trajet
érien, il peut donner l'alarme, il peut le perdre;
autre est seule avec lui, dans une galerie profonde,
cartée. La situation est terrible. Roscow, les cheveux
érissés, l'œil hagard, exaspéré, surexcité par
ivresse, va se porter aux dernières violences,
orsque la princesse, pour échapper à un danger
nortel, est forcée de lui nommer trois cartes au
asard, le *trois*, le *dix* et la *dame de pique*, et de lui
emettre une bague dont le chaton retourné donne à
es trois cartes la merveilleuse faculté de gagner
oujours. Le colonel, caché par un pilier, a tout
ntendu. Il a surpris le secret; il s'emparera de la
ague. Pour moi, dans cet acte émouvant, je ne

regrette qu'une chose, c'est que M. Scribe, ce grand
désenchanteur, m'ait gâté ma légende polonaise
M. Scribe ne croit à rien, pas même à la dame de
pique. Il m'eût été si doux de penser que ces trois
cartes gagnantes avaient réellement existé, et que le
secret en avait été emporté dans la tombe par le
dernier des Polosky!

Au troisième acte, nous retrouvons tout notre
monde à Carlsbade. Roscow, l'incorrigible joueur,
est arrivé le premier. Comme il s'éloignait nuitam
ment du château, rêvant à la somme fabuleuse qu'il
pourrait gagner en pontant sur ses trois cartes, il
s'est vu terrasser, bâillonner par des inconnus, qui
lui ont enlevé sa bague, lui ont glissé dans la poche
un millier de roubles, et l'ont traîné au delà de la
frontière, en le menaçant de mort si jamais il osait
revenir en Russie. Le malheureux, ayant bientôt
perdu la somme qui devait pourvoir à sa subsistance
se fait valet dans une maison de jeu, pour repaître au
moins ses regards des monceaux d'or qui s'entassent
et ruissellent sur le tapis vert. Le prince Zizianoff
possesseur de la bague enlevée par son ordre à
Roscow, et se croyant sûr de son fait, vient tenter la

fortune. La princesse Poloska, dont les biens ont été confisqués, parce qu'elle a osé faire disparaître en plein jour sa jeune cousine Daria Dolgorouki, accusée de rien moins que d'avoir effleuré de ses charmants petits doigts la joue impériale (Dolgorouki, en effet, signifie en langue russe : Longue-Main), cette bonne et philanthropique princesse est forcée de fuir à l'étranger la colère du czar. Enfin Constantin Nélidoff complète la liste des étrangers que le journal de Carlsbade enregistre chaque matin avec une ponctualité tout allemande. Le jeune émigré vient demander raison à son ancien colonel des outrages dont celui-ci n'a point cessé de l'abreuver. Car il faut savoir que ce méchant prince est le mauvais génie des Nélidoff : il a déshonoré le père en l'accusant de malversation et en s'emparant d'un papier qui aurait complétement justifié cet ancien ministre ; il a persécuté le fils et l'a réduit à s'expatrier par ses calomnies et par ses insultes. Et maintenant que les voilà face à face, dans un pays libre et sans aucun obstacle ni de rang, ni de grade, Constantin somme son ennemi de lui rendre compte, en une fois, de tous ses méfaits. — A merveille, répond le prince avec beaucoup de sang-froid; seulement, vous me payerez d'abord ce petit chiffon de papier que votre père a oublié d'acquitter : c'est une lettre de change de trois cent mille roubles.

En vain, Nélidoff, qui vient de faire un voyage en Hongrie pour vendre les biens de sa mère, offre à son farouche créancier un à-compte de cent mille roubles.

— Tout ou rien, répond le prince; je ne me bats pas avec mes débiteurs.

— Mon Dieu! mon Dieu! s'écrie Constantin, comment compléter cette somme?

— Rien de plus facile, jouez contre moi; vos cent mille roubles seront doublés, triplés, peut-être, en peu d'instants. Je suis alors à vos ordres.

Et le prince a beaucoup de peine à contenir sa joie, car la Fortune lui sourit vraiment d'une façon surnaturelle. Ce matin encore, ayant appris par une voie extraordinaire la mort de Pierre III et l'avénement de Catherine, il s'est empressé d'échanger le papier fatal qui contient la justification des Nélidoff contre une promesse en bonne règle de mariage, signée : princesse Poloska. Si bien que Constantin n'aura ni la femme qu'il aime, ni ses biens, ni aucun espoir de vengeance, car, jouant contre les trois cartes magiques, il doit perdre à coup sûr.

Constantin joue cependant, et la chance est pour lui. Qui ne partage pas l'étonnement, l'anxiété, les angoisses, le désespoir de Zizianoff et de Roscoff, du prince et de l'esclave, à cet éclatant démenti donné par la Fortune à un oracle qu'ils croyaient infaillible, n'a jamais connu les poignantes émotions de la vie de joueur. Le prince, ruiné, va se couper la gorge avec l'heureux Nélidoff. Le valet, s'arrachant les cheveux par poignées, devient presque fou. Mais, à la faveur d'un bal masqué qui se trouve fort à propos, ce soir-là, sur le programme de Carlsbade, la dame de Pique apparaît tout à coup dans les salons de jeu. Elle dit à Constantin d'une voix douce : Vous vous battriez inutilement, voici le papier qui réhabilite la mémoire de votre père. Elle dit au prince d'une voix railleuse : Mon colonel, vous jouez de malheur, l'engagement de la princesse Poloska est nul et non avenu ; car c'est moi qui l'ai signé et je n'ai jamais été la princesse Poloska, mais bien la comtesse Daria Dolgorouki. J'ai dû emprunter, pour me sous-

I   14

traire à la fureur du czar, le nom, les traits, le costume et les *agréments* de ma cousine. Si vous doutez encore, regardez ma taille; voyez comme je marche. J'aime Constantin, et je l'épouse.

— Mais la légende, la légende! dit le banquier Klaremberg; avec tout votre esprit, comtesse, vous ne me persuaderez jamais que votre tante ne m'ait donné un jour, chez l'impératrice, le secret des trois cartes infaillibles.

— Le secret, mon pauvre ami, le voici : L'impératrice, qui aimait beaucoup le jeu, ne dédaignait pas de tricher comme une simple mortelle. Ma tante, en vous indiquant les trois cartes que la czarine honorait de sa préférence, était sûre de vous faire gagner.

Roscow, qui, malgré tous ses efforts, n'a pu saisir un seul mot de cette dernière confidence, s'écrie, en montrant du doigt Klaremberg : Il est bien heureux, lui, il a le véritable secret !

Cette pièce, comme on peut le voir par la rapide analyse que nous venons d'en donner, n'est point jetée dans le moule ordinaire des opéras-comiques. Elle a je ne sais quoi de saccadé, de fiévreux, de rapide, qui vous saisit et vous entraîne comme si vous éprouviez réellement les émotions du jeu. Mais l'âpreté de cette passion dévorante est tempérée et adoucie par des scènes d'excellente comédie et par un amour jeune, honnête et pur. La musique participe aussi des deux sources où paraît s'être inspiré l'auteur des paroles. La véhémence, le vertige et l'ardeur des appétits grossiers que la cupidité allume dans l'âme humaine sont exprimés dans les morceaux d'ensemble et dans les chœurs par des rhythmes puissants et hardis et par une vigoureuse instrumentation, tandis que toute la partie de sentiment est d'une tendresse et d'une grâce ravissantes.

L'ouverture est un morceau très-savant, très-développé et très-clair, comme on pouvait l'attendre d'un compositeur tel que M. Halévy. Le son de la cloche appelle les ouvriers au travail. Après une courte prière, ils se mettent à l'ouvrage. Des coups de pioche et de marteau retentissent sourdement, de plus en plus pressés; puis on entend, comme dans le lointain, le chant de la ballade *soudain un démon apparaît,* et enfin le morceau se termine par une *stretta* en *la majeur* d'une allure franche et brillante.

Un chœur d'ouvriers mineurs, dans lequel l'auteur a très-bien rendu la joie contenue des esclaves, sert d'introduction. Battaille chante ensuite un air qui débute par un *pizzicato* de violoncelles du plus curieux effet. Cet air, d'une coupe originale et neuve, exprime admirablement les ravages que la passion du jeu a faits dans l'esprit du pauvre Roscow.

Une romance de Boulo, saupoudrée de neige (ceci n'est point une épigramme); une ballade de Mlle Meyer, dont le motif a déjà été indiqué dans l'ouverture, et un duo en *la bémol* entre Boulo et Couderc, précèdent ou annoncent l'entrée de la princesse Poloska.

L'air de Mme Ugalde, dit par cette charmante artiste avec la perfection exquise que vous savez, est la peinture la plus vraie, la plus fidèle et la plus spirituelle du personnage, qui captive ainsi tout de suite notre sympathie et notre intérêt. C'est un portrait chanté, si je puis m'exprimer ainsi, d'une ressemblance frappante; il y a là de la grâce, de la vivacité, de la malice, une touche fine et délicate, une couleur locale excellente.

Le finale se compose de plusieurs scènes sur les-

quelles je suis bien forcé de sauter à pieds joints,
pour ne point trop allonger cette analyse. Nous avons
d'abord la provocation de Constantin, son arrestation,
l'arrivée de la princesse, et, pour couronner le tout,
une très-jolie sérénade russe, où chaque instrument
fait entendre sa note à son tour.

Le second acte commence par une courte introduction en *mi bémol*, suivie bientôt d'une romance de
Boulo, ravissante d'expression, de mélancolie et de
tendresse.

L'arrivée des mineurs et les couplets de Roscow
sur le jeu, qui se terminent par un ensemble énergique et entraînant, ont soulevé dans la salle des
applaudissements prolongés. Rien de plus franc, de
plus hardi, de plus vigoureusement orchestré que ce
morceau de la dispute.

Un chœur de femmes qui surviennent pour séparer
les combattants, contraste heureusement par la
douceur et par la grâce avec la scène de tumulte et
d'effroi qui précède.

Une délicieuse romance chantée par Mme Ugalde
et accompagnée par le cor anglais, à laquelle
vient se joindre la voix du prisonnier, nous ravit à la

14.

troisième sphère, comme dirait un admirateur de Pétrarque, et nous fait oublier que nous sommes, en réalité, à six cents pieds sous terre.

Nous voici au grand duo dramatique entre la princesse et Roscow. C'est un morceau de maître, et sans contredit l'un des meilleurs de l'ouvrage. Les incidents nombreux qu'il contient, les sentiments divers qu'il exprime, la violence de l'esclave révolté, la frayeur de la princesse, la joie sauvage du joueur quand il se croit en possession du talisman, tout cela est rendu avec une supériorité admirable. Nous renonçons à décrire l'impression que ce duo a produite sur le public. On était réellement transporté d'enthousiasme, et l'écho des bravos qui avaient éclaté dans la salle s'est prolongé pendant l'entr'acte, dans les conversations du foyer.

A partir du troisième acte ce n'a plus été qu'un *crescendo* d'applaudissements. La romance en *fa mineur* de Battaille, qui finit par cette phrase touchante : *Il est fou, le pauvre Roscow !* Le quintette chanté par Mmes Ugalde et Meyer, par Couderc, Battaille et Riquier, et surtout le petit air de Mme Ugalde : *Non-seulement je suis bossue*, etc., ont sou-

levé un indicible vacarme de trépignements et de
bravos. Non, jamais cantatrice n'a mis tant d'esprit,
tant de charme, tant de suavité, tant de goût dans
deux couplets qui, malgré leur mérite, interprétés
par une autre artiste, auraient à peine été remarqués
parmi tant d'autres morceaux plus importants et plus
étendus. On a redemandé ce petit air à grands cris.
C'est là, n'en déplaise à l'auteur, un triomphe tout
personnel de Mme Ugalde, et M. Halévy, juste et
galant comme nous le connaissons, n'hésitera pas à
lui en faire hommage.

J'aime infiniment le dernier duo entre Mme Ugalde
et Boulo, et les deux artistes l'ont dit à ravir.
C'est de l'opéra-comique du meilleur aloi; c'est de la
passion jointe à l'esprit, de la mélancolie tempérée
par l'espoir; c'est la larme qui brille au bord des
cils, tandis que le sourire voltige au coin des lèvres.

La scène de jeu, qui prépare et amène le dénoûment, est remplie d'animation, de chaleur et de péripéties émouvantes. On s'est levé dans les loges et
dans l'orchestre, et nous avons vu le moment où des
paris allaient s'engager pour ou contre Zizianoff et
son jeune rival. Jamais partie n'a été suivie avec plus

d'ardeur dans les salons de Bade, de Carlsbade, de Hombourg, d'Aix et de Spa.

Mme Ugalde, qui, à force d'inspiration, d'originalité et de verve, s'est fait une place à part, *sui generis*, parmi nos plus illustres cantatrices, vient de s'élever, par sa dernière création, au premier rang des comédiennes. Personne ne joue mieux qu'elle sur aucun théâtre, ni avec plus d'aisance, plus de finesse plus de charme et plus de sentiment. C'est la nature qui chante et sourit en elle. Dès qu'elle a ouvert les lèvres, toutes les jeunes femmes se disent dans la salle : « C'est ainsi que je parlerais si je me trouvais dans la même situation. » Le chant, chez cette délicieuse artiste, n'est que le complément nécessaire de la pensée. Elle n'est point possédée de la manie ridicule de multiplier les roulades pour l'amour des roulades. Demandez au rossignol pourquoi il fait des traits ? Mme Ugalde vous répondra : C'est que je ne puis exprimer autrement ce qui se passe dans mon âme. Aussi rien ne saurait donner une idée de l'action qu'elle exerce sur le public. Dans ce rôle de la princesse Poloska, elle est bossue et boiteuse avec tant de grâce et d'esprit, qu'on se prend à l'aimer

insi pour tout de bon, et qu'on éprouve un désappointement presque pénible lorsqu'on la voit se
edresser et marcher comme tout le monde.

Vous connaissez Couderc. Depuis longtemps il est
passé maître dans tous les secrets et toutes les rouc-
ies du métier de comédien. Il ne fallait cependant
ien moins que son expérience et son tact pour rendre
upportable à la scène ce caractère haineux, vindi-
atif, bas, cupide et brutal, du prince Zizianoff. Il
sauvé, par le meilleur ton, par de grandes ma-
ières, par un esprit sceptique, railleur et délié, par
e prestige du rang, par le brillant des habits, ce que
e personnage a réellement d'odieux et de méprisable.
'est pour lui qu'on a fait ce mot : Grattez le Russe,
ous trouverez le Tartare. Couderc, dans tout son
ôle, est si poli, si insinuant, si fin, si distingué, si
rand seigneur, qu'on a beau vouloir aller au fond
e cette perverse et grossière nature, le Tartare ne
eparaît jamais.

Bataille a donné au personnage de Roscow une
hysionomie saisissante et terrible. Jamais les
ffrayants ravages que la passion du jeu, poussée
usqu'à la frénésie, jusqu'au délire, peut faire dans

une créature humaine, n'auront été mis plus vivement à nu. Il a chanté avec une sombre énergie
toute la première scène du second acte et le grand
duo avec la princesse. Dans ce morceau si palpitant
d'intérêt, malgré les gorgées d'eau-de-vie qu'il avale
pour se donner du courage, le pauvre *Mougik* ne
peut surmonter cette crainte instinctive, ce respect
pour le maître, que la servitude imprime dans l'âme
de l'esclave en traits ineffaçables, et qui ne le quitte
point, même dans l'ivresse, même dans le rêve.
Battaille fait ressortir toutes ces nuances avec un tact
exquis. Dans la romance du troisième acte, le joueur
disparaît pour faire place à l'amant, et Roscow, en
ouvrant son cœur à sa fiancée, a comme un lucide
intervalle de raison et de bonheur.

C'est une grande satisfaction pour la critique de
constater les progrès que fait Boulo à chaque
nouveau rôle qu'on lui confie. Boulo est de tous les
artistes celui que nous avons vu se former le plus
rapidement sous nos yeux. La faveur du public, loin
de lui troubler la cervelle, comme cela n'arrive que
trop souvent parmi les chanteurs, n'a servi qu'à
stimuler son zèle et à le rendre plus défiant de lui-

nême et plus difficile. Aujourd'hui c'est un de nos
neilleurs ténors, et je ne connais personne qui chante
vec plus d'expression, de charme et de goût. J'ajou-
erai qu'il est très-bien ajusté et tout à fait à son
vantage sous les traits de Constantin Nélidoff.

Mlle Meyer, dans le petit rôle de Lisanka, et
Ricquier dans celui du banquier, font preuve d'un
rai talent et d'un dévouement qu'on ne saurait trop
pprécier; car c'est surtout à cet ensemble, à cette
mion, à cette bonne intelligence qui règne entre tous
es artistes de l'Opéra-Comique, que ce théâtre doit
a parfaite exécution de ses ouvrages. Les chœurs et
orchestre ont des droits incontestables à la recon-
aissance des auteurs et aux éloges de la critique.
ués décors sont fort beaux. Rien que l'intérieur des
nines de Polosk attirerait tout Paris, s'il était exposé
lans un diorama. La mise en scène des salons de jeu
t de bal est éblouissante.

On a tiré un excellent parti des costumes, qui
réunissent la double exactitude et du pays et de
l'époque où l'action se passe. Mme Ugalde a pour
sa part quatre adorables toilettes, qui ont fait l'admiration et l'envie des spectatrices. On a rappelé tout

le monde, et si *la Dame de Pique* a emporté chez ell
tous les bouquets qu'on lui a jetés, son appartemen
doit être transformé en une véritable serre. Dans le
couloirs, dans les escaliers, et jusque dans la rue, on
entendait des femmes qui disaient en s'en allant
Mon Dieu! qu'elle est charmante! Quel talent, que
esprit, quel goût! Et quand on songe que nous avons
manqué de la perdre!

30 décembre 1850.

XVII

THÉATRE-ITALIEN. — LINDA, DON PASQUALE,
débuts de Colini.

Mme Sontag a fait sans doute une gageure : elle
a parié qu'en jouant tous les six jours un nouveau
rôle elle mettrait la critique sur les dents. Pour ma
part, je m'avoue vaincu ; je suis à bout d'éloges, et je
prie le lecteur d'être bien persuadé que je n'ai nulle
envie de flatter Mme Sontag. Je n'aime point les fadeurs ; mais la langue musicale est si pauvre, que,
tandis que cette charmante artiste peut varier ses
traits à l'infini, je ne puis que tourner dans le même
cercle de trois ou quatre phrases. Cela n'est guère
amusant ni pour celui qui écrit, ni pour ceux qui
lisent.

Mme Sontag est ravissante dans la Rosine du *Barbier de Séville*. On croyait avoir tout.dit, en citant les *variations* de Rode qu'elle introduit au second acte. Assurément l'art de la vocalisation ne va pas au delà. Eh bien ! voici que la célèbre cantatrice trouve moyen de varier ses effets et d'être plus surprenante encore dans la cavatine de *Linda*. C'est la même perfection, mais ce sont des grâces nouvelles. Elle chante coup sur coup trois duos de caractère et de style différents : l'un, tendre et doux avec son fiancé ; l'autre, emporté et violent avec un marquis séducteur ; le troisième, orné, fleuri, tout empreint de charmants souvenirs et d'épanchements fraternels avec Pierrotto, son ami d'enfance. Mme Sontag est également admirable dans ces trois morceaux ; pas une nuance ne lui échappe, pas une intention de l'auteur qu'elle ne saisisse et ne rende avec un merveilleux instinct. Dans le troisième acte de ce drame vertueux et sentimental, lorsque la pauvre fille de Chamounix revient toute meurtrie et brisée aux montagnes qui l'ont vue naître, Mme Sontag fait verser des larmes d'attendrissement, tant elle est vraie, touchante et naturelle. Vous ne pouvez jamais la prendre en défaut. Tout entière à son rôle, elle anime et remplit la scène autant par son jeu muet que par ses accents passionnés. Elle émeut, ravit ou transporte son public aussi bien lorsqu'elle écoute que lorsqu'elle chante.

Dans la Norina de *Don Pasquale,* Mme Sontag est une tout autre femme. Malgré les. allures du rôle, beaucoup plus accusées qu'il ne convient à une personne bien élevée et de bon goût, l'artiste se souvient du monde où elle vivait naguère, et corrige par son tact exquis et sa distinction suprême, ce que la coquetterie et l'insubordination de Mme Norine ont de trop risqué. On sait que, dans les explications qu'échangent le mari et la femme, celle-ci s'oublie jusqu'à lui donner un soufflet. Je me suis élevé dans le temps contre ce que je trouvais d'intolérable et d'excessif dans cette scène renouvelée de Xantippe. Mme Sontag, arrivée à ce point dangereux, ne fait qu'effleurer la joue du bonhomme du bout de son éventail, et cela avec tant de grâce, de mutinerie et de gentillesse, que le mari le moins chrétien lui tendrait l'autre joue. Au reste, il est impossible de déployer plus de séductions, plus d'esprit, plus de verve; supprimez le chant, où Mme Sontag excelle, vous

aurez une Célimène accomplie, et qui fera la fortune
d'un théâtre rien que par son talent de comédienne.

Nous n'avons entendu jusqu'ici Colini que dans
deux rôles d'importance secondaire, et malgré l'émotion naturelle que doit éprouver tout artiste consciencieux lorsqu'il a sa réputation à soutenir en présence
du public le plus réservé, le plus glacial et le plus
difficile qui soit au monde, on a déjà pu apprécier les
grandes et sévères qualités du nouveau baryton. Colini est d'une taille élevée, d'une figure imposante,
dans toute la force de l'âge et du talent. Il joue d'une
manière aisée, mais contenue, et avec une remarquable sobriété de gestes pour quelqu'un qui a passé
plusieurs années de sa vie à Palerme, à Naples et à
Milan. Sa voix, vibrante, étendue, et pouvant s'adoucir ou se renforcer au gré de l'artiste, lui permet d'a-
border également les rôles d'énergie ou de tendresse.
En Italie, où il a obtenu sur les premiers théâtres les
succès les plus éclatants, Colini est regardé comme le
chanteur qui sait le mieux dire un largo. Dans *Linda*,
il n'avait réellement qu'une scène, celle de la malédiction. Il l'a jouée et chantée avec une passion si
profonde et si vraie, d'une voix si entrecoupée de san-

glots et de larmes, que le public a interrompu le finale
pour le rappeler et l'applaudir. Dans *Don Pasquale*,
on l'aurait voulu plus léger, plus sémillant et plus
vif; mais il ne faut pas oublier que ce médecin im-
posteur, bien qu'il ne soit au fond qu'un assez mauvais drôle, ou plutôt à cause de cela, doit se donner
les apparences d'un personnage grave et compassé. Je
me permettrai de faire une tout autre remarque.
Apparemment, les donneurs de conseils, qui ne manquent pas d'entourer tout nouveau venu, à son dé-
botté, lui auront dit qu'aux Italiens on n'aime que
les agilités et les roulades, et qu'on ferait bien d'en
mettre partout. Colini a trop d'intelligence et de goût
pour se laisser entraîner à cette pente fâcheuse. Qu'il
chante, comme il sait chanter, avec simplicité, avec
ampleur, avec style; qu'il s'abandonne à ses propres
inspirations, et dès qu'on l'aura chargé d'un rôle
digne de lui, nous osons lui prédire des ovations plus
brillantes que celles qui l'ont partout suivi de Florence à Vienne, et de Vienne à Saint-Pétersbourg.

Calzolari a fait bien vite son chemin. On l'a reçu
d'abord avec une certaine défiance; on ne l'a pas
trouvé assez grand seigneur pour tenir l'emploi de

premier ténor absolu; puis, sous prétexte de l'aider
et de le plaindre, on a insinué doucement que ce
jeune homme se tuerait à la peine si on lui laissait
porter tout le poids du répertoire, et qu'il était urgent
de le relayer par quelque célébrité étrangère ou par
quelque vieille réputation. Calzolari ne soufflait mot,
remplissait exactement son devoir, et attendait avec résignation les illustres remplaçants qui devaient le soulager d'un fardeau que, dans son âme et conscience, il ne
trouvait point trop lourd. Sur ces entrefaites on annonça à grand fracas, l'arrivée du *célèbre* Iwanoff. Calzolari se fit humble et petit, et alla se tapir au fond d'une
loge le soir de la première représentation de *Lucrèce*.
Il fut tout oreilles et tout yeux pour le grand chanteur
sur lequel il devait se régler désormais. Cependant le
public ne paraissait pas bien sensible au mérite du
célèbre étranger. Ce fut à peu près la fable du soli-
veau et de la grue, avec cette différence que le soli-
veau n'était point Calzolari. Comme il sortait de **sa**
cachette, quelqu'un lui frappa sur l'épaule : Mauvais
plaisant, lui dit une voix inconnue, c'est donc vous
qui avez suggéré à votre directeur l'idée d'engager
Iwanoff? — Monsieur, vous me faites bien de l'hon-

neur, a répondu Calzolari; si j'avais le crédit que vous me supposez, j'en ferais engager bien d'autres.

Le fait est que lorsque Calzolari a reparu dans *Linda*, ç'a été dans le public une réaction générale en faveur du jeune artiste, qui n'a pas l'ombre de prétention à une célébrité quelconque. Il a intercalé dans le second acte un air de *Roberto d'Evreux*, écrit, je crois, pour Rubini, et il l'a chanté avec tant de goût, de charme et d'éclat, qu'on le lui a fait *bisser* tous les soirs. Je ne vous parle point des applaudissements et des rappels. Même succès dans *Don Pasquale*. La *sérénade* a fait surtout le plus grand plaisir. Mais l'opinion de la salle entière est que Calzolari devrait changer de tailleur. Il a un certain pantalon gris qui se marie d'une façon désagréable à un gilet de velours noir, et qui suffirait à faire prendre en grippe l'amant le plus tendre, par la femme la plus éprise et la plus indulgente.

Mlle Ida Bertrand, que j'ai entendue à Londres sans la voir, car elle chantait dans un rocher, brisant fort heureusement la ceinture de pierre où MM. Scribe et Halévy l'avaient enfermée, dans l'opéra de *la Tempête*, s'est présentée au public parisien sous les traits d'Orsini et de Pierrotto. Elle a une belle et franche voix de contralto, mordante et sympathique au plus haut degré. Elle phrase avec une grande élégance, et rivalise, dans les pointes d'orgue, de grâce et de souplesse avec Mme Sontag, ce qui me paraît le plus grand éloge qu'on puisse lui adresser.

Terminons par Lablache, par où il aurait fallu commencer. Mais qu'importe la place qu'il occupe dans nos articles et les rôles qu'il remplit à la scène? Qui dit Lablache dit Théâtre-Italien. Sans lui, point de succès possible et durable, tant que les chefs-d'œuvre de Cimarosa, de Mozart, de Rossini et de Donizetti n'auront pas été remplacés par d'autres ouvrages qui sont encore à naître. Aussi Lablache, qui le sait bien, se prête-t-il à tout ce qu'on lui demande avec une bonne grâce et une abnégation parfaites. Une strophe dans *Norma*, une scène dans *Lucrèce*, rien ne le rebute, rien ne lui paraît au-dessous de lui : pour être utile à ses camarades, il entrerait dans le trou du souffleur, si la chose n'était matériellement impossible.

Don Pasquale est une de ses créations les plus originales et les plus amusantes. A quoi tient la fortune

d'un opéra ! Donizetti avait placé son action vers la
moitié du dernier siècle. Les acteurs étaient en poudre
et en bas de soie. Mais on s'aperçut aux répétitions
que l'intérêt languissait, malgré les grandes beautés
dont cette partition abonde. Ce fut Lablache qui eut
l'idée d'adopter cet incroyable costume de dandy avec
sa perruque blonde et son énorme camélia à la bou-
tonnière. Jamais crayon satirique n'avait tracé de nos
modernes lions une caricature plus spirituelle et plus
fine. Dès que Lablache parut dans tout l'éclat de sa
mise élégante, un fou rire s'empara de la salle. Il n'en
fallait pas moins pour égayer un sujet qui m'a paru
toujours profondément mélancolique; car je ne trouve
rien de bien réjouissant à voir un honnête homme
bafoué par une indigne coquette, par un docteur in-
trigant et par un coquin de neveu. Mais comment
résister aux larmes, à la colère, aux emportements de
Lablache, quand il veut leur donner une tournure
comique et plaisante? Les choses les plus simples du
monde, une inclination de tête, une révérence, un
salut, la manière de se lever et de s'asseoir, un fauteuil qu'on avance, un billet qu'on ramasse, devien-
nent, par l'habileté de l'artiste, le signal d'une gaîté

contagieuse et d'un rire inextinguible. On a redemandé le magnifique quatuor du second acte, et
chaque fois que la voïx de Lablache faisait retentir
ses plus belles notes comme autant de coups de canon, l'auditoire, ébranlé, ripostait par une triple
salve d'applaudissements.

7 janvier 1851.

XVIII

Cet *Elisir d'amore* est une musique charmante qui vous remplit l'âme d'une gaieté douce et tendre, d'un sentiment vague, indéfini, qui tient plutôt de la mélancolie que de la joie. Il me semble que si Bellini avait pu se plier au genre comique, il ne l'eût pas compris autrement. On prétend que Donizetti a écrit son *Elisir* en prison. Je ne garantis pas l'anecdote; mais il paraît que l'insouciant maestro n'en finissant pas avec son opéra, le directeur de la Scala prit le parti de l'enfermer. C'est ainsi qu'en usait M. Barbaïa avec le plus grand paresseux du siècle, Rossini. Seu-

lement, M. Barbaïa ne demandait pas main-forte à
l'autorité. Lorsque le maître n'était pas en mesure de
lui livrer les actes promis, il l'attirait doucement dans
une chambre, tantôt sous le prétexte de lui montrer
une médaille (Rossini a été toujours fou de numis-
matique), tantôt pour lui faire goûter je ne sais
quel nougat de Salerne (Rossini n'est pas exempt du
péché de gourmandise), et dès que l'auteur d'*Othello*
et de *Sémiramis* avait donné dans le panneau, Barbaïa, prenant bien son temps, s'élançait dans une
autre pièce, fermait la porte sur le prisonnier, et
poussait les verrous. C'est par ces heureux subterfu-
ges que le célèbre *impresario* finit par arracher au
maître des maîtres le troisième acte de la *Donna del
Lago* et la prière de *Moïse!*

L'*Elisir d'Amore* est, par la contexture générale,
par la distinction du style et par le choix des accom-
pagnements, une œuvre de demi-caractère plutôt
qu'une œuvre bouffe, à l'exception d'un rôle bien
accusé, celui de Dulcamara. On sait que Donizetti a
voulu refaire le *Philtre* à sa manière. Mais il a donné à
son charlatan cette éloquence intarissable, ce débor-
dement de bonne humeur, cette insolence de **verve**

qu'on ne rencontre que sur la place Saint-Marc, sur
le marché de Naples, sur le port de Livourne et dans
les foires de Bologne, de Padoue ou de Modène. Nos
arracheurs de dents, nos avaleurs de sabres, nos
marchands de vulnéraire suisse ont un air de probité, de bonhomie, d'onction paternelle auquel les
plus adroits se laissent prendre. J'en ai entendu un
sur la place du Grand-Duc, à Florence, qui, mettant
la main sur son cœur, parlait ainsi à la foule :

« Vous me demanderez, messieurs, si mon élixir a
la faculté miraculeuse de guérir tous les maux. Ah!
messieurs, si je venais vous débiter une pareille sottise,
je ne serais qu'un vaurien, qu'un malotru, qu'un
misérable, un goujat; vous auriez le droit de me
cracher au visage ou de me jeter dans l'Arno. Non,
messieurs; dussé-je ne pas vendre une fiole de mon
baume, dussé-je mourir de faim, demander l'aumône,
aller tout nu dans la ville (sauf le respect que je dois
à l'honorable compagnie), je veux être honnête
homme avant tout. Non, mon élixir n'est pas et ne
saurait être une panacée universelle; il n'a réellement
de pouvoir que dans un très-petit nombre de cas.
Votre femme est en mal d'enfant, je suppose, et on ne

peut extraire l'héritier de votre nom que par la dou-
loureuse opération césarienne : donnez-lui quelques
gouttes de mon spécifique : elle accouchera, sans aucune douleur, d'un garçon beau comme les amours.
Votre oncle est bossu de naissance : frottez-lui légèrement le dos avec une flanelle imbibée de mon élixir;
vous verrez rentrer la bosse comme par enchante-
ment; la petite a des vers, le petit est bancal, le fi-
guier sèche sur pied, la poule ne pond pas, vous êtes
infesté par les punaises, par les créanciers, par les
sbires... prenez mon élixir, etc., etc. »

Et de l'air le plus sérieux, le plus expansif, le plus
pénétré du monde, il déroulait, deux heures durant,
le catalogue de tous les maux possibles, physiques et
moraux, indiquant, avec un soin minutieux, les
mille et une manières d'appliquer le même re-
mède.

Lablache me rappelle exactement, dans sa joyeuse
création de Dulcamara, ce type du charlatan bonhomme, ouvert, paternel, toujours sur le point d'a-
vertir ses dupes et de les mettre en garde contre leur
propre entraînement. Au reste, il ne surfait pas trop
ses pratiques : il leur vend, sous l'étiquette d'élixir,

lu château-margaux de 1834, et il a soin d'indiquer la
late pour mettre sa conscience en repos. Cela vaut
)ien le sequin demandé.

La jeune et jolie personne chargée du rôle d'Adina
ivait déjà conquis les sympathies du public avant
même de lire un mot dans le livre qu'elle tient à la
nain : c'est qu'elle est mise avec une grâce, une élégance, une distinction bien rares chez une paysanne.
Elle a un pied si petit, si charmant, si bien chaussé,
que Cendrillon en serait jalouse. Elle se présentait
pour la première fois toute seule et sans lisières ; mais
elle n'en a pas moins chanté et joué son rôle avec
l'assurance et l'aplomb d'un vieux professeur. En
vérité, cette enfant m'effraie. Il me semble voir Pic
de la Mirandole parlant six langues à six ans.

Je ne saurais vous dire combien de fois elle a été
applaudie et rappelée, par la salle entière, par les
femmes surtout, qui voudraient la couvrir de baisers
à chaque mouvement de tête, à chaque inflexion de
voix, à chaque vocalise, à chaque geste. Et ne croyez
point que ce soient là des gentillesses purement en-
fantines, des qualités qui n'empruntent leur valeur
qu'à l'âge, à la taille, au nom de la débutante. Bien

des cantatrices, et des plus illustres, et des plus fêtées, voudraient pouvoir poser le son comme elle,
nuancer le style, et terminer une phrase avec tant de
perfection et de charme.

Cependant je crois que cette aimable jeune fille a
une vocation plus décidée pour les rôles sérieux que
pour les rôles bouffes, et même pour les rôles de demi-
caractère. Dans *Lucia*, elle m'a plu davantage. Elle
a les traits naturellement empreints de tristesse, le
front singulièrement développé, le regard profond,
le sourire mélancolique. Dans les moments de
passion ou d'extase, sa jolie figure s'illumine d'une
clarté céleste. Elle parait alors vraiment inspirée.

La débutante est comédienne, et peut-être un peu
trop : je veux dire qu'elle se croit obligée d'accompagner chaque mot, chaque phrase, d'un geste gra-
phique et imitatif. Ainsi, par exemple, pour dire
que Némorin n'échappera pas à *ses chaînes* (*le mie
catene*), Mlle Adina tend naïvement ses deux jolis
poignets, les rapproche l'un de l'autre et fait
une petite moue de souffrance comme si on la gar-
rottait réellement. Ici les chaînes sont prises au figuré,

il n'y a pas besoin d'un tel luxe de pantomime our exprimer un sentiment tout moral.

Si je m'empresse de signaler ce défaut, c'est qu'on e saurait trop y prendre garde. Ceux qui ne s'en cor- igent pas de bonne heure finissent par tomber dans es excès ridicules. J'ai connu en Italie un acteur qui écitait ainsi ce vers du Tasse :

> Canto l'armi pietose e il capitano.

« *Je chante* (il ouvrait une bouche énorme) *les armes* l faisait semblant de tirer l'épée) *pieuses* (il joignait s mains avec componction) *et le capitaine* (il tou- hait ses deux épaules comme pour indiquer les paulettes). »

Au demeurant, je ne me souviens pas d'avoir ja- ais vu au théâtre une jeune fille plus heureusement ouée, plus intelligente, plus accomplie que cette racieuse Adina, cette poétique fiancée de Lammer- oor. Quel magnifique avenir a cette enfant devant le, si on ne lui brise pas la voix! C'est une plante are, mais frêle, qui exige le plus grand soin et les lus grands ménagements.

Calzolari a chanté délicieusement sa romance, son

duo avec Adina, son duo avec Dulcamara, presque
tous ses morceaux. Comme chanteur, je n'ai rien à
lui dire; mais, comme acteur, je crois qu'il s'est
trompé complétement sur le caractère du personnage
qu'il représente. Nemorino est naïf, mais il n'est pas
niais. Je ne sais pourquoi Calzolari lui donne un air
de Jocrisse. Il s'est arrangé une perruque de filasse,
un chapeau rond qu'il met de travers, un rire bête et
des gestes nigauds qui feraient le bonheur d'un queue-
rouge. Il est tellement pénétré de l'esprit, je veux
dire de la bêtise de son rôle, qu'il n'en sort même
pas lorsqu'il salue le public.

J'hésite à parler de M. Ferranti. Ce chanteur est
si heureux, si content, si sûr de lui-même; il aborde la
rampe avec tant de désinvolture, s'y dandine avec tant
de nonchalance, toise de haut en bas son public avec
tant de supériorité, que, loin d'oser le juger, je serais
presque tenté de lui demander ce qu'il pense de nous
tous qui l'écoutons. La voix de M. Ferranti est assez
bonne, mais il parle plutôt qu'il ne chante, et quand
il parle si haut, sa voix devient dure et agaçante
comme celle d'un homme fâché qui gronderait ses domestiques. Il prononce fort bien les paroles et il n'y a

pas moyen de ne pas les entendre, mais il ralentit le mouvement de la musique, et les autres artistes sont forcés d'attendre son bon plaisir ou de le laisser en arrière dans les morceaux d'ensemble. Au reste, M. Ferranti est toujours le même, dans *le Barbier*, dans *la Fille du Régiment*, dans *Linda*, dans *l'Elisir*. Il a une manière de jeter sa poitrine en avant, sa tête et ses jambes en arrière, qui lui donne l'air d'un coq dressé sur ses ergots.

Ceci ne veut pas dire que M. Ferranti n'a pas de talent. Il a fort bien chanté la cabalette : *Ho ingaggiato il mio rivale* et a été très-chaudement applaudi. Il a de l'esprit, de la verve et surtout une heureuse qualité, qu'on appelle en Italie *faccia tosta*. Mais il ne faut pas en abuser.

Demain, c'est *Don Giovanni*, c'est-à-dire la fête impatiemment attendue par tous les amateurs de la grande et belle musique. Dans quelques jours nous aurons *la Tempesta*, de MM. Scribe et Halévy, et les débuts de la Rosati, jeune et jolie danseuse dont nous avons parlé dans nos lettres sur Londres. Viendront ensuite la rentrée de Gardoni et les débuts de Sims Reeves, ténor anglais d'un remarquable talent. A mesure que la saison s'avance, l'intérêt s'accroît, l'activité redouble. *Crescit eundo*.

— On vient de reprendre, à l'Opéra-Comique, *les Porcherons* de Grisar. Mlle Lefebvre, chargée du premier rôle, a-t-elle obtenu un grand succès? J'aurais bientôt fait de dire : oui, et d'étouffer la jeune artiste sous mes fleurs de rhétorique. Je voudrais pourtant trouver moyen de faire entendre la vérité sans trop me compromettre. Soyons sincères, mais prudents : Mlle Lefebvre est toujours *bien,* mais elle n'est jamais *mieux.* Or, il faut être mieux d'un bout à l'autre pour jouer ce rôle de la marquise de Bryane, un des plus beaux de Mlle Darcier. C'est à peine si Mme Ugalde pourrait l'aborder. Vous avez là un rôle de comédie plein de finesse, de grâce, de caprices et de fantaisie. Cela se joue avec les nerfs, avec le cœur, avec l'esprit. C'est un mélange de coquetterie et de sensibilité, d'étourderie et de raison, de légèreté apparente et de tendresse réelle. Mlle Lefebvre a des qualités rares et solides; mais elle n'a pas les qualités de ce rôle. Elle sait la musique autant qu'on peut la savoir; elle lit à livre ouvert et joue au pied levé. Les habitués du théâtre, frappés de tant de zèle et de tant d'intelligence, ont pris la jeune actrice sous leur protection spéciale et lui préparent un petit triomphe toutes les fois que l'occasion s'en présente. L'autre soir ils avaient bien envie de lui jeter quelques bouquets, mais la température de la salle ne s'étant jamais élevée jusqu'à l'enthousiasme, Mlle Lefebvre a été l'objet d'une ovation calme et modérée.

On peut expliquer par un seul mot ce qui a jeté tant de langueur dans les deux premiers actes de cette représentation, pour laquelle on n'avait épargné aucun soin de mise en scène. Mlle Lefebvre manque de charme. Elle est correcte, irréprochable, elle ne fait jamais une faute. Mlle Lefebvre est l'idéal du premier prix. Ses costumes sont exactement calqués sur ceux de Mlle Darcier. On ne saurait rien reprendre à son jeu, ni à son chant; elle dit parfaitement le dernier air que les auteurs complaisants ont allongé pour elle; on l'applaudit à chaque phrase et on fait bien de l'applaudir Mais *ce n'est pas cela*, voilà tout ce que je puis dire.

Voyez Mocker dans le rôle d'Antoine. Il n'a plus que l'ombre d'une voix, et cependant quelle finesse, quel esprit, quelle verve, et comme, sous la rude écorce de l'ouvrier, vous devinez le gentilhomme !

Le rôle d'Hermann-Léon est un des plus ingrats que je connaisse. C'est une espèce de tyran mélodramatique jeté au travers d'une comédie poudrée, musquée, leste, vive et pimpante. C'est le Lugarto d'Eugène Sue, personnage odieux et déplaisant, qui dans un roman est à peine tolérable. Jugez, lorsqu'on le voit se pavaner devant la rampe en chair et en os !

Le troisième acte a ramené la joie sur tous les visages, car jusque-là le couple Jolicourt, si parfait dans son genre, avait fait de vains efforts pour dérider le public. C'est Bussine qui a décidé le succès. On ne saurait entonner d'une voix plus puissante, plus large, plus magnifiquement accentuée, ce beau chœur antique, cet hymne à Bacchus, qui, chanté sur un théâtre d'Athènes, d'Herculanum ou de Rome, aurait soulevé une émeute parmi les spectateurs. Cette chanson délicieuse, et tout le tableau de la guinguette, valent bien les quelques moments d'ennui que nous avons traversés.

Je suis désolé de me montrer si méticuleux, si difficile ; de chercher, comme on dit en Italie, *il pelo nell' uovo*; d'autant plus que j'aime et j'estime infiniment le talent de M. Grisar. Mais que voulez-vous? les critiques sont la plaie de ce pays, et, tant qu'on ne nous aura pas supprimés, la langue nous démangera toujours, et nous aurons la rage de dire notre mot sur toute chose.

— Parlez-moi de Lisbonne et de ces bons Portugais, qui s'en vont à leur théâtre sans arrière-pensée, sans malice, le cœur sur la main, les bras ouverts, la bouche souriante. Ils ne gâtent pas leur plaisir par des réflexions importunes. Au diable la critique et ses vilaines petites morsures, qui vont chercher le ver dans le fruit! A chaque note, à chaque perle que la *diva* du moment laisse tomber de son écrin précieux, le Portugais se pâme et se trouve mal de bonheur. Ce sont des applaudissements frénétiques, des transports, des extases, des ravissements infinis. Si ce public, au cœur de flamme, éprouve un regret, c'est de ne pouvoir exprimer son enthousiasme en termes assez vifs, ou par des manifestations assez bruyantes.

Quelle est donc cette illustre prima donna qui s'avance
à pas majestueux ? Silence! elle s'arrête, elle respire,
elle chante — *Eccomi giunta in Babilonia!* Oui-dà, illustre reine, femme célèbre entre les plus célèbres, vous
voilà, après tant de vicissitudes, après tant de voyages,
vous voilà arrivée, non pas à Babylone, s'il vous plaît,
mais à Lisbonne, et vous n'avez pas pris le plus court!
On vous disait tantôt à Naples, tantôt à Nice, tantôt à
Bologne, où Rossini vous a donné trois heures de leçon!
Que de fois les échos de Saint-Charles, de la Scala, de
la Pergola, de la Fenice se sont flattés, mais en vain,
de répéter les accents de votre voix sonore ! Que de fois
les journaux mal informés nous ont appris que vous
alliez débuter à Rome, à Florence, à Pétersbourg ou
à Moscou! Vous les laissiez dire, ô reine insouciante!
et vous réserviez ce bonheur à vos chers Portugais.
Aussi quel triomphe et quelle fureur! Jamais ni la
Pasta, ni la Pisaroni, ni la Malibran, n'ont été si ac-
clamées dans ce rôle d'Arsace. Vous êtes, au dire des
Portugais, le premier contralto du monde. On vous a
rappelée vingt fois dans la soirée, et Lisbonne, recon-
naissante, vous a jeté toutes les fleurs de ses serres,
toutes les colombes de ses colombiers, tous les sonnets

de ses poëtes. Elle a regretté seulement que son fils
le Camoëns ne fût plus là pour écrire un poëme en
votre honneur, et, ne pouvant mieux faire, elle a
guetté votre sortie pour vous accompagner chez vous
à la clarté des torches. Pends-toi, Jenny Lind, tu
n'avais pas pensé à celle-là !

— Une autre célébirté un peu éteinte, Julia Grisi,
(ce que c'est que de nous!) à peine rétablie d'une
indisposition de neuf mois qui ne lui a point permis de
chanter en Russie, entreprend ces jours-ci une tournée en Irlande et en Écosse, en compagnie de M. Ric-
ciardi, ténor de mérite, qu'on se rappelle avoir entendu
au théâtre de la Renaissance. Je souhaite à Mme Grisi
et à son compagnon, ainsi qu'à M. Bill, l'intelligent
entrepreneur de ce voyage musical, tous les succès et
toutes les prospérités possibles. Puissent-ils faire une
ample récolte de banknotes et de guinées, et ne
point rencontrer sur leur chemin une de ces concur-
rences baroques qui ruinent, en Angleterre, les plus
beaux projets et les plus solides entreprises ! Je vous
ai parlé, il y a quelque temps, des *concerts nationaux*,
inaugurés, avec une pompe inouïe, au *Théâtre de Sa*

I.   16

Majesté, à Londres. Une société d'amateurs avait fait les fonds de cette grande affaire. Balfe dirigeait l'orchestre. On s'était assuré le concours des mucisiens les plus illustres, des chanteurs les plus célèbres, des compositeurs les plus renommés. Sans négliger la musique moderne et populaire, on exécutait les plus beaux chefs-d'œuvre de Mozart, de Haydn, de Beethoven. Jamais le public anglais n'avait été convié à pareille fête.

Tout à coup M. Jullien annonce qu'il va, lui aussi, donner des *concerts nationaux* dans la salle de Drury-Lane, et qu'il vient d'engager à cet effet quarante tambours, choisis parmi les douze légions de la garde nationale de Paris, lesquels artistes exécuteront sur leur instrument *la Marseillaise* et le *God save the Queen*, avec un remarquable ensemble, et sous la direction du plus grand tambour-major de la grande armée de Napoléon le Grand !

Il n'en fallut pas davantage pour que la foule désertât sur-le-champ Beethoven et Mozart, M. Balfe et ses chanteurs, pour les quarante tambours de Jullien. La salle de Drury-Lane s'est trouvée trop étroite, et l'on ne voit sur les murs de Londres que le portrait du tambour-major du grand Napoléon.

— Mon confrère et ami Berlioz n'en est pas aux tambours. Il croit encore à Beethoven, à Mozart, à Weber, à Gluck, il croit même à *Roméo et Juliette,* une de ses meilleures compositions, qui n'a pas été exécutée depuis dix ans à Paris ! Il s'entoure d'artistes d'élite. Il appelle à lui Roger, Mlle Debré, Mme Maillard, Léon Reynier, le jeune et charmant violoniste. Quel sera le prix de tant d'efforts ? Hélas ! je n'ose point promettre que la salle Sainte-Cécile croulera mardi prochain sous la foule empressée, et qu'on le reconduira chez lui à la lueur des torches !

26 janvier 1851.

XIX

OPÉRA : LA JUIVE, M. MAIRALT, Mlle POINSOT. —
CONCERT DE BIENFAISANCE.

C'était l'été dernier, à Londres, au théâtre de Covent-Garden. On avait annoncé solennellement la
première représentation de *la Juive, opera seria
del signor maestro Halévy*, traduit en italien par un
monsieur qui désirait garder l'anonyme. Le rôle
d'Éléazar devait être chanté par Mario. C'était le
grand attrait, la grande curiosité de la soirée. Aussi,
de très-bonne heure, une double file de ces magnifiques équipages qu'on ne voit qu'en Angleterre, se dirigeait vers l'ancien marché de fruits, de légumes et

16.

de fleurs, qui parfume et nourrit les artistes du théâtre voisin.

Des mendiants en habit noir, mais sans l'ombre de chemise, comme on n'en voit aussi qu'en Angleterre, postés tout le long du chemin, de Leicester-Square à Covent-Garden, offraient pour la somme de deux schillings le libretto de l'*opéra nouveau*, traduit, revu, et considérablement diminué.

J'étais placé au premier rang des stalles d'orchestre, et, avant le lever du rideau, j'entendis de l'autre côté de la toile quelques chuchotements qui ne me présageaient rien de bon. Enfin le rideau se lève, et un figurant très-pâle et très-décontenancé, après les trois saluts de rigueur, dit d'une voix tremblante :

« Ladies and gentlemen,

« Signor Mario, surpris par une indisposition subite, et se trouvant dans l'impossibilité de jouer, signor Maralti veut bien le remplacer dans le rôle d'Éléazar pour ne point faire manquer le spectacle. Signor Maralti chantera son rôle en français. »

A cette annonce inattendue, le bon public de Covent-Garden ne sourcilla pas. Ils étaient venus pour entendre Mario, ils allaient entendre Maralti. Cela

leur était égal. Qu'est-ce que c'était que Maralti ?
Quelques habitués des coulisses répandirent bientôt
dans l'orchestre et dans les loges que c'était un jeune
Italien de Toulouse, qui prononçait fort bien le
français. Ils l'avaient surpris se disputant avec le
portier du théâtre, qui ne voulait pas le laisser passer, sous prétexte qu'il ne comprenait pas son patois.

Au demeurant, je n'oublierai jamais cette représentation unique au monde et qu'on aurait pu appeler *la Juive des Quatre Nations*. La prima donna était
espagnole, le cardinal allemand, le juif français, et
le chrétien belge. Chacun chantait dans sa langue ou
tout au moins avec son accent. Les chœurs étaient
anglais, et l'orchestre italien. C'est ainsi qu'on devait
monter les ouvrages sur lesquels on comptait beaucoup, à la tour de Babel. Malgré quelques légers
malentendus qu'il n'était point facile d'éviter dans
cette représentation polyglotte, M. Maralti remplit fort
bien le rôle d'Éléazar, si bien, ma foi, que lorsque
Mario reparut pour le chanter à son tour, il échoua
complétement.

Ce M. Maralti, si vivement applaudi au théâtre de Covent-Garden, est le même, vous l'avez

deviné, qui vient de débuter à l'Opéra dans *Guillaume Tell* et dans *la Juive*, sous le nom de Mairalt, abréviation ou anagramme de Martial, à ce que l'on m'assure. Je commencerai par dire qu'on a fort bien fait d'attacher M. Mairalt à l'Opéra, et qu'il faut l'y fixer et l'encourager par tous les moyens possibles, car il peut rendre au grand répertoire d'importants services. M. Mairalt a une nature de voix qui, soumise à un travail assidu, et corrigée par l'étude des inégalités qui la déparent, pourra défier les fatigues et les dangers des rôles les plus redoutables. M. Mairalt est un ténor de force, ce qui ne l'affranchit pas, comme on paraît le croire, de toutes les autres qualités de méthode, d'expression et de style qu'on exige d'un chanteur accompli. Plus quelques notes sont puissantes et sonores chez un artiste, plus on aperçoit les vides et les trous qui existent, tout à côté, dans le tissu vocal. Mais les belles voix de ténor sont si rares, que dès qu'on en rencontre une remplissant les conditions principales, le public est tout disposé à faire bon marché du reste. Si les défauts qu'on a pu remarquer dans le débutant n'étaient point de ceux que l'exercice amoindrit et fait disparaître, je n'en parlerais même pas, car là où la critique ne peut rien conseiller de sage et de pratique, elle ne doit point navrer le cœur d'un artiste d'un désespoir inutile. Mais j'ai vu le plus grand des ténors modernes, Rubini, qui n'avait commencé, dit-on, qu'avec une voix bien faible et bien légère, arriver par le travail et par l'étude au plus haut degré de puissance et d'énergie auquel aucun artiste se soit jamais élevé. Et qu'on n'aille pas croire que je jette le nom de Rubini à la tête de M. Mairalt pour l'assommer d'un coup de massue ; je voudrais lui indiquer seulement que parmi les modèles qu'il a dû se proposer, il fera mieux de choisir ceux qui ont dû leur gloire et leur talent à de longs et pénibles travaux, que ceux qui, abusant de leur force et de leurs dons naturels, ont fini par se briser avant l'âge et sans aucun profit pour l'art.

Je n'ai rien dit du premier essai de M. Mairalt dans *Guillaume Tell*. Je n'ai pas trouvé à placer un seul mot raisonnable entre des éloges sans mesure et des attaques sans justice. C'est là le grand écueil des artistes qui débutent dans les ouvrages consacrés par la tradition. Le public a marqué d'avance certains passages où il attend le chanteur. Il a fait une corne à la page, et si le débutant s'en tire à son honneur, il est sauvé, on n'a plus rien à lui demander. Certes, le fameux *ut* de poitrine est une superbe note et d'un immanquable effet; mais je ne suis point tenté de crier au miracle parce qu'un ténor a poussé le *suivez-moi* à pleins poumons, et je ne le crois point perdu parce qu'il ne peut *arracher*, sans douleur, *Guillaume à ses fers*. Ce sont là des accidents sur lesquels il serait absurde de juger un artiste. Je lui sais plus gré, pour ma part, d'avoir chanté doucement tel largo, d'avoir interprété telle phrase d'une manière moins hardie peut-être, mais plus égale et plus sensée, d'avoir suivi plutôt sa propre inspiration, que de s'être montré imitateur heureux et brillant plagiaire.

Malheureusement la grande masse du public ne l'entend pas ainsi. On ne fait silence, on n'écoute qu'aux endroits convenus. Puis, le bruit des conversations particulières reprend de plus belle jusqu'à ce que de nouveaux précipices s'ouvrent sous les pieds du chanteur. Cela rappelle ces deux parieurs qui suivaient un homme emporté par son cheval, non pas pour l'aider, mais pour voir où il se casserait le cou.

Dans *la Juive*, j'ai trouvé M. Mairalt ce qu'il était à

Londres, c'est-à-dire infiniment plus remarquable qu'il ne s'est montré dans *Guillaume Tell*. Il était d'abord plus rassuré, ce qui doit peser d'un grand poids dans la balance. Il a fort bien lancé cette déchirante apostrophe : *O ma fille chérie!* et a mérité les applaudissements dont on l'a couvert, non-seulement parce que cette phrase se trouve être écrite dans les plus belles cordes de sa voix, mais parce qu'il a su lui donner une expression touchante et vraie. Dans le chant large et posé de la *Pâque*, il a manqué d'ampleur, d'homogénéité et de style. Dans le trio du deuxième acte, j'ai saisi quelques notes bien accentuées et d'un bon sentiment comique. Dans l'andante du grand air : *Rachel, quand du Seigneur*, M. Mairalt m'a fait l'effet d'un équilibriste (je le supplie de ne pas le prendre en mauvaise part) qui craindrait à chaque instant de perdre son aplomb, mais qui finit par triompher de l'épreuve, aux grandes acclamations de la foule. Il est impossible d'avoir plus d'élan, plus de passion et plus d'âme que M. Mairalt en a mis dans cette dernière explosion de la tendresse paternelle : *Non, Rachel, tu ne mourras pas.*

Il faut absolument que M. Mairalt, pour aller non

pas au plus pressé, mais au plus facile, soigne, aux représentations prochaines, sa tenue, son jeu, son costume. Sa robe est trop courte de trois doigts, sa barbe est mal attachée, ses bras le gênent, ses mains l'embarrassent. Avec un peu d'attention, j'en suis sûr, ces inconvénients auront bientôt disparu.

Mlle Poinsot, qui débutait le même soir dans le rôle de Rachel, est une grande et belle personne aux cheveux noirs, à l'œil bien fendu, à la démarche hardie, aux traits expressifs. Son costume de juive lui va à ravir, et par sa taille autant que par son assurance, elle domine la scène et la salle. Mlle Poinsot, que nous avons vue bien jeune et bien modeste au Conservatoire, a fait de grands progrès. Ce qui lui a donné, dit-on, ces allures décidées, c'est d'avoir joué, en province, dans une troupe nomade. Je n'en crois rien. Mlle Poinsot avait en elle-même assez d'énergie et de ressources pour voler de ses propres ailes. Ce qui le prouve, c'est que la province n'a pas déteint sur elle. Mlle Poinsot, fort bien organisée, douée d'une voix vibrante, étendue, forte et franche, se sent née pour le théâtre et prend possession de la scène comme d'un royaume qui lui appartient. Je n'ai donc pas à la rassurer ni à lui donner courage : elle en a plus qu'il n'en faut. Je dois plutôt la mettre en garde contre sa trop grande assurance. Ses intonations sont souvent douteuses, et ce qu'il y a de plus frappant dans ce défaut qu'on a l'habitude d'excuser par l'*émotion inséparable d'un premier début*, c'est que Mlle Poinsot ne le doit pas au trouble qu'elle éprouve, mais à son excès de confiance. Elle fausse, parce qu'elle veut fausser, parce qu'il lui plaît, pour faire acte de supériorité et d'indépendance, de forcer sa voix, qui est assez puissante pour se passer de toute exagération. A cela près, Mlle Poinsot réunit des qualités que depuis longtemps on n'avait pas rencontrées chez une débutante. Elle a de l'intelligence, de l'âme, de la chaleur, de la passion. Elle a bien dit, et mieux encore joué son air : *Il va venir!* Elle a été fort souvent et fort justement applaudie.

Notre bon Levasseur a bien voulu reprendre, pour la circonstance, le rôle du cardinal, et Mme Nau, toujours gracieuse et distinguée, a été vivement goûtée dans celui d'Eudoxie.

— La semaine a commencé par une matinée littéraire et musicale donnée au profit de l'*OEuvre de Saint-Pierre*, et s'est terminée par une matinée musicale et littéraire donnée au profit de l'*OEuvre des Saints-Anges*. Dans la première de ces matinées, M. Delaunay de la Comédie-Française, Mme Lambquin du Vaudeville, et Mlle Luther du Gymnase, ont joué un charmant proverbe de Mme Berton; dans la seconde, Mlle Rachel a bien voulu dire un acte de *Polyeucte* et un acte de *Phèdre*, avec cette puissance d'expression qui n'a pas besoin du prestige de la scène et du costume pour émouvoir et charmer les spectateurs.

Qu'il me soit permis d'expliquer, en quelques mots, quel est le but de l'*OEuvre des Saints-Anges*. Parmi les établissements sans nombre consacrés, par la charité parisienne, aux enfants malheureux, il manquait une maison qui pût accueillir et protéger de pauvres petites filles privées de père ou de mère, à l'âge où la crèche ne peut plus les recevoir.

Cette lacune a été comblée, il y a cinq ans, par Mme Manuel. *L'OEuvre des Saints-Anges*, dont Mme Paul Dubois est aujourd'hui présidente, reçoit les jeunes orphelines de deux à huit ans, et les garde jusqu'à vingt et un ans. On les élève dans la crainte de Dieu et dans l'habitude du travail. On les dresse de bonne heure à la vie active et laborieuse des pauvres mères de famille, aux soins du ménage, aux différents services domestiques ; on leur apprend, en un mot, à se suffire à elles-mêmes et à gagner leur vie honnêtement.

Cette œuvre sainte et généreuse ne se soutient que par des dons volontaires et des souscriptions annuelles. C'est à de pauvres petites créatures, si dignes de pitié et d'intérêt, que Mlle Rachel est venue en aide avec son admirable talent. Mon Dieu ! qu'elle a été belle et sublime et magnifiquement vraie ! Les dames de l'œuvre, voulant donner à la grande artiste un témoignage et un souvenir de leur reconnaissance, lui ont brodé un sac de voyage d'une élégance rare et d'un travail exquis. Gracieux présent, mais qui nous fait songer, avec regret, que Mlle Rachel, profitant de son premier congé de six mois, va nous quitter bientôt pour porter dans des contrées lointaines la gloire et le reflet du génie de Corneille.

Autour de notre grande tragédienne s'étaient

groupés des artistes d'élite, très-heureux de s'associer à une si belle et bonne action. C'étaient MM. Ravina et Ascher, deux pianistes d'un grand talent; M. Ponchard et sa charmante bru Mme Charles Ponchard; M. Wilhmann, aussi bon graveur que chanteur distingué; MM. Triebert et Allard, qu'il suffit de nommer pour en faire l'éloge; et notre excellent Sainte-Foy de l'Opéra-Comique, et Mlle Ida Bertrand, qui a dit avec une grande perfection la romance du Saule, et le *brindisi* de *Lucrezia Borgia.*

On a exécuté des chœurs allemands, sans accompagnement, qui ont produit sur l'auditoire une impression des plus vives. On a joué des fantaisies ravissantes, on a chanté des mélodies délicieuses; mais ce qui a mieux valu que tout cela pour les pauvres orphelines, c'est que Mlle Rachel, tout épuisée qu'elle était, a fait la quête avec une grâce et une patience charmantes, et bientôt l'on n'a plus su où mettre l'argent qu'on lui offrait de toutes parts, car, au lieu de solliciter le public, c'est le public qui se précipitait vers la célèbre quêteuse.

4 février 1851

XX

Bonsoir, monsieur Pantalon ! — Bonjour, mademoiselle Colombine ! — Lélio, soyez le bienvenu ! — Carlin, que Dieu vous bénisse ! Nous voici en pleine comédie italienne, et c'est le joyeux théâtre du Vénitien Gozzi qui va nous fournir les caractères et les types. Il ne faudrait pas cependant abuser de ce genre.
Ceci soit dit sans aucune intention chagrine ; car nul
n'a ri plus que moi dans la soirée de mercredi. Le
début de la pièce est leste et vif. Une sérénade se fait

entendre sur le canal. Aussitôt trois portes s'ouvrent, et trois têtes de femmes curieuses et ravies s'avancent timidement pour écouter cette chanson d'amour, *la canzon d'amore!* C'est dame Lucrèce, l'épouse respectable et respectée du docteur Pancrazio; c'est sa jolie nièce Isabelle; c'est Colombine, l'immortelle soubrette. Chacune de ces trois filles d'Ève croit naturellement que la sérénade est pour elle. Attirées, comme l'aimant par le pôle, elles marchent tout doucement, sur la pointe du pied, vers la croisée entr'ouverte, et se heurtent nez à nez au milieu du salon. Surprise et confusion générales. Dame Lucrèce, dragon de vertu, sermonne avec beaucoup d'aigreur sa servante et sa nièce. Celle-ci s'excuse de son mieux; Colombine ment comme un almanach. Entre, en ce moment, le docteur, et je vous prie de ne plus le perdre de vue, car jamais plus étonnant philosophe n'est sorti des universités de Pavie, de Bologne ou de Pise.

Ce docteur entre chez lui comme un homme qui ne sait ce qu'il fait, ce qu'il dit, ni où il va; il a tout plein les bras de flacons, de fioles et de carafes; il ne suit pas son chemin, il suit sa pensée, et sa pensée, la voici: « J'ai trop mis de jusquiame et d'aconit dans ma tisane; je voulais faire un narcotique, j'ai fait peut-être un poison! » Dame Lucrèce, outrée de dépit de ne pouvoir se faire entendre par ce mari automate, se retire en grondant. Isabelle et Colombine devisent tout haut de leurs amours, sans s'inquiéter le moins du monde de la présence du bonhomme absorbé dans ses drogues. La jolie pupille explique à sa confidente comme quoi elle n'épousera jamais le seigneur Lélio, que son oncle et tuteur lui destine, attendu qu'elle aime éperdument un écolier de Padoue dont elle ignore le nom, à la vérité; mais le nom ne fait rien à l'affaire, et Colombine, en excellente fille, encourage et affermit sa maîtresse dans ses projets de révolte. De temps à autre, au milieu de ce charmant babil, retentit la voix du docteur, comme le son d'un timbre monotone et fêlé: « Colombine, donne-moi ce flacon; Colombine, avance-moi cette chaise; Colombine, je crois qu'on a sonné. » Les jeunes filles ne se dérangent pas; c'est tout au plus si Colombine, irritée, jette à son maître un regard d'impatience. Celui-ci, avec la douceur d'un agneau, s'en va ouvrir lui-même la porte. Mais qu'est-ce donc? grand Dieu! Deux gondoliers à mine suspecte s'introduisent d'un pas furtif, chez le docteur, et déposent dans sa propre chambre un grand panier d'un poids compromettant. C'est pour Mlle Colombine! — De la part de qui? — De la part du seigneur Carlin. — Colombine et son maître craignant, avec raison, que dame Lucrèce ne trouve point de son goût des présents si lourds et si équivoques, poussent les gondoliers vers la porte, et leur recommandent la discrétion et le silence. Mais il est trop tard. Voilà l'irascible Lucrèce en face du fatal panier. Tout à coup, comme ces diablotins qui, poussés par un ressort, jaillissent d'une boîte à joujoux, un singulier jeune homme saute au cou de la dame et se met à lui faire la déclaration la plus étrange, la plus décousue et la plus insensée. — Monsieur, vous vous méprenez furieusement.... — J'aime, j'aime, j'aime! répond l'enragé. — Monsieur, vous alarmez ma pudeur! — J'aime, j'aime, j'aime! — Monsieur, rentrez dans votre coffre et allez-vous-en comme vous êtes venu. — Eh bien! vous le voulez, cruelle! s'écrie d'un air tragique l'amoureux éconduit : me voici rentré dans ma boîte; veuillez me faire porter à cette adresse.

Mais dès que Lucrèce a tourné les yeux, l'entrepre-

nant jeune homme sort de son panier et le remplit à
la hâte de tout ce qui lui tombe sous la main, entas-
sant les in-quarto sur les in-folios, Hippocrate sur
Avicenne, Cicéron sur Plutarque, et Aristote sur Pla-
ton. Reviennent le docteur et Colombine. Il s'agit de
faire disparaître au plus vite la caisse accusatrice. On
entend les pas de Lucrèce ; on s'empresse, on soulève
le panier ; on veut le faire tenir dans l'embrasure
d'une croisée ; le docteur s'y brise les reins ; la force
manque à Colombine. Patatra ! la caisse tombe dans
le canal.

C'est dans cet instant suprême que dame Lucrèce,
poursuivie par ses remords, vient dire à son mari, de
sa voix la plus douce et la plus émue: Mon ami,
n'auriez-vous point vu traîner un panier? — Un panier ! non, vraiment ; je n'y ai point pris garde: c'est
si peu de chose qu'un panier... — Mais c'est que...,
mon ami... dans ce panier, il y avait... — Il a
avait... quoi? — Il y avait un homme !

Qui n'a vu Ricquier, car c'est Ricquier qui joue le
docteur, tressaillir et bondir à cette révélation terrible;
qui n'a vu sa figure se décomposer, ses cheveux se dresser d'horreur, ses orbites se dilater, ses lèvres blémir;

17.

qui n'a pas vu tout cela, ne peut se faire une idée du fou rire qui s'empare de la salle en présence de ce désespoir comique, de cette incommensurable épouvante. A partir de ce moment, la fatalité poursuit cet homme si paisible et si doux, et le pousse de crime en crime! Bientôt l'échappé du panier, qui n'est autre que Lélio lui-même, le fiancé d'Isabelle, se jette étourdiment dans les jambes du docteur. Le pauvre homme, bien que son âme soit navrée d'une immense amertume, et qu'il n'ait point le cœur à la noce, fait le plus agréable accueil au prétendu de sa nièce. Il va jusqu'à le régaler de son meilleur vin. Malédiction! Ce n'est pas du vin que contenait ce flacon, c'est la potion du docteur. Lélio se trouble, s'évanouit, s'affaisse. « J'en ai trop mis! » balbutie le médecin. — Monsieur, monsieur, dit Colombine effrayée, ce jeune homme se meurt! — « Et de deux! » répond Ricquier avec un accent impossible à décrire.

Vous n'êtes pas au bout de ces émotions poignantes. On fait disparaître le second cadavre dans le fond d'un divan. Et voilà monsieur Pantalon qui arrive, Pantalon, le père de Lélio, Pantalon, qui, ne se doutant de rien, vient assister à la noce. Bonsoir, monsieur

Pantalon! La maison est en désordre, le souper n'est pas prêt, la chambre n'est pas faite! Hélas! nous n'avons pas sujet d'être bien gais. Mais vous pouvez, en attendant, vous reposer sur ce divan.

— Monsieur, monsieur! y pensez-vous? s'écrie la pauvre Colombine; comment! vous auriez le cœur de faire dormir le père sur ce divan, tandis que le fils est dessous!

A quoi le docteur répond avec un stoïcisme imperturbable:

— C'est le comble de l'horreur! Mais que veux-tu que j'y fasse?

Là-dessus tous les personnages, un bougeoir à la main, souhaitent l'un après l'autre la bonne nuit à M. Pantalon. Quand c'est le tour du docteur, il s'avance d'un pas tremblant, et lui débite, avec beaucoup d'onction, cette moralité digne de Marc-Aurèle:

> Ah! monsieur Pantalon!
> La vie est un vase fragile;
> Le briser, hélas! est facile,
> On meurt jeune ou vieux... c'est selon...
> Bonsoir, monsieur Pantalon!

Je n'ai pas besoin de vous expliquer le dénoûment de la fable. Vous savez tous que Lélio n'est pas mort, que les deux fiancés s'épousent, et que le docteur Pancrace en est quitte pour la peur.

L'auteur des *Porcherons*, de l'*Eau merveilleuse* et de *Gille*, M. Albert Grisar, a dans tous ses ouvrages, mais surtout dans les ouvrages bouffes, un cachet d'originalité et de distinction qui ne permet pas de confondre sa musique avec celle de tout autre maître contemporain. L'ouverture de la partition nouvelle est un morceau achevé. De la clarté, de la mélodie, de la grâce, une grande simplicité de dessin, un goût exquis, telles sont les qualités qui ont frappé tout d'abord l'auditoire. Cette ouverture en *mi bémol* débute par un andante dont le motif revient dans le finale de la pièce; un solo de hautbois commence l'allégro, dans lequel on remarque un chant de violons d'une délicieuse fraîcheur.

L'introduction en *la bémol* se compose d'une jolie sérénade, avec accompagnement de flûte et d'un petit trio de femmes parfaitement en situation. La romance d'Isabelle, accompagnée par le hautbois, est d'une couleur naïve et d'une mélodie distinguée. Suivent les couplets de Colombine sur l'ingratitude des hommes, fort bien dits par Mlle Lemercier. L'air de Lélio : *J'aime! j'aime!* est d'une coupe originale et neuve, et Ponchard l'a chanté à ravir. Après un assez long intervalle laissé au développement de la scène, la musique reprend par un trio en *mi bémol* très-habilement conçu et traité avec esprit. La *coda* en a paru surtout très-heureuse. C'est un mouvement en six-huit attaqué d'abord par Mlle Lemercier et repris par Ponchard. Mais ce morceau qui, par son étendue et sa facture, peut passer pour le plus important de la pièce, a été en quelque sorte éclipsé par le charmant quatuor : *Bonsoir, monsieur Pantalon!* Rien de plus facile, de plus naturel, de mieux inspiré. Tout le monde sait déjà par cœur ce joli motif, cette franche et simple mélodie, dont l'accompagnement varie selon le caractère des divers personnages. Chacun se dit : Mais qu'y a-t-il donc de si merveilleux dans ce chant? Je l'eusse trouvé moi-même! Et cependant cela n'a rien de commun ni de trivial, et ne ressemble guère à ces ponts-neufs qu'on nous donne avec aplomb pour de la musique de Grétry.

Il y a dans la scène finale des détails d'orchestre

d'une rare finesse, et qui demandent, pour être mieux appréciés, des spectateurs moins distraits par une hilarité prolongée et bruyante.

La pièce est mise en scène avec soin, jouée avec ensemble et avec entrain par Ricquier, Ponchard, Lemaire, Mlles Révilly, Lemercier et Decroix. Décidément Ponchard excelle à rendre les amoureux naïfs. Je soupçonne fort Mlle Révilly d'être la Mlle Reine des *Rendez-vous bourgeois*, mariée en secondes noces au docteur vénitien, après la mort de César! Mlle Lemercier est charmante sous les traits de Colombine, et son costume rose à corsage de velours noir ferait tourner la tête à bien des Carlins, — si la race n'en était pas perdue. On a nommé, après la chute du rideau, MM. Lockroy et de Morvan pour les paroles, et M. Albert Grisar pour la musique. Les artistes ont été rappelés.

— On vient d'inaugurer une nouvelle salle de concerts, au cinquième étage au-dessus de l'entresol, tout en haut du bazar Bonne-Nouvelle. C'est l'association des artistes peintres qui fait cette gracieuse avance à l'association des artistes musiciens. Nous n'avons plus qu'un vœu à émettre : c'est que l'association des poêliers-fumistes ajoute un ou deux calorifères à cette construction légère, et trop fraîchement décorée. Sans être un modèle d'acoustique, la salle est suffisamment sonore, propre, nette ; elle rend note pour note, avec précision mais avec sécheresse, sans enfler ni adoucir le timbre, et par conséquent elle est plus favorable à l'orchestre qu'aux chanteurs. Un seul rang de loges circule autour du parquet à une assez grande hauteur pour justifier l'emploi des lorgnettes. La décoration est assez simple et assez printanière. Des rideaux rouges, largement traités par MM. Philastre et Cambon, font semblant de courir sur des tringles parfaitement imitées. Des rosiers sans parfum, mais non pas sans épines, grimpent sur des baguettes d'or et forment le grillage le plus agréable à l'œil, mais le plus glacial qui soit jamais sorti du pinceau d'un artiste. Je ne sais pourquoi l'on frissonne involontairement à la vue de ces faux vitraux, où l'air ni le jour ne sauraient pénétrer, et qui ne semblent dessinés sous la voûte qu'en guise de menace et d'épouvantail. En un mot, la salle est commode, spacieuse, bien aménagée, et l'on pourra, de temps à autre,

s'en permettre l'ascension, si l'on parvient à la chauf-
fer convenablement et à lui ôter cet·air rustique et
guilleret qui m'a rappelé, malgré moi, les salons de
cent couverts.

C'est M. Emile Prudent qui a bien voulu faire les
honneurs de ce nouveau bazar musical ; et, en vérité,
pour entendre M. Prudent, on ne saurait aller ni trop
loin ni trop haut. Nous avons, grâce à Dieu, près de
cinq cents pianistes, de tout âge et de tout sexe, qui
ont porté au plus haut degré de perfection le mécanisme de leur terrible instrument. Mais entre un artiste
sérieux et un pianiste comme on en rencontre par
centaines, il y a la même distance qu'entre un versifi-
cateur et un poëte. Prudent est du très-petit nombre
de ceux qui savent mettre l'idée à la place où le commun des virtuoses ne voit que la mécanique. Son exécution est pleine, brillante, mélodieuse, d'une largeur
et d'une rondeur admirables. Lors de ses premiers débuts, on put craindre que cette extrême morbidesse ne
dégénérât, tôt ou tard, dans je ne sais quoi de pâ-
teux, de mou, d'efféminé. Mais loin de s'abandonner à
sa facilité naturelle, l'artiste a su joindre à la grâce et à la
délicatesse de sa manière toute l'énergie et la vigueur

désirables. Aujourd'hui, sous les moelleux contours de ses formes mélodiques, on sent le muscle et le nerf, et je ne pense point que le critique le plus exigeant trouve quelque chose à désirer après avoir entendu exécuter par Prudent sa magnifique fantaisie sur l'air de *Guillaume Tell*.

Le *concerto-symphonie,* déjà connu à Paris, n'a pas été accueilli avec moins de faveur qu'aux auditions précédentes. L'andante a été surtout couvert d'applaudissements. De même pour la *chasse,* morceau d'une rapidité, d'une verve et d'une fougue extraordinaires, qu'il a fallu répéter. Une pastorale inédite pour piano et orchestre, nous a paru tout empreinte de parfums agrestes et d'une douce et calme poésie. On ne saurait trop féliciter Prudent des progrès qu'il a faits dans le maniement de l'orchestre, dans l'emploi des timbres, enfin dans l'art difficile de l'instrumentation. C'est là un grand obstacle pour tous les compositeurs, mais surtout pour un pianiste-exécutant, habitué à s'isoler, à s'absorber en lui-même, et à ne compter que sur Dieu et sur son piano.

On avait confié la partie vocale à deux chanteurs d'un talent consommé : Moriani et Mme Dorus-

Gras. On leur a battu des mains, d'abord parce qu'ils le méritaient, ensuite parce qu'on n'était pas fâché de saisir cette occasion toute naturelle de se réchauffer.

Mais si l'on grelottait au bazar Bonne-Nouvelle, en revanche on étouffait à l'hôtel Monaco. Un grand concert a été donné dans ce palais resplendissant de lumières et de dorures par *des Dames du monde,* — je copie l'affiche, — *et des amateurs, avec le concours d'artistes (hommes) du Théâtre-Italien et de l'Opéra-Comique,* en faveur des sourds-muets.

Les artistes (hommes) étaient Calzolari, Hermann-Léon, Wartel, Offenbach. Les *dames du monde* (femmes) étaient mademoiselle de Cré...., Mlle de Tour..., Mlle Hu...

Il y avait aussi des chœurs; mais avec tout le respect que je dois aux nobles amateurs qui en faisaient partie, ils auraient pu dire d'eux-mêmes : *Nous n'étions ni hommes ni femmes, nous étions tous Auvergnats.*

Qu'importe! Il s'agissait d'une bonne œuvre; et nous devons nous incliner et nous taire. Des deux infirmités qui affligent les sourds-muets, nous ne plaignions, ce soir-là, que la seconde, car elle empêchait ces malheureux d'exprimer leur reconnaissance à leurs nobles bienfaiteurs. Au reste, nous n'étions pas dans de meilleures conditions que les bénéficiaires, pour entendre la plupart des morceaux, qui ont dû être parfaitement exécutés. Les salons de l'hôtel Monaco sont arrangés de telle sorte que l'on voit de trois-quarts et l'on entend de profil. Grâce à cette heureuse disposition beaucoup de choses charmantes ont dû nous échapper. Cela nous a appelé ce joli passage de Labruyère :

« Arfure cheminait seule et à pied vers le grand portique de Saint-**, entendait de loin le sermon d'un carme ou d'un docteur qu'elle ne voyait qu'obliquement, et dont elle perdait bien des paroles. »

La critique est venue, ce soir-là, seule et en fiacre ; elle a vu, entendu obliquement ; elle a perdu bien des notes et bien des paroles.

— L'institut de France doit donner bientôt un successeur à Spontini. Nous n'avons pas la prétention de former aussi notre liste et d'usurper un droit qui n'appartient qu'aux membres de la section musicale. Mais il nous est permis de faire des vœux pour tel ou tel candidat. Parmi les plus sérieux et les plus éminents candidats qui se présentent, nous saluons, avec une vive et cordiale sympathie, le nom de M. Ambroise Thomas. Ce maître, jeune encore et déjà populaire, est dans toute la force de son talent, dans tout l'éclat de son succès, et l'on peut dire, sans flatterie, que la palme académique n'ajoutera rien ni à son mérite ni à sa renommée.

— Pendant que Lisbonne applaudit Mme Stoltz, Vivier fait le soleil et la pluie à Edimbourg. Vous n'avez pas oublié ce spirituel artiste qui est au cor ce que Thalberg est au piano, ce que Godefroid est à la harpe, ce que Paganini était au violon. Vivier fait si bien chanter son instrument, que ses auditeurs ravis croient assister à un concert donné par des esprits invisibles, et l'illusion est d'autant plus facile, que le charmant virtuose tire, comme on sait, de son cor quatre sons différents.

Mais qu'est-ce donc que ce prodige auprès des efforts d'un ténor qui joue vingt rôles à lui seul et avec un égal succès? C'est le grand théâtre de la Nouvelle-Orléans qui possède cette merveille. J'ai connu, dans le temps, ce ténor : il s'appelle M. Scott; c'était un jeune homme bien timide, bien modeste, doué d'une voix souple et belle; avec cela, comédien distingué.

J'avoue que, lorsqu'il était à Paris, je ne l'eusse point cru capable de suffire à un vaste répertoire. C'était un charmant *tenorino* et voilà tout. Aujourd'hui, il joue avec la même aisance les rôles sérieux et les rôles de demi-caractère : Shakspeare dans *le Songe d'une nuit d'été*, le capitaine Lejoyeux dans *le Val d'Andorre*, Jonas dans *le Prophète*, *le Postillon de Longjumeau*, et jusqu'à Gennaro dans *Lucrèce Borgia!*

J'ai tout dit, je crois ; je vous ai donné des nouvelles de Paris, de la banlieue et de l'étranger ; j'ai parcouru l'ancien et le nouveau monde ; il ne me reste plus qu'à vous annoncer deux des plus beaux concerts de la saison : celui de Gottschalk, et celui de Paul Julien. Après cela, si vous voulez entendre de la bonne et belle musique, dirigez-vous, mardi prochain, vers la salle Sainte-Cécile, à huit heures du soir. Vous vous trouverez fort bien de mon conseil et vous obligerez infiniment mon ami Berlioz.

23 février 1851.

XXI

Il a été permis, de tout temps, aux *libretti*, d'être
absurdes, et même d'abuser de la permission. L'auteur des *Tre Nozze* n'a point voulu déroger à cette
louable coutume. Il ne faut pas le chicaner pour
si peu. Et d'ailleurs pourquoi se donner la peine
d'écrire une pièce en italien? Est-ce qu'on fait
attention aux vers de Romani? Il n'y a pas dix personnes dans la salle, y compris les acteurs, capables
de saisir la différence qui existe entre une langue et
un patois. Ce qui m'étonne un peu, c'est que M. Ber-

rettoni ignore absolument le pays qu'il met en scène,
et qu'il ne se soit trouvé personne, parmi les artistes,
pour l'avertir des bévues, des anachronismes et des
contre-sens où il tombe à chaque instant. Le rideau
se lève sur une vue de Naples : c'est du moins le
livret qui le dit. Où sommes-nous? A Santa-Lucia, au
Molo-Piccolo, au Pennino, au Lavinajo, au Mandrac-
chio? Je n'en sais rien. Ce n'est pas Naples, je vous
jure. On m'a changé ma ville, et mes places et mes
rues. Je vois bien dans le fond la crête d'une monta-
gne qui affecte des airs de Vésuve nullement justifiés,
je vois le golfe ou quelque chose d'approchant.
Mais à quelle époque, et sous quel régime, la popu-
lace napolitaine a-t-elle été si bien vêtue, si bien
poudrée, si bien chaussée? Est-ce là des lazzaroni,
des *fruttajoli* et des *vajasse?* J'en appelle à Lablache!

A la droite du spectateur, j'aperçois une baraque
où l'on montre l'ours et autres bêtes féroces. Ah!
monsieur Berrettoni, si vous aviez jamais été à Naples, vous ne feriez point à notre ours cette injure de
le classer parmi les *bestie feroci.* Notre ours est plus
poli, mieux élevé que cela ; il n'attend pas le monde
dans sa baraque; il n'a point de domicile; il fait

le tour de la ville, conduit par son cornac ; il rend ses visites en personne, et il danse la polka au son du flageolet.

Un seul personnage vraiment populaire, vraiment napolitain et qu'on ne saurait trouver ailleurs, avait été introduit dans l'action par M. Berrettoni. C'était la cheville ouvrière de sa pièce, le rôle caractéristique et saillant qui aurait pu jeter sur ce tissu d'inepties un peu de clarté, de vraisemblance et de couleur locale ; c'est le rôle du *canta-storie*. Tous les jours à la même heure, un peu avant le coucher du soleil, on voit s'assembler sur la jetée du Molo, une foule impatiente et compacte. Bientôt le chanteur arrive avec son vieux grimoire sous le bras, salue gravement le cercle, et, après cet avis salutaire : « Messieurs, prenez garde à vos poches, » il déclame avec une mélopée douce et monotone le *Roland furieux* d'Arioste ou le *Roland amoureux* de Berni, mais il célèbre surtout les exploits de Renaud de Montauban ; ce qui lui vaut le surnom de *chanteur de Rinaldo*. Le talent consiste à couper le récit au point le plus intéressant, comme on fait pour les romans-feuilletons. On ne saurait croire combien le pêcheur, l'ouvrier, le

lazzarone se passionnent pour ce héros populaire. On
en vient souvent jusqu'aux coups de couteau. Un soir
le chanteur de Rinaldo avait laissé ce fameux capitaine au pouvoir de l'ennemi qui le gardait à vue
dans un cachot; la foule s'était séparée dans l'anxiété
la plus vive; jamais ces mots terribles : *la suite à
demain* n'avaient été accueillis avec plus de chagrin
et plus de murmures. Au plus fort de la nuit, l'un
des habitués n'y tint plus : il courut à la maison
du chanteur, enfonça la porte au grand effroi du
bonhomme et, se jetant au pied du lit, lui dit
d'un air suppliant : Au nom de saint Janvier mon
patron, prenez tout ce que je possède, mais dites-moi
si Rinaldo est sorti de prison.

On comprend tout le parti qu'un acteur intelligent
aurait pu tirer de ce rôle. Eh bien ! vous ne devine-
riez jamais sous quel accoutrement fabuleux, inco-
hérent, impossible, le jeune Ferranti s'est présenté
au public. Il doit jouer un rôle de chanteur ambu-
lant; le costume est tracé d'avance, et pour qu'il ne
s'y trompe pas, on lui prescrit la mandoline. *Col
colascione ad armacollo*, dit clairement le livret :
« avec la guitare en bandoulière. » Mais M. Ferranti

est de Ferrare. Il ne comprend pas l'italien, ou bien il ne trouve pas qu'un rôle de *canta-storie* soit assez séduisant pour lui, et il se transforme, de sa propre autorité, en *pèlerin d'amour!* Il a une veste comme on n'en vit jamais, une culotte de l'autre monde, des mollets rembourrés, des tibias qui pleurent, et par-dessus tout cela un petit manteau bleu en taffetas, semé de coquillages, et une longue canne à la main, une canne de coureur ou de suisse, surmontée d'une pomme en argent, Je ne puis rien comprendre, ni le public non plus, à cette étrange fantaisie. Il faut que M. Ferranti ait vu quelque berger Louis XV accroupi au pied d'un chandelier de vieux Sèvres, et il s'est dit de bonne foi : « Je serais charmant en berger! » Il aura cru entendre une douce voix murmurer à son oreille : *Com' è gentil!* Eh bien! non, parole d'hon-neur, que M. Ferranti me pardonne ma franchise, il n'est pas beau en porcelaine; et je vais lui donner encore une mauvaise nouvelle : il faut qu'il sacrifie ses moustaches. Un acteur se doit au public. Des cheveux poudrés et des moustaches noires en croc, cela ne se tolère plus, même sur les théâtres de la banlieue. N'y a-t-il point de barbier attaché au

théâtre Ventadour? Vite, qu'on me rase M. Ferranti
et ces affreux choristes, qui étalent leur barbe noire
et malpropre avec une souveraine impertinence. Le
Théâtre-Italien est un lieu de bonne compagnie,
et si M. Lumley, qui passe à juste titre pour un
parfait *gentleman*, n'était pas à Londres pour le
moment, il aurait mis bon ordre à cette exhibition
de barbes sales et de moustaches mal portées.

Autre inconvenance : il est question dans la pièce
d'une marquise de Forli. La famille Forli est une des
plus honorables et des plus distinguées de l'aristocratie napolitaine. Non-seulement elle existe, mais
elle se trouvait naguère en France; elle peut s'y
trouver encore et venir entendre de ses propres
oreilles les aménités qu'on a cru devoir mettre sur
son compte. Ne pouvait-on pas supprimer ce nom?
J'en appelle encore à Lablache.

Mais nous marchons d'absurdité en absurdité.
Mlle Forli et sa servante s'en vont au marché
en costume de bohémienne; comme c'est bien
trouvé! Elles rencontrent sur la place le seigneur
Pourceaugnac, baron d'Acetosa, et lui disent la
bonne aventure. La canaille s'ameute et poursuit le

baron de ses huées. Pour le coup, l'on croit rêver. A
Naples, le plus piètre *marchesino* rosserait sans pitié
le populaire, s'il osait lui manquer de respect. J'en
appelle toujours à Lablache.

La farce ne s'égaie un moment que lorsque le baron est présenté à sa fiancée. Lablache et Mme Sontag jouent cette scène à merveille. Quel admirable
poupon avec ses petites mines de collégien embarrassé, sa docilité passive, sa gaucherie grotesque, ses
révérences, sa gentillesse et sa polka! Oui, Lablache
polke, en costume Louis XV! Qu'importe! il peut
faire tout ce qu'il veut, car il sait le faire avec esprit,
avec verve, avec une bonhomie parfaite, avec une
grâce adorable, et l'histoire s'estimerait trop heureuse
de se déclarer son humble servante.

Il faut couper absolument ce duo malencontreux
où Ferranti s'affuble en magistrat, en robe noire, en
bonnet carré, et toujours en moustaches. Ce duo
n'est pas en situation; la scène est froide, insipide et
niaise, et la surdité de l'un des personnages rappelle
maladroitement un des plus beaux chefs-d'œuvre de
Cimarosa.

Le dernier acte a un faux air de *Don Pasquale*, qui

18.

me déplaît. C'est le même jardin, le même clair de lune; il y a seulement un peu plus dé marmitons. Le dénoûment de cette incroyable parade se fait par un jeu de Colin-Maillard qui peut être agréable, mais qui certes n'est pas neuf. Le baron s'enferme avec la mère, croyant s'enfermer avec la fille; la demoiselle se trouve dans les bras d'un chevalier qui la courtise, et l'honnête M. Cricca épouse la femme de chambre. C'était bien la peine de se mettre en pèlerin d'amour !

M. Alari est né à Milan, mais il demeure depuis longtemps à Paris. Bien que jeune encore, il a été le maître de Mario, de Giulia Grisi et d'un grand nombre d'artistes et d'amateurs distingués. C'est un des premiers accompagnateurs de Paris, et, en cette qualité, personne ne sait mieux écrire que lui pour les voix, n'en connaît mieux que lui le fort et le faible, et ne s'efface avec plus d'abnégation pour laisser triompher le chanteur; de là le goût prononcé que les artistes ont toujours montré pour sa musique. Ils se sentent parfaitement à l'aise; ils savent bien que s'ils n'ont plus qu'une note dans le gosier, le jeune et complaisant maestro en fera son affaire, et qu'à moins d'une extinction de voix complète et

absolue, il trouvera moyen de les faire chanter
M. Alari a écrit une foule d'airs, de duos, de cava-
tines que les artistes ont souvent intercalés dans les
partitions de Donizetti, de Mercadante et de Ricci,
parce qu'ils les trouvaient plus appropriés à leur
voix. Ainsi bien des motifs qu'on a cru reconnaitre au
passage, parce que la Grisi et Mario les ont chantés,
appartiennent primitivement à Alari. Il y a sans
doute d'autres réminiscences; mais lorsqu'on accom-
pagne depuis quinze ans du Rossini, du Bellini, du
Donizetti, on en a plein les oreilles, et il est impossible de ne point se rencontrer parfois avec ces maîtres.
Ceux qui savent par cœur les grands poëtes trouvent
souvent sous leur plume des hémistiches qu'ils croient,
de bonne foi, avoir inventés.

Cela n'empêche pas M. Alari d'être un compositeur
facile, abondant, mélodieux, fécond, plein de ressources, de verve et d'entrain. Bien d'autres à sa
place auraient pu entendre vingt années durant les
plus charmantes mélodies sans que rien leur en fût
resté dans la mémoire; car la mélodie et le chant
leur sont interdits. M. Alari a déjà donné à Florence,
je crois, un grand ouvrage sérieux intitulé *Rosmunda*,

et ici à Paris, sur le même théâtre Ventadour, *la Rédemption*, oratorio fort bien accueilli et rempli de grandes beautés.

— Nous les avons donc vus de nos propres yeux, entendus de nos oreilles, ces trois suppôts de M. de Satan, qui se fait appeler M. de Bériot, pour ne pas trop effaroucher le public. A d'autres, monsieur de Bériot! vous avez beau avoir des gants jaunes et des bottes vernies, la griffe perce! Allongez votre habit, s'il vous plaît, vous allez vous trahir! Ce n'est pas une personne naturelle qui dresserait trois de ses semblables à cette inconcevable simultanéité de mouvements, d'intentions, de pensée. Vaucanson faisait des automates, mais vous enchaînez les âmes, assujettissez les volontés; de trois violons vous faites un seul instrument, et de trois hommes un seul artiste!

Ils ont trois noms différents, Schruers, Ten-Have et Standish; mais c'est pure coquetterie de leur part, car il est évident qu'il n'y a là que trois Ten-Have, que trois Schruers, s'il n'y a pas trois Standish; ou plutôt que c'est le même Standish, le même Schruers et le même Ten-Have, multiplié par trois, grâce au prestige trompeur d'une fantasmagorie diaboli-

que. Les trois archets ne sont qu'une fiction, les trois
figures un rêve, les trois violons un pléonasme. Ce
n'est qu'un seul et même homme qui joue un admirable concerto avec un seul et même instrument.

On me demande à quoi cela sert, et s'il faut classer
ce prodige de mécanisme parmi les œuvres d'art ou
les produits de l'industrie. Si la musique n'admettait
que des individualités, des solistes, et pouvait se
passer des masses et des ensembles, je comprendrais
la question. Mais que de fois ne s'est-on pas extasié
sur les violons du Conservatoire, parce qu'ils tou-
chaient à ce degré de précision et d'ensemble que
M. de Bériot vient de porter aux dernières limites de
la perfection! Jugez ce que pourrait être un orchestre ainsi discipliné, et quels effets de sonorité et
de puissance on pourrait tirer des grandes masses
vocales, s'il y avait dans les chœurs beaucoup de
Ten-Have et beaucoup de Standish. On n'est vraiment
artiste qu'à la condition d'être soi-même et de s'af-
franchir, par l'essor du génie, de toute contrainte
et de toute servitude. Mais, d'un autre côté, il n'y
a point d'exécution parfaite, si chaque individu
n'obéit au signal du chef avec une soumission abso-

luc et mécanique, et en abdiquant toute personnalité.

— La messe de M. Adolphe Adam a été exécutée, à Saint-Eustache, avec un grand succès, je puis le dire, car on l'a déjà donnée au théâtre. La ville de Lyon a été témoin naguère de ce spectacle inusité. Autrefois, l'on défendait aux comédiens l'entrée de l'église; aujourd'hui, les chants sacrés vont les trouver chez eux. Je n'ai pas pu entendre une note de cette œuvre remarquable, et je le regrette vivement. Je suis pourtant sorti avant midi pour me rendre à Saint-Eustache. Mais j'ai trouvé l'église en état de siége. De ma vie je n'ai vu un plus grand déploiement de force armée. La grande nef était comble; la tribune et le chœur étaient gardés militairement. Restait, derrière le banc de l'œuvre, une petite place inoccupée d'où l'on pouvait risquer un œil. Je commençais à voir la tête de Saint-Julien et le bâton de M. Dietsch, lorsqu'un sergent de ville impitoyable m'a défendu de regarder par-là. Je suis parti confus, mortifié, repentant, et bien décidé désormais à ne plus entrer dans la maison du Seigneur lorsqu'elle est envahie par les troupes.

Quelques jours avant, une autre messe solennelle de M. Nicou-Choron, a été interprétée dans la même église, également par une société d'amateurs. La piété des amateurs est infatigable. On a remarqué le *Credo*, l'*Incarnatus*, et surtout l'*O salutaris*, charmante mélodie qui se détache à ravir sur un chœur de voix d'hommes à bouche fermée.

Enfin, M. Panseron est aussi l'auteur d'une messe qu'on entendait, le mois dernier, à la Madeleine, avec un grand recueillement. Cette messe n'est dite que par trois voix en solo. Elle est d'une simplicité extrême, et ce n'est que par la variété du style et par les différents caractères des morceaux que l'auteur a évité la monotonie et soutenu l'attention. Le *Credo* est écrit dans la manière large et sévère de Marcello. L'*Incarnatus* a plus de mouvement, plus de vigueur, plus d'animation. Le *Sanctus* est empreint d'un sentiment religieux suave et presque triste. L'*Agnus Dei* est un morceau des plus distingués, et procède évidemment de l'école de Haendel. Mais ce qui doit recommander avant tout cette messe aux fidèles qui n'aiment pas, comme moi, la cohue, le tumulte et les rebuffades, c'est qu'on peut l'exécuter sans répétitions, sans fracas, sans orchestre et sans sergents de ville.

— Encore un mot sur Nicolo. Il ne faut point déplacer la question. Depuis longtemps on avait promis de donner le nom de ce compositeur à l'une des rues ou des places qui avoisinent l'Opéra-Comique. Cela n'a transpiré que dernièrement : c'est alors que les intrigues ont commencé. On a glissé dans les journaux une note anonyme qui contestait à Nicolo jusqu'à sa qualité de Français! Puis on a voulu l'écraser sous le nom de Boïeldieu. Encore une fois, Boïeldieu est une des plus éclatantes gloires de la musique française, et nous n'avions pas besoin, pour le savoir, du certificat posthume que vient de lui délivrer l'Académie. Mais Boïeldieu a déjà une statue à Rouen. Il ne manque pas de rues et de places à Paris; qu'on y inscrive le nom de Boïeldieu; rien de mieux. Veut-on lui élever une nouvelle statue? Nous serons des premiers à y souscrire. Mais qu'on ne refuse pas à l'auteur de *Joconde,* de *Cendrillon* et de *Jeannot et Colin* un hommage, un souvenir! Voilà ce que nous demandions, l'autre jour, aux membres si éclairés du conseil municipal. Il paraît

qu'une affaire si simple, toute de reconnaissance et de
cœur, a soulevé un tel bruit, que MM. les membres
de la section musicale de l'Institut ont cru devoir
opposer à notre humble *prière* leurs *supplications* col-
lectives et solennelles. J'avoue que je ne m'attendais
pas à cette intervention. Je croyais que Messieurs de
l'Institut se bornaient à faire des immortels et ne se
mêlaient pas d'écriteaux. Pourquoi cet acharnement
qui poursuit Nicolo au delà de sa tombe? Hélas! les
portes de l'Académie lui ont été fermées de son vivant, et voilà qu'on se met à six pour lui disputer un
coin de rue! Telle n'a pas été sans doute l'intention
des illustres membres de la section musicale. Nous
les connaissons de longue date; nous avons l'honneur
de les voir la veille et le lendemain de chaque nouveau succès qu'ils obtiennent. Leur bonne foi a été
surprise. On est venu leur demander un témoignage
d'admiration et d'estime pour le talent de Boïeldieu,
ils l'ont signé avec joie. Voilà tout.

Je ne m'explique du reste ni le ton de cette lettre
ni la publicité qu'on lui a donnée. Il y a plus que
de la hauteur, il y a presque de l'irritation. Messieurs
de la section musicale traitent de *prétentions* les *vœux*

1.   49

qu'ont osé former de simples mortels, avant même que l'Académie eût publié son oracle. « Des prétentions se sont élevées! » Le mot est dur. Qui peut prétendre à lutter d'autorité, de crédit, d'influence avec messieurs de la section musicale? Ce n'est pas nous, assurément; notre faible voix n'a de l'écho et de la portée que lorsque nous avons le bonheur de vanter les ouvrages de tous ces grands maîtres que nous trouvons ligués aujourd'hui contre le pauvre Nicolo. Puissent-ils nous donner longtemps l'occasion de célébrer leurs louanges; puisse le moment être à jamais reculé où nous viendrons demander que leur nom soit inscrit, à son tour, sur une des rues de Paris! Alors comme aujourd'hui, nous serions profondément affligé de rencontrer des contradicteurs.

8 avril 1851.

XXII

Il vient d'arriver au Théâtre-Italien, à la veille de
la clôture, une de ces bonnes fortunes qui étonnent
et réjouissent d'autant plus que personne n'y comptait. Tout allait se terminer le plus gaiement du monde,
par une polka générale, lorsqu'on s'est avisé, par manière d'expédient et pour faire reprendre haleine aux
polkeurs, d'annoncer les débuts d'une jeune personne à peu près inconnue, dans un opéra de Verdi.
On se souvient qu'*Ernani* a été déjà donné au Théâtre-
Italien, mais mutilé, travesti, sous un faux titre, et il
faut rendre cette justice aux artistes, que, forcés de

jouer l'ouvrage à leur corps défendant, ils rivalisè-
rent de talent et de zèle..... pour le faire tomber.

On était donc fort prévenu contre *Ernani*, et de
très-mauvaise humeur, lorsqu'on a vu paraître une
fière prima-donna, marquée au front de cette étoile
qui fascine et séduit la foule avant même qu'on ait
pu se rendre compte des impressions qu'on éprouve.
Elle s'est avancée d'un pas ferme et vif et sans autre
émotion qu'une fiévreuse impatience d'aborder ce
public tant redouté, de l'attaquer de front et de le
dompter. La vie, la passion, la force et la séve exu-
bérante d'un sang généreux débordaient par tous les
pores de la jeune et belle artiste ; son regard jetait
feu et flamme, et l'on a pu bientôt se convaincre
qu'au service de cette âme ardente, de cette énergie,
de cette fougue irrésistible, la nature avait mis la
voix la plus dramatique, la plus étendue, la plus
admirablement timbrée qu'on ait jamais entendue au
théâtre. Nous connaissons des voix, d'une égalité
merveilleuse, d'un charme exquis, d'une agilité qui
caresse mollement l'oreille ; mais elles manquent de
ce mordant, de cette puissance, de ce timbre éclatant
et pur : « *Il cantar che nell' anima si sente* », a dit Pé-

trarque. Il fallait entendre Mlle Cruvelli dans cett
cavatine d'*Ernani* qui n'était vraiment pas connue
à Paris! Quelle vigueur dans l'attaque, quelle rapidité dans les transitions, quelle audace et quel
bonheur! Et c'est à peine si cette artiste a vingt ans!
Jamais début n'a excité plus de sympathie et plus
d'intérêt. Ç'a été d'abord dans la salle un frémisse-
ment mêlé de surprise; on se demandait par quel
hasard un si beau talent s'était produit presque à
l'improviste, au dernier moment, et sans aucune des
recommandations qui précèdent les plus vulgaires
renommées. L'affiche avait été d'une rare modestie,
les journaux avaient gardé la plus prudente réserve.
Aussi n'osait-on pas d'abord se livrer à tout l'enthousiasme auquel on se sentait entraîner; on se défiait;
on attendait, on cherchait si, dans ce pur diamant,
il ne se trouverait point quelque paille, qui en eût
terni l'éclat ou déprécié la valeur. Mais le doute n'a
pas duré longtemps, et la débutante n'avait pas
achevé sa cabalette, que des applaudissements frénétiques partaient de tous les points de la salle.

Maintenant, je n'irai point troubler cette fête et
ces triomphes pour recommander à Mlle Cruvelli

le travail et l'étude, comme tout bon pédant qui se
respecte doit le faire en pareille occasion. Avec une
nature aussi riche et aussi puissante, une organisa-
tion aussi admirable et aussi passionnée, le travail
est un besoin, l'étude un plaisir. Je ne crois pas qu'il
soit nécessaire d'être un grand prophète pour prédire à cette gloire naissante la plus heureuse et la
plus brillante carrière.

Mlle Sophie Cruwel est née à Bielefeld, en Prusse,
d'une modeste famille de rentiers qui avait juste
assez de bien pour la marier à un honnête bourgeois. Mais la vivacité, l'esprit naturel et les dispositions merveilleuses que la jeune fille annonçait pour
la musique et pour le chant, décidèrent ses parents
à la conduire à Paris. Elle fut donc placée avec sa
sœur, il y a de cela cinq ou six ans, dans un
pensionnat de la rue de la Pépinière. Piermarini
et Bordogni lui donnèrent des leçons. Ce dernier,
comprenant tout de suite à quelle élève il avait
affaire, ne la ménagea pas; il la fit solfier quatre
heures par jour, et la soumit aux plus rudes exercices. Après deux ans d'études sévères et de travaux arides dont elle ne se rebuta jamais, comme

on lui permettait de chanter quelque air, sa mère vint la chercher. Elle trouvait, la bonne dame, que ses filles savaient assez de musique et de français pour faire le charme d'un ménage allemand, et couper, comme Lolotte, d'excellentes tartines au beurre pour les petits enfants que Dieu voudrait bien leur envoyer.

Ce fut alors Bordogni qui se récria. Il dit que ce serait un crime et une folie que d'enlever à l'art un sujet si remarquable, et que si on lui laissait son élève encore deux ou trois ans, il en ferait une cantatrice accomplie. A cela, Mme Cruwel répondait avec un rare bon sens : « Si ma fille se destine au théâtre et embrasse franchement la carrière d'artiste, nous pouvons nous imposer encore quelques sacrifices; mais si elle doit se marier, c'est assez de solféges comme cela; sa dot y passerait. » Sophie, consultée, opta pour le théâtre. On ajouta un i au nom de Cruwel et on partit pour Milan.

Sur le point de se présenter à Merelli, la jeune artiste se sentait remplie d'espoir et de courage : « Voyons, disait-elle, si je n'ai rien oublié. Voici mes cahiers, ma musique et mes lettres de recommandation ; voici une attestation de Bordogni qui répond de moi sur sa tête ; mon engagement n'est pas douteux. » Hélas! la pauvre fille n'avait laissé qu'une chose à Paris : sa voix! Lorsqu'elle ouvrit la bouche, il n'en sortit pas l'ombre d'un son ; l'extinction était absolue et complète. Jugez du désespoir d'une famille qui voyait s'écrouler, comme un château de cartes, le brillant avenir qu'elle avait rêvé. Il fallait s'en retourner à Bielefeld sans engagement et sans dot, car le peu qui leur restait venait d'être absorbé par les frais de voyage. Comme elles faisaient tristement leurs paquets, on annonça le professeur Lamberti, excellent musicien, à qui on les avait recommandées. Il causa quelques instants avec Sophie, l'interrogea sur l'accident qui venait de lui arriver et l'engagea à retarder son départ de quelques jours, ne pouvant pas croire qu'à cet âge et en si parfaite santé elle eût perdu sa voix sans retour. En effet, après une crise de courte durée, la voix revint plus forte et plus belle. Les notes élevées avaient plus de pureté et d'éclat, les notes graves plus de moelleux et d'ampleur. Lamberti lui donna encore quelques conseils, et avant la fin de 1847, Mlle Cruvelli débutait à Venise, dans ce même rôle de Doña Sol qui lui a valu l'autre soir un si éclatant succès. Elle continua ses débuts dans *Norma* et fit fureur. M. Lumley qui, trahi par sa troupe, cherchait des artistes dans toute l'Europe, s'assura le concours de Mlle Cruvelli pour la saison suivante. Mais l'astre éclatant de Jenny Lind éclipsait alors toute autre étoile. Mlle Cruvelli fit une tournée en Allemagne où elle donna des représentations et des concerts qui la posèrent comme musicienne de premier ordre devant ce public si connaisseur et si passionné. Elle chantait à l'Opéra-Royal de Berlin, la veille de la révolution. L'émeute grondait dans les rues et il n'y avait pas dix personnes dans la salle. Cette fois ce n'était plus sa voix qui la quittait, c'était le théâtre qui s'abîmait sous ses pieds.

Elle partit pour Trieste, où, pendant le carnaval, elle joua successivement *Attila, Norma, Don Pasquale, Macbeth*, tout le répertoire sérieux et comique, ancien et moderne. Enfin l'année dernière, à Milan, le public de la Scala lui fit des ovations qui allaient jusqu'à l'extravagance, et tout récemment, à Gênes, malgré quelques légers nuages qui s'étaient élevés entre elle

19.

et des jeunes gens du parterre, par suite d'un malen-
tendu, elle a chanté *Lucrèce Borgia*, *Norma*, *Nabucco*,
Attila, avec une telle affluence de public, qu'il était
impossible de trouver une place si on ne s'y prenait pas
plusieurs jours d'avance. Le dernier rôle qu'elle a
créé en Italie, dans un ouvrage d'un compositeur napolitain, M. Chiaromonte, lui a fait le plus grand
honneur, et j'ai là sous les yeux des journaux italiens
qui parlent *con elogi strepitosi* du *Gondoliere* (tel est le
titre de l'opéra) et de la jeune prima donna qui a
soulevé de véritables transports.

On lui avait fait peur du public de Paris; elle a dû
être étonnée et ravie de trouver à la salle Ventadour
des applaudissements plus bruyants et plus chaleureux
qu'à Venise, à Trieste, à Milan.

Je ne referai point l'analyse d'*Ernani*. Tout a été
dit sur cet ouvrage, un des meilleurs de Verdi. Je me
borne à constater le succès qui ne pouvait être ni
plus complet ni plus retentissant. C'était la soirée
des revanches et des réhabilitations. Colini a été très-
applaudi dans son premier duo avec Mlle Cruvelli,
dans l'adagio du finale; et rappelé après son air:
Lo vedremo, veglio audace, il a joué et chanté su-

périeurement le magnifique septuor : *O sommo Carlo*, morceau de la plus grande et de la plus sérieuse beauté, que la salle entière a *bissé* au milieu d'un tonnerre d'applaudissements.

L'orchestre et les chœurs ont marché comme ils ont pu, chacun pour soi, et à la grâce de Dieu ; ils n'avaient pas eu le temps de répéter. J'ai dit qu'on comptait peu sur l'ouvrage et pas beaucoup sur la débutante.

Maintenant la question change de face. Le théâtre allait fermer ses portes avant l'heure ; il pourrait bien continuer ses représentations jusqu'à la fin du mois. Le succès si éclatant de Mlle Cruvelli et de l'ouvrage qu'elle a fait triompher, marque une phase nouvelle, et peut-être une révolution dans le goût des habitués et des amateurs de ce théâtre illustre mais tant soit peu rétrograde. On dirait que les charmantes cantilènes, les mélodies flûtées, les vocalises sans fin et les roulades à perte de vue que le public n'a cessé d'entendre, depuis cinq mois l'ont un peu affadi et blasé ; il demande une nourriture plus épicée et plus substantielle. Et puis, il faut bien l'avouer, avec sa voix si puissante et si belle, son talent de comédienne et de cantatrice, sa passion, son entrain, son feu sacré, Mlle Cruvelli possède une qualité qui donne à toutes les autres une valeur immense et un invincible prestige : elle est jeune ! Je sais bien que les grands artistes ont le secret de faire oublier leurs années, que le théâtre a ses philtres réparateurs, que le talent n'a point de rides ; mais, on aura beau dire et beau faire, la jeunesse est toujours la jeunesse, et à mérite presque égal, vingt ans valent mieux que quarante !

12 avril 1851.

XXIII

OPÉRA : SAPHO, opéra en trois, paroles de M. ÉMILE AU-
GIER, musique de M. CHARLES GOUNOD. — Représentation au bénéfice de ROGER. — VIEUXTEMPS.

Je ne ferai point cette injure au lecteur de lui raconter encore une fois ce que l'on sait de Sapho.
Le saut terrible de la pauvre Lesbienne a été mis si
souvent en vers et en prose, en drame, en tragédie,
en opéra, en ballet, que cela est connu des petits enfants comme une complainte populaire. Pacini a fait
une *Sapho* qui tomba lourdement au théâtre Ventadour, et que l'on chante encore en Italie. Le véritable
écueil du sujet, c'est Phaon, ce rustre insensible qui
est cause qu'une femme de mérite et d'une si grande
renommée a été réduite à se jeter à l'eau. Et notez

que, pour cette belle action, ce fat insupportable
est parvenu à la postérité, tant il est vrai qu'on
gagne toujours quelque chose à se frotter aux gens
d'esprit.

Au théâtre, le personnage de Phaon a toujours été
ridicule. Pour le rendre intéressant on en a fait un
conspirateur. Encore une réhabilitation qui ne sera
point du goût de tout le monde, et je doute que l'a-
mant de Sapho ait beaucoup gagné à se mêler de
politique. Quoi qu'il en soit, Phaon se pose tout d'a-
bord en mangeur de tyrans. Tandis que le peuple
de Grèce, plus épris de fêtes, de jeux, de plaisirs,
que de complots, de barricades et d'émeutes, se rend
paisiblement au temple d'Apollon, tandis qu'on crie
de toutes parts aux joueurs de flûte de célébrer la
gloire de l'athlète vainqueur :

> Allons, flûteurs, qu'on exécute
> Un chant de coq joyeux et clair,

Phaon demeure à l'écart. « Tu ne suis point la
foule ? » lui demande un bon vivant de ses amis,
nommé Pythéas, « tu vas passer pour amoureux
transi. » A quoi Phaon, grossissant la voix et rou-

ant des yeux épouvantables, répond comme un Bru-
us de mélodrame :

> On marche la tête baissée,
> Quand on porte dans sa pensée
> La liberté d'un peuple et la mort d'un tyran.

Mais Phaon n'est point si farouche qu'il en a l'air,
et Pythéas, qui le connaît à fond, le plaisante agréa-
blement de se mettre en peine de dangers chiméri-
ques et lointains, puisque « ce bon Pittacus » exerce
son vilain métier de tyran de l'autre côté de la mer
Égée, et qu'il devrait avoir « les bras longs, » pour
attraper ses ennemis à pareille distance :

> Je ne tremble pas de si loin,
> Ni toi non plus, homme héroïque,
> Et si tu te mets dans un coin,
> Ce n'est pas pour la république.

> PHAON.

> Et pourquoi donc ?

> PITHÉAS.

> Tu le sais bien.

> PHAON.

> Que je meure si j'en sais rien !

Le fait est que si Phaon se met dans un coin, ce
n'est point seulement pour en finir avec ce bon Pit-

tacus. Un autre souci le tourmente. Glycère et Sapho
se disputent l'honneur de le posséder, et cet homme
héroïque « flotte entre deux amours » en grande
perplexité.

Car l'une a le génie et l'autre la beauté.

Mais voilà qui va faire pencher la balance du côté
du génie. Sapho paraît, et le peuple éclate à sa vue
en transports frénétiques; on est conspirateur, mais
on n'en est pas moins accessible à quelques petites
bouffées de vanité et d'orgueil, et l'on réfléchit dans
son coin que

Lorsque Glycère passe, on ne dit rien du tout.

Cependant la lutte s'engage ; on se dispute le prix
de poésie. Les jeunes gens sont tout portés à voter
pour Alcée.

Salut, Alcée, *amer* poëte,
Rapide ennemi des tyrans !

En effet, cet ennemi des tyrans, dédaignant les
mollesses et les fadeurs de la lyre hellénique, chante
une *Marseillaise* amère pour éveiller « la vertu » du
peuple engourdi et « se frayer un chemin au cœur

le Pittacus. » On ne saurait être plus *rapide* ni plus expéditif. Mais c'est le tour de Sapho. O douleur ! O déception ! O espérances des conjurés à jamais ruinées ! Elle ne chante que l'amour, la passion déirante, l'ivresse de l'âme et des sens. A ce peuple qui se soulevait déjà grondant de colère, à cette foule exaltée et menaçante qui allait se frayer un chemin au cœur du tyran, la maîtresse de Phaon, embrasée de volupté, du haut de son trépied fatidique, jette ces accents sensuels :

> Viens dans les bras de ton amante,
> Viens partager la flamme ardente
> . Qui met notre âme dans nos sens !

Et voilà qu'Alcée lui-même, le poëte amer, voilà que Phaon, qui flottait naguère indécis entre le génie et la beauté, voilà que tout le monde, peuples, prêtres, conspirateurs et suppôts du tyran, tombent aux pieds de cette femme inspirée, et lui décernent la couronne immortelle. Décidément cette île de Lesbos est plus propre aux amours qu'aux complots.

Qui se désole et frémit de ce triomphe ? C'est Glycère, la rivale de Sapho. N'ayant pu empêcher le

couronnement de la Lesbienne et le raccommode-
ment de Phaon avec son ancienne amante, Glycère
ne brûle plus que du désir de se venger. Il y avait ici
une scène de conjurés, où l'on tirait au sort celui
qui frapperait le tyran; mais on l'a sagement sup-
primée, parce que cela rappelait trop le fameux
complot de la rue des Saussaies, où la mort de
M. Dupin sortit du fond d'une casquette. On a remplacé le tirage de cette loterie meurtrière par un
appel au peuple, moyen plus doux et plus parle-
mentaire; et Phaon, s'adressant à son ami Pythéas,
lui tient ce langage ferme et prudent que ne désa-
vouerait pas un membre du tiers-parti :

> En ta qualité d'homme riche,
> Tu feras copier, par des esclaves sûrs,
> Ce manifeste, afin que demain on l'affiche
> Dans tous les coins, sur tous les murs.

Pythéas emporte le placard, et les autres conjurés
s'en vont faire un tour dans le jardin.

> Allons dans le jardin,
> Et, devisant *de toutes choses*,
> Sous les myrtes fleuris et sous les lauriers-roses,
> De nos dangers présents promenons le dédain.

Pendant qu'ils promènent leurs dédains sous les
lauriers-roses, Glycère arrive pour « troubler la fête. »
Elle surprend Pythéas entre deux vins, et lui tire
les vers du nez de la façon la plus ingénieuse et la
plus délicate. De son côté Pythéas ne demande qu'à
parler.

PYTHÉAS.

En croirez-vous la preuve écrite ?

GLYCÈRE.

Vous l'avez là sur vous.

PYTHÉAS.

Je l'ai.

GLYCÈRE.

Donnez-la moi.

PYTHÉAS.

Non pas si vite ;

Je ne veux pas être volé.
Je vous la vends...

GLYCÈRE.

Je vous l'achète.

PYTHÉAS.

Reste à s'entendre sur le prix.

Quand on a affaire à une personne aussi accom-
modante que Glycère, le marché est bientôt conclu.
Pythéas n'a plus le droit de se plaindre et de s'écrier
comme il le faisait tout à l'heure :

> Et moi je frise la vieillesse
> Sans avoir pu placer mon cœur.

Le voilà casé. Glycère, enchantée d'avoir en main de quoi pendre tous les conspirateurs, et Phaon le premier, s'il ne cède à sa tendresse, va promener ses dédains chez Sapho, et, dès les premiers mots de l'entrevue, comme il convient à ses pareilles, elle ne peut s'empêcher de jeter un regard d'envie sur le mobilier de sa rivale :

> Phaon pour vous fait bien les choses,
> Mais il les faisait mieux pour moi.

Sapho répond : C'est possible; mais il m'aime, moi! Glycère, exaspérée, démasque ses batteries, et jure de livrer Phaon à la police du tyran, si Sapho fait mine de le suivre. Phaon supplie Sapho de partager son exil; celle-ci s'y refuse, craignant d'aggraver le sort de son amant. Phaon la maudit et s'éloigne avec Glycère. On entend, dans le lointain, le chant des exilés. Sapho, brisée de douleur, monte sur le fatal rocher, et se précipite. C'est par une erreur du machiniste que la toile a été baissée trop tôt le premier soir, et que le public a été privé du saut de Leucade. Ceux qui ont assisté à la répétition affirment que cette dernière scène était d'une illusion parfaite, et que Mme Viardot ne pouvait mieux tomber.

On annonçait que dans ce premier ouvrage de M. Gounod il y avait une révolution pour l'art. Je ne vois là ni révolution, ni émeute. J'y vois un homme de talent, de conviction, de parti pris, qui, dédaignant la mélodie, parfois le rhythme, s'interdisant les ressources compliquées et nombreuses de l'orchestration moderne, ne vise qu'à l'expression dramatique, à l'élévation, à la grandeur, et atteint souvent des effets d'une grande puissance et d'une sonorité formidable. Comme débutant, M. Gounod avait droit à toute la bienveillance, à toute la sympathie, à tous les encouragements de la direction, qui a fait preuve d'intelligence et de bon goût en lui ouvrant les portes de notre première scène lyrique. L'État ne subventionne pas largement les théâtres nationaux, pour que l'art tourne toujours dans le même cercle, et pour qu'on ne puisse risquer aucune tentative en dehors des noms connus et des réputations consacrées. Il faut que tout homme de talent, tout compositeur sérieux, arrive au moins une fois dans sa vie en présence du public pour faire, à ses risques et périls, l'expérience de ses idées et de son système. Pour ce qui concerne M. Gounod, je crois qu'il fait plutôt de la musique rétrospective que de la musique moderne. On a invoqué les noms de Sacchini et de Gluck; laissons ces grands maîtres dans la sphère radieuse et paisible où ils planent. Mais il est certain qu'on trouve dans la partition de M. Gounod des passages fort remarquables et de grandes beautés.

L'habitude et le coup d'œil de la scène feront peu à peu disparaître ce qu'il peut y avoir, dans ce premier essai, d'inachevé, d'abrupte et d'inégal, quelques phrases qui tournent court, quelques périodes boiteuses, quelques intentions qui n'aboutissent pas.

Le premier acte se compose d'une introduction, d'une romance pour ténor, de l'entrée de Sapho avec chœur de jeunes filles, d'un trio entre Phaon, Sapho et Glycère, et de la grande scène de l'improvisation et du couronnement de Sapho. Le finale a obtenu un très-grand succès, et on a fait répéter la reprise du chœur d'un effet grandiose et imposant. Le chant d'Alcée est d'une bonne facture, mais il se rapproche beaucoup plus de la déclamation que de la mélodie. L'explosion retentissante et habilement ménagée des immenses masses vocales, dont l'auteur a tiré un si beau parti, et qui nous a rappelé la manière large et sévère de Spontini, a soulevé dans le public un véritable enthousiasme.

On m'avait beaucoup parlé d'un duo bouffe, qui devait être la perle du second acte. J'avoue que je n'ai pu découvrir la moindre intention comique dans ce morceau dialogué. Le grand trio dramatique entre Sapho, Glycère et Phaon est traité avec une sobriété qui ne va pas cependant jusqu'à la sécheresse. On y remarque des phrases d'une expression vraie, et des éclairs d'une sensibilité touchante.

Le troisième acte est de beaucoup supérieur aux deux autres et renferme un délicieux morceau qui vaut à lui seul tout le reste. C'est une chanson de pâtre, d'une simplicité exquise et d'une couleur admirable. Pour comble de bonheur, cette mélodie charmante a été chantée à ravir par un jeune débutant, M. Aimès, dont la voix pure et fraîche a mis du baume sur nos oreilles. Les deux dernières strophes :

O ma lyre immortelle, ont de la simplicité, de l'ampleur et du caractère.

Je dois une franchise entière à Mme Viardot, qui a le double mérite d'avoir patronné l'ouvrage et d'y avoir rempli le rôle principal. Mme Viardot est une artiste d'un incontestable talent et d'un rang très-élevé. Musicienne autant qu'on peut l'être, éprise d'un amour exalté pour son art, dévorée d'une fiévreuse inquiétude, elle cherche des formules étranges, des effets impossibles; elle ne rêve plus les triomphes d'une cantatrice; elle aspire au trépied d'une prêtresse et d'une sibylle. Elle se perd par excès d'ambition. Voilà longtemps déjà qu'elle glissait sur cette pente fatale où n'ont pu la retenir ni les conseils de ses véritables amis, ni les avertissements de la critique; mais jamais elle n'avait poussé plus loin que l'autre soir l'exagération et la violence. Ce qu'il y a de plus fâcheux dans ces écarts, c'est que tous ceux qui l'entourent sont obligés de se mettre au même diapason et de se régler sur son exemple. Ainsi, Mlle Poinsot n'a pu garder une juste mesure ni dans son chant, ni dans son jeu, ni dans sa tenue. Gueymard a moins forcé ses moyens que ses deux amantes. Je ne saurais trop engager ce ténor à se modérer, car il a d'excellentes qualités, de la fraîcheur, du goût, quand il veut, comme on a pu le voir dans le largo de son air du troisième acte, où le public l'a vivement applaudi. Les auteurs avaient sans doute recommandé à Brémond d'être plaisant. Brémond l'a été. Il a surtout fort bien prononcé les paroles qu'on lui avait données à chanter, et de manière à n'en point laisser perdre une syllabe.

Marié dit souvent, dans son chant fouriériste, que *l'humanité dégénère*. Hélas ! je ne voudrais pas lui adresser le même compliment. Il fait tout ce qu'il peut pour réussir, mais sa voix l'abandonne.

L'ouvrage est monté avec soin, et les chœurs et l'orchestre peuvent revendiquer en grande partie le succès du finale qu'on a *bissé*. Le décor du troisième acte est fort beau. Il est dû à M. Desplechin.

Un mot sur la représentation au bénéfice de Roger, dont l'engagement avec l'Opéra est renouvelé pour quatre ans. L'usage veut que, dans ces occasions solennelles, on compose un spectacle attrayant par la quantité autant que par la qualité. On entasse le plus de noms d'acteurs et de titres d'ouvrages qu'il

peut en tenir dans une affiche. Ces représentations
bariolées peuvent piquer la curiosité du public, mais
elles sont sans profit pour l'art et sans honneur pour
les artistes. C'est une confusion de caractères, de
styles et de sujets différents, un pot-pourri bizarre et
dissonant, un assemblage étrange de scènes tron-
quées et de propos interrompus qui n'ont ni queue
ni tête, et qui se croisent et s'entrechoquent dans la
cervelle du spectateur, comme les rêves incohérents
du cauchemar. L'artiste, obligé de s'habiller et de
se déshabiller à chaque instant, de mettre tantôt une
barbe blanche et tantôt des cheveux roux, tantôt le
pourpoint de chevalier, tantôt la souquenille de
laquais, descend tout essoufflé de sa loge, n'ayant
point le temps de se reconnaître, se trompant de rôle,
pleurant dans les endroits où il fallait rire, et jouant
le plus gaiement du monde une scène tragique. On
devrait laisser désormais ces sortes d'amusements,
ces trains de plaisir, aux Anglais et aux Américains
qui en raffolent. N'eût-il pas mieux valu donner in-
tégralement *les Huguenots*, ou *la Juive*, ou *Robert* ?
Tout le monde y eût gagné, auteurs, artistes et public.

L'Opéra-Comique avait prêté pour la circonstance trois de ses premiers sujets. Mocker, Bataille et Mme Ugalde, qui ont dit avec leur gaîté, leur entrain, leur ensemble ordinaires, le premier acte du *Toréador*. Pourquoi ne point donner aussi le second acte de cet ouvrage plutôt que de se travestir en Alice et en Bertram ? Ceci ne s'adresse pas à Mocker, qui a eu le bon esprit de se retirer sur les applaudissements que lui avait valus son joli rôle de flûtiste amoureux. Mais ce m'a été une peine sensible de voir Bataille et Mme Ugalde, deux artistes que j'aime et j'estime, aller se compromettre de gaîté de cœur dans une tentative inutilement dangereuse. *Robert-le-Diable* n'est point de ces ouvrages qu'on joue au pied levé, à la fin d'une représentation cousue de pièces et de morceaux, sans préparation, sans recueillement, sans étude. Je résumerai en un seul mot l'impression affligeante que cet essai malheureux a laissé dans mon esprit. Je me croyais aux exercices du Conservatoire.

Dans le courant de cette interminable soirée, Mlle Alboni a chanté le rondo de *la Cenerentola* avec sa perfection habituelle, et Vieuxtemps a exécuté pour la première fois à Paris, son *adagio* et *rondo*, morceau hérissé des difficultés les plus ingrates, et dont ce grand artiste se joue avec une dextérité prodigieuse; mais Vieuxtemps sait mieux que nous, que, malgré l'accueil enthousiaste qu'il a trouvé dans un public heureux de le revoir, il n'a pas été, ce soir-là, à la hauteur de son talent et de sa réputation. Il paraissait embarrassé, mal à l'aise; il s'est troublé deux ou trois fois, et (oserai-je avancer une telle énormité!) il m'a semblé que ce violoniste, universellement admiré pour la qualité du son, pour l'ampleur du style et pour la justesse irréprochable des intonations, a laissé échapper deux ou trois notes douteuses. Personne n'y voudra croire, et il faut absolument que mon oreille m'ait trompé. Mais aussi quelle éclatante revanche a-t-il prise à deux jours de là dans la salle Bonne-Nouvelle! J'ai retrouvé mon Vieuxtemps avec son aspiration puissante, sa passion, sa verve, son talent sérieux, austère, inflexible, qui ne fait aucune concession au mauvais goût de la foule. Il a joué tout d'abord, avec une supériorité écrasante, le *trille du Diable*, de Tartini.

Il a exécuté son *Morceau de salon* qu'on a voulu entendre deux fois, puis un *Arpége* avec violoncelle qu'on a *bissé* également, puis sa *Rêverie*, adagio d'une grâce et d'une mélancolie ravissantes; puis, enfin, son grand morceau *Yankee-Doodle*, thème américain, surchargé de variations sans nombre et d'une difficulté extrême dans le goût du *Carnaval* de Paganini. Le public a quitté la salle à regret, criant toujours *bis*, espérant toujours que Vieuxtemps reparaîtrait encore! Il faut absolument que le célèbre artiste donne une seconde soirée.

22 avril 1851.

FIN DE LA PREMIÈRE SÉRIE

TABLE

FIN DE LA TABLE.

POISSY. — TYP. ARBIEU, LEJAY ET CIE.

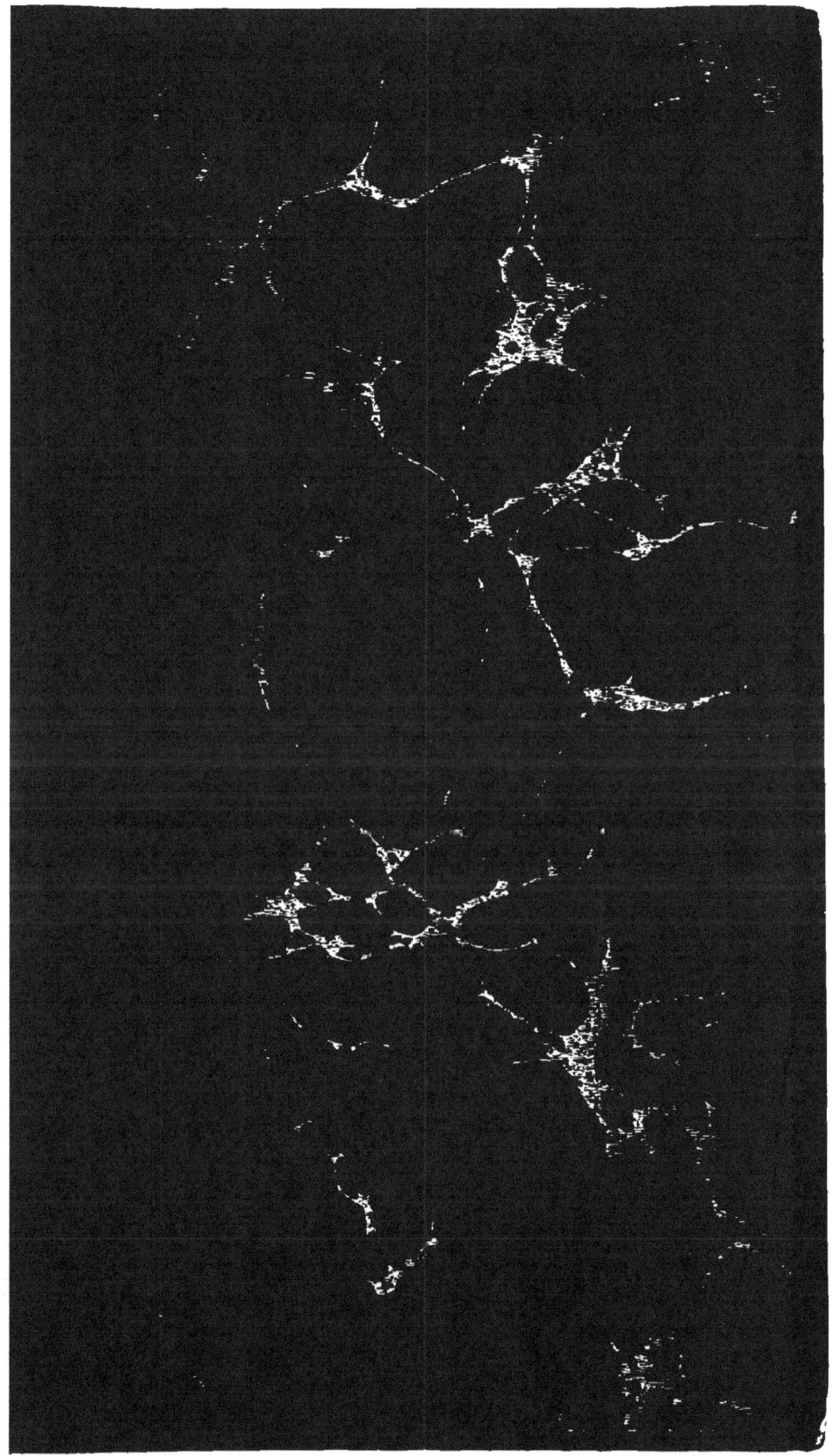

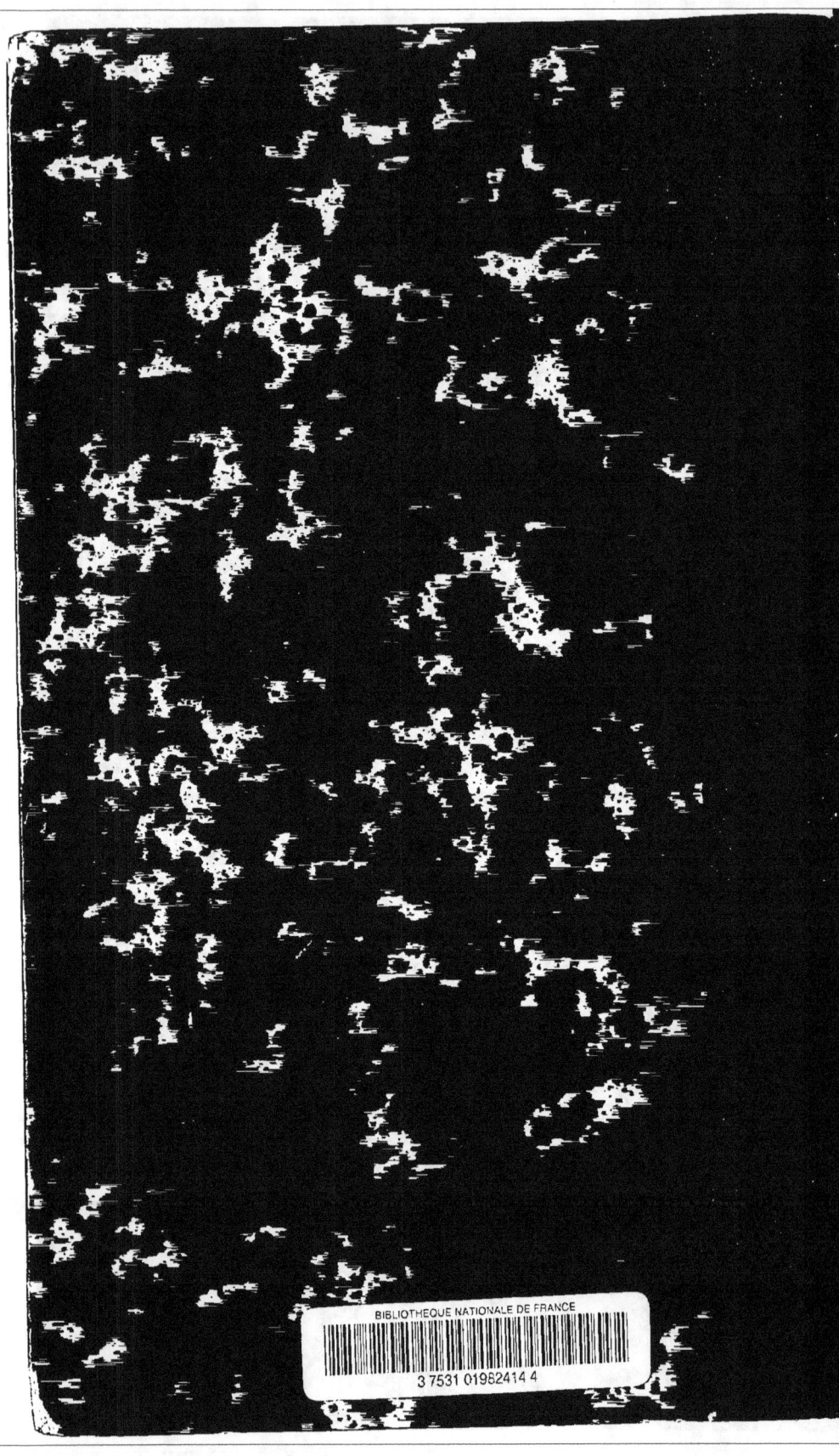